派文庫 28

河井寛次郎
棟方志功

新学社

装幀　友成　修

カバー画
パウル・クレー『もう一度うずくまって』一九三七年
パウル・クレー・センター蔵（ベルン）
協力　日本パウル・クレー協会

河井寛次郎　作画

目次

河井寛次郎

棟方志功

板響神（抄）　175

河井寛次郎

これは私の郷里である、山陰の小さい港町での、今から凡そ六十年程前、明治の中頃の子供達は、どんなものを見、どんなものに見られ、どう暮したかと言ふ様な記事でありますが、此等は私には過ぎ去つた事ではなく、今もまざまざそんな中に立つてゐる自分――時の経過の中にゐない自分を見るのはどうした事でありましやう。

河井寛次郎

六十年前の今（抄）

吉太と先生

吉太は、人の言ふ事なんか聞く子ではなかつた。自分の思ふ事より他には出来ない子であつた。其の思ふ事も凡そ人とは真反対で、しかも人の嫌ふやうな事ばかりだと言つてもよい位であつた。親達は、手をかへ品をかへ、なだめたりあやしたり、叱つたりして見たが、いつかう此の子をため直す事は出来なかつた。押入れに押し込めると押入れの中であばれ、柱にくくりつければ柱に頭をぶつつけたりした。家から追ひ出すと、道の真中にのけぞりかへつて手足をばたばた動かしながら泣き叫ぶ始末であつた。

処もあらうに、大道の真中で石亀をひつくり返した様に仰向けになつて、四本の手足を動かし、大きな声でわめく此の子を見ては、又かとは思ひながらも近所の母親達は見るに見かねて詫びを入れなければならなかつた。で、これには吉太よりも親達の方が参つてしまつたので、何かといふと此の子は此の手をつかつて親達を困らせた。

町での吉太は家の吉太と変る処なく町の人を手こづらせた。吉太は友達を集めては、選りも選つて隣り近所の屋根から屋根を飛び歩いて鬼ごつこをやつた。これには近所中でも困り果てて、どうにかかうにか大騒ぎをしてやめさせたものの、吉太の家ではそこら中あやまり廻つたあげく、屋根屋を呼んで片端から割れた瓦を直させねばならなかつた。

吉太は大きな子供達に追はれて役場の空地の柳の木に登つてかくれてゐるのを見つかつたので、上へ上へと逃げてゆくうち枝が折れてあつといふ間に落ちて来たが、幸い途中の枝にひつかかつて命はとりとめたが、ももを切りさいたので何針かを縫つて貰はねばならなかつた。

其頃、町家では時々誰のいたづらか、朝起きて見ると家々の看板が掛け変へられてゐる事があつたので皆腹を立てた。玉椿などといふ彫り文字に朱漆をかけた立派な作り醤油屋の大きな看板が、二間間口もないやうな小さい傘屋の傘形の看板と入れ換へにかけられてゐたりした。そんな事があるかと思ふと、薬屋のぎやうぎやうしい看板が宿屋の入口にかけ換へられたり、こんにやくと太く黒々と書かれたのが鉄力《ブリキ》屋の軒先にぶら下げられたりしてゐた。で、之はてつきり吉太の仕業に相違ないといふ事になつたが、さて誰も其場を見付けたものがなかつたのでどうする事も出来なかつた。

学校での吉太は、椿の実がはぜる頃、此実を教壇の上り口に塗つて先生をでんぐり返した。雪の日には雪玉を教壇の天井の真中に投げ付けておいて、授業が始まると、先生の頭の上や本の上にぽつんぽつんと水滴が落ちる様にした。鐘が鳴つて生徒達は教室に這入つて、先生を待つてゐる一寸のすきに、吉太は誰にも気付かれないやうに入口の戸の間に小石を入れて置いて、先生が這入られぬやうにして大騒ぎを惹き起した。

吉太は尋常小学で二度落第した。三度目に落第しさうになつたが、先生達は会議の結果それでは弟と同級になるので、弟の為にならないといふ理由でどうにかかうにか及第させられた。かうして至る処でもて余されながらでも吉太は高等科に入つた。高等科の二年生といへば皆十二三才位の子供であつたが、吉太は十六才にもなつてゐた。だから誰も吉太の乱暴を恐れてはゐたが、心の中では馬鹿にしきつてゐた。吉太が其高等科の二年生であつた或日、書取りの時間に先生は何と思はれたか、お前は誰よりも一番よく知つてゐる筈だが、「乱暴」といふ字を書いて見よと名ざされた。吉太は黒板の前に立つた。先生のあて付けがましい此皮肉も吉太は毛程にも意に介しないかの如く、然し一寸後を向いてあざ笑つてゐさうな生徒達に眼をむいて見せて、いきなり白墨を摑むや否や、一尺四方もあらうと思はれる様な大きな字で「乱」と下手糞に書いてのけた。がさて次の「暴」の字は思ひ出せなく、暫くじつとしてゐたが、何を思つたのか其下に縦棒を一本黒板の下迄ずうつと引くなりさつさと自分の席に帰つて了つた。先生も生徒も此の傍若無人の振舞ひにははつとしたが、先生は、吉田先生はただの先生ではなかつた。

吉太はもとより、生徒達は誰も皆吉太が竹で作つた大きな習字の時の水注ぎを水平に持たされて、教壇の傍で皆の方を向いて授業中立たされるに違ひないときめてゐた。ところが意外も意外、先生は「よしよしよく書けた」と何でもないやうに言つてのけられたので、皆は二度びつくりして何事かとかたづを呑んだ。吉太はあつけにとられると同時に、身体中はね返されたやうな衝撃を受けた。吉田先生には此れ迄見えなかつた吉太の豪胆と俊敏とのひらめきが、ぱちつと見付かつたのであつた。

「皆さん、此の縦棒は文字ではないが、吉太は文字以上の文字を書いたので先生は感心しました」と言はれた。生徒達は、先生の此言葉の意味が半分解るやうで半分は解らなかつたが、吉太は半分処か何が何だか解らずに、ただわくわくするだけであつた。生まれて以来吉太はこんな言葉をかけられたことがなかつた。叱られるか、けなされるか、馬鹿にされるか、何れかにきまつてゐる言葉で固められた身体に、これは全く這入りやうのない言葉であつた。同時に先生は、吉田先生は吉太よりも生徒よりも誰よりも、これ迄一度も見たこともない自分自身がちらつと見付かつたやうな気がして、何か解らないがえたいの知れない熱いものが身体の中にこみあげて来た様に思はれた。

知らない自分に出会つた自分――驚きといふのは、喜びといふのは、そんな自分に出会つた時に起る心象なのだ。先生は之をきつかけに自分の中にゐる底知れぬ自分をみつめながら自分自身に驚き続けてゆかれた。

ない自分をつかまへて居る、ない自分――意識面の自分をぶつぱなして始めて見る事の出来た深度にゐる自分。且つて見た事もない無数の自分。あらゆる事に不可能ではない筈の自分。然もそれさへない自分。――徐々ではあつたが先生の肉は盛り上り、眼は輝きを増してこられたのであつた。そして吉太は吉太で、此事があつて以来急にしよげ込んだ様に元気がなくなつた。彼の身体の中にも、只ならぬ異変が起つてゐたのである。親達は、急に変つた吉太を病気にでもなつたのではないかと、今度はそれが心配になつて来た。学校でもそれ以来温和しくなつて、何も自分から仕出かす様な事もなくなり、燃えさかつていた火に水をかけ、其の焦げ付いた炭の如くに黙つてごろごろしてゐた。吉太に異変が起つた事は、吉田先生もちやんと見抜いてゐられたが、同時に起つた先生の異変に就いては先生以外には誰も知らなかつた。其以来、先生は吉太に異常な興味を持たれたと同時に、自分自身にも異常な興味を持ち出された。そして彫刻でもする様に吉太と自分とを同じ技術で彫刻し出された。先生は三日にあげず吉太を下宿へ呼び寄せられる様になつた。そして次第に彼なしには居られぬ様になつて行かれた。そして吉太も亦毎日先生なしには居られぬ様になつて行つた。吉太は生まれて以来未だ知らなかつた何か待たれてゐる様な、わくわくする痛みを身体に感じ出してゐた。彼の内部の諸機関は、彼にも気付かれない様に攪拌され、分解され、どろどろにされ、思ひも及ばない巧妙な手に依つて、あらゆる機能は新しく組織し直され、配分されて行つた。そして毛虫が蛹に変態する様に変貌して行つた。それから暫く眠つてでもゐるかの様な沈重な時を経て、次には羽根でも生えたかの様に明るみの中へ彼の心は飛び出して行つた。そして、次々に身体の中に眠つてゐた者達は目を覚して彼を動かした。吉太は翌々年四年生に進級した。それもこれ迄には類のない成績で進級した。先生達はもとより、全校の生徒も父兄達も、此あり得べからざる事があり得たのをまざまざとまのあたりに見たのであつた。其後吉太が苦学中何年かの間中単衣一枚で押し通した事は知る人は知つている。それからの吉太に就ては言ふ必要はない。町の誰でも知らない人はないあの遠山吉太氏こそ此人なのである。

それから、其時の先生は、吉田先生は誰知らぬ者のないあの病院の院長吉田鉄也其人なのだ。

先生が、ふとしたきつかけから思ひもかけず吉太を治療する事になつてしまつた此事は、後年先生を外科の名手としただけでなく、其専門以外である「人間内科」での名医にも仕立て上げた。これが原因であつた事を知つてゐる人はすくない。今からすれば、先生が吉太であつたのか、吉太が先生であつたのか、それはどちらとも言へない。此二人は見かけは別でも或る異名の同人であつたのかも知れない。それとも同人でありながら、仮りに異名で呼ばれてゐたのかも知れない。

春は近づく

二月は逃げるといふが、早くも過ぎ去つてしまつた。ひどい寒さもこの月に這入つて二度か三度で、冬はもう底をついた。日は次第に北に廻つて、一日一日と暖かさを持つて春は近づいて来た。

堤の枯草の中から蕗の薹《とう》も頭を出したし、水田の薄氷もとけ始め、窪地に残つていた雪も日増しにやせ、刃物の様な風も和らぎ、陽のあたる日が多くなつて来た。

田圃では麦の中打ちが始まり、高菜や水菜が張り出した。農家の納屋では縄がなはれ、蓆《むしろ》が織られた。それから粉米を石臼でひいて焼餅が作られた。よもぎを入れた焼餅も作られた。それからそれに網えびの塩辛や、なめ味噌を付けて食べた。薄紅色の飯島《ハシマ》蕪の漬物も、大根島からの大根漬も味が出て来た。

さうする裡に山寄りの在所では、柴刈りや雑木の切り出しが始まつた。

畠にとりまかれた丘や、用水池をかこむ低い山の櫟《くぬぎ》や楢の明るい雑木林からは、今年の始めの仕事の狼煙《のろし》でもあるかの様に、澄み切つた紺青の空へ焚火の煙をあげた。どこかであがつた一筋の此の煙を合図に、あちらの村こちらの部落からも此の煙はあがつた。

伐られた木は割られて竹や藤の蔓でからまれて、自家用の他は町へ売られた。裂き織りの袖なしを着た在所の人達は、牛や馬や車で割木や柴を積んで町へ出て来た。刈つて間のない柴には色々な葉つぱが付いてゐた。中でも濃い赤い光つた皮を持つた黒もじの枝は、高い匂をぷんぷんあたりへ撒き散らした。一駄の柴の中には必らず何本かの此の枝がまじつてゐた。子供達は車のあとから、牛や馬の背中から、この枝をぬき取つては其の匂をかいだ。ぱちぱち折つては、待つてゐた春をからだ中にしみ込ませた。

それから雪解のぬかり道も乾いて、ほんの少しの小風でも埃りの立つ明るい町通りに、此の割木や柴をつけた牛や馬は、行き来の人達に失礼して尻を向けて家の前につながれてゐた。そして其の尻から垂れ下つて、動きどほしに動いてゐる尻尾は、子供達をからかはないではおかなかつた。で子供達もほつたらかしてはおけなくて、こんな獣物の尻尾の毛をぬいたりした。大きな獣物のびつくりする面白さ。――それから次にはこんな生きもの、腹の下をくぐりぬけたりした。これは牛や馬をからかふといふよりは、自分自身にからかつて見たかつたのに相違ない。

暖かくなつてからやつて来たのは燕だけではなかつた。黒いはつぴを着た電信工夫の人も亦、電柱にとまつて新しい電線をかけに来た。燕が南方から持つて来たなぞの生態の様に、此の増設されやうとする電線は、子供達には遠い都会の鼓動が、此の町にぢかにつながる様な気がして嬉しかつた。三四本しか架かつてゐなかつた此の針金が、一本ふえるといふ事は、子供達には唯事ではなかつた。これは町がそれだけ新しくもなり、賑はしくもなる事の様で、近くの町の架線の数と比較してゐた位であつたので、此の仕事をあかず眺めてゐた。電信工夫の職長はいつも黒いはつぴに、きつちりした股引きをはき、ぴかぴか光らした靴に、ぎやうぎやうしい金モウルの記章のついた海軍帽を冠つてゐた。徳川時代からの日本の職人の胴体が、外国風の頭と足ではさまれてゐた此の服装は、でも羽織袴に山高帽を冠つて、靴をはいてゐた町長も居たのだから、さう突飛には見えず、それどころか此の服装はなにか新しい時代を現はしてゐる様なところがあつて、こんな技術家を権威付けるのにさう不似合ではなかつた。

此の服装は又、維新前後から日本人がどう外物を受取つたかといふ具体的な標本でもあつた。子供達は幼い時からかういふ事にごまかされ馴らされてしまつてゐた。で此の伝統は今猶衰へる事なく、それどころか更にたくましく暮しの末端に迄行き亘つてゐるのは、滑稽を通り越して壮観といふより他はない。

此の職長や町長の様に、職能の権威と優越に使はれたこんな風俗は現在すつかり変つて、洋服が下駄をはく様になつた。然しこれだとて、別に進化でも消化でもなく、同じ事には相違はないが、足が靴をぬいで下駄をはいたといふ事は、たとへ胴体は洋服を着てゐるにしても、頭と足を借りてゐるのとは違つて、かすかではあるが足元から希望が湧く様に思はれないでもない。形の上では頭は既に帽子を脱いでゐるのだから。

それはさうと、はつぴのどんぶりからは、時計の金ぐさりをたらし、いつも金歯を光らしてものを言つてゐた此の職長が、あの青竹の長い梯子を靴ばきのままで、上手に上り下りするのは見ものであつた。それから電柱の上での軽業の様な行動には、子供達は圧倒された。それとこの仕事の見物人には必ず景品がついてゐた。といふのはあの太い電線の切れつぱしが、時々上から落ちて来る事であつた。子供達はあらそつて其れを拾つた。そして刀のつかの様に先を曲げてぴかぴかに光らし、紐を通して腰にぶらさげた。長短不同ではあつたが、子供達の腰には皆こんな文明が光つてゐた。

電燈も電話も汽車もなかつた頃の此の町の子供達に、かういふ人は技術上の事は兎も角、仕事の他にどういふ事を残して置いてくれたか、それはその人自身も知らなかつたのではなからうか。

垣はいつ作られるか

町のはづれの東の谷の奥に、何処から来たか判らない子供連れの夫婦の人達が、掘立小屋を建てて住み付いた。二つの低い丘にはさまれた、浅い明るいこの谷の東側の斜面は、桑畑で、裾を流れてゐるきれいな小川の傍には、僅かではあつたが草の生えた捨て地があつた。

この人達は、此処に小さい藁小屋を建てた。それも二つの屋根を合はせただけの壁のない、あの三角形の小屋であつた。小屋の半分が土間の台所で、あとの半分が藁の上に蓆を敷いただけの居間であつた。それからこの人達は、一家総がかりで、といつても親子四人連れで、それも乳呑子は母親に背負はれて、五つか六つ位の男の子も手伝つて、町から集めて来た古い桶を直す仕事を始めた。

この人達には、天気さへ好ければ、外の草地は何処でも仕事場であつた。蓆さへ敷けば何処でも座敷であつた。面白い砂地の丘の桑畑と、丘の上に生えたまばらな赤松林を後にしたこの小屋は、この谷のたつた一つの人家ではあつたが、あたりの景色の中にとけこんでゐた。事実それはみすぼらしいといふにしては、あまりにも風情があり、貧しいといふにしては、あまりにも愉しさうであつた。

子供達は春先には土筆をとりに、汗ばむ頃になると、桑の実を食べにこの谷へ行つた。秋風が吹くと、きのこやあさどりを取つたり、狐の提燈（蛍袋）をさがしにも行つた。

子供達には、人気のないからつぽであつたこの谷に、この小屋が出来たといふ事は、山道で地蔵尊にでも出会つたやうな思ひがした。柿の木に人が登ると柿の木が変るやうに、この小屋は、この谷を新しく描き直してしまつた。それとこの小屋には、これ迄に見た事のないものがあつた。といふのは、建てつまつた町家とちがつて、此処には広々とした自然の中に、掩ひかくされる事なくあけつぱなしの暮しがあつたからだ。白い砂の上に、山からの浅い水が走つてゐる小川には、二つ三つの石を置いて作られた洗ひ場があつて、小さい竹棚の上には、鍋や釜や食器が置いてあつた。南瓜の葉つぱに掩はれた屋根の下には、藁蓆の上にでも住める部屋があつた。こんなものは一体どんなものか、はつきりはしなかつたが、子供達には、なにか靄の向かふに未知な何物かがあるやうに思はれた。

其処には、又割られた青竹のあまい匂ひや、桶板の木の香や、たがをはめこむ槌の音や、子供のなき声などが、青い空の下のこの草地を賑はしてゐた。かうして、季節から季節へこの谷の色々なものに迎へられ送られて、数年を経たその何年目かの春に、この人達は、藁小屋のそばに小さい家を建てた。建て起しから、屋根仕事から、壁塗りや床張り迄、何も彼もこの夫婦でやつてのけた。桶屋の人でも家が建てられる。

――子供達にはこれは驚きでもあつたが、人は何でも出来るものだといふ或る安心感と、どんな人にも出来さうな最小限度の暮しの単位をここで見せられた。そして、これ以上に下のない暮しの底辺に立つてゐるその安定度は、子供達におぼろげながらも、何物かを与へないではおかなかつた。

この家は小川と並行に、草地を前にして西向きに建てられた。半分ほどが部屋で、後は一段低い板張りの仕事場にとつただけの何でもない家ではあつたが、蓆敷きの部屋と板間の折合ひとが、この家にみごとな調和を与へて、仕事と暮しがこれ以上には組合はせられない程、一つのものになつてゐた。それからこの人達のきれいずきの為か、要り用だけの僅かなものだけ迄も、夫々ある可き処に場所を与へられてゐた。

さうする裡に、又何年かたつた。この人達は、今度は新しい木で増築を始めた。ふしだらけではあつたが、杉材は町の材木屋から、松は近くの山から伐つて貰つて、四坪ばかりの二階家を南へつぎたした。今度は少し人に手伝つて貰つたが、然し大部分は、前のやうに夫婦でやつてのけた。二階へ上る段梯子は、更に部屋と仕事場とに、かうもなるものかと思はれる程調子を付けた。二階は南と西をあけ、西側の出窓には、低い手摺りを付けた。で、すぐ下の小川と帯程な田と、向かふの松の丘と、その上には空が見晴らせた。それから階下の部屋の縁先には、池を掘り、白い砂を入れ、浅い水を川から引き、かきつばたを植え、鮒と鯉とを飼つた。

桑畑と赤松山を後にした、あけはなされたこの仕事場で、桶のたがなんか入れてゐるこの家の主人は、子供達の家の床の間によくかかつてゐた、あの粗末な南画風の絵——文人読書之図といつたやうなものを、此処で見せてくれた。いつも絵そらごととしか思はれなかつたこんな種類の絵が、案外さうではなくて、こんな処に生のままで、生きてゐる事を知るともなく知つた。子供達は知らず知らずに、こんな暮しを絵にしてゐた。

その裡に藁小屋は、物置きに改造され、下屋の下には台所が出来、子供達は学校へ行くやうになつた。其処には又、次々にふえて行つたものがあつた。何羽かの鶏、何程かの畑、何本かの柿の木、桃や梅、季節々々の草花——然しこんなものをひつくるめる垣や門は、まだ作られてはゐなかつた。これはこの働き者の夫婦が、これから先、未だどれだけ自分達を拡げるのか判らなかつたからかも知れない。

子供達は、彼等と一緒に成長して行つたこの家に、垣が結ばれないやうに、この家と一緒に行く手に待つてゐる広さに向かつて、歩いて行つた。

社日桜

社日桜といふのは、町の西端れの田圃の中に突出してゐる丘の突端の、社日さんの石碑の傍にあつた。昔はこの一本の桜で、丘中が花で埋まつたと言はれた。余程枝を張つた木だつたと見えて、近くでは一面に花しか見えず、遠くからは、大きな白雲の様だつたと言はれた。

社日さんといふのは、五風十雨の平穏や、豊饒を祈る農家の人々の心のささへとなつた神様であつたが、誰が植えたか、この桜は、幹も枝も栄えて何時とはなしに、神様の座にとつて代つて、春の恵みを施す場所になつてしまつた。

子供達は、丘の芝生の中のこの桜の枯れた大きな株と、その株から出た一、二本の腕位なひこばえと、これを取り巻く麦畑と桑畑を見るたびに、話の様な花を想つて見た。この一本の木に花を集めて、春を惜しんだ昔の人々——此辺の土の中には、幾世代にもわたる彼等の先祖のこぼした花見の酒や賑はひが、しみ込んでゐる筈であつた。

子供達は、やがては発明されるであらう、こんなものの検出出来る機械の出すかちかちといふ音を、聞く様な気がしないわけにはゆかなかつた。

安来千軒名の出たところ
　社日桜に十神山

木は枯れてしまつたけれど、花はまだ唄の中には咲いてゐた。町の人達は千軒の家と、十神山があるのに、この花がないままにしてはおけなかつた。

その頃は、日本の各地にあつた名木の更生期で、次々に枯れて行つた。でも、名木を仕立てる様な気長な時間はもうそこにはなく、日本の各地がさうした様に、町の人達も亦此所へ沢山の若木を植えた。一番派手で一番成長の早い木を選んで植えた。そして、十年とたたないうちに、この丘一杯を花にしてしまつた。

それは此所だけではなかつた。各地共一緒で、花は個から群へ、群から団へと、結束させられて、ワツシヨワツシヨと春に向つて、行進させられる事になつた。

染井吉野は、さういふ花にちがひなかつた。然し、この丘を一つ越した次の丘の段段畑や、山の麓の農家の軒先などには、ひとりあるともなしに咲いてゐる山桜などが、人に代つて、静かにゆく春を惜しんでゐる事は、昔と少しも変らなかつた。

人狐のいぶき

その頃の町には、「狐持ち」と言はれた家があつた。どの位あつたかわからなかつたが、あの家もだ、この家もだとよく聞かされた。その家は、狐が守つて居て、気に入らない様な事でもすると、狐を使つて呪をかけたりすると言つてこはがられた。で、縁談の時なんかには、何よりもかよりも、これを問題にした。狐持ちと縁組すると、その家だけでなく、親類中皆狐持ちになつてしまふと言はれるので、どんな恰好な話でも、親類が承知しなかつた。しかし、自分の家が狐持ちだと云ふ事を知らない家もあり、何かのきつかけにそんな事を聞いて、かんかんになつて怒つたりした家もあつた。

子供達は、或る家の背戸の菜園などで、仔をつれて遊んで居た鼬《いたち》を見て、あの家の狐だなどと言つたりした。しかし、そんな事は、本当かどうか疑つては居たものの、大人達が言ふ様な眼に見えない、何か不思議な暗い力を持つてゐると言ふ事は、気味の好い事ではなかつた。かういふ事の起源は、想像されない事もないが、此節そんな事はないにきまつてゐると思ひながら、そのないものにとつつかまつてゐるのだから、始末が悪い。実際には、それに相当する出来事なんか、此町では起つた事もなかつたし、聞いた事もなかつた。にも拘はらず、狐持ちと言ふ考へはなくならない。

結局、あの家もさうだなどと言つてゐる人の中にこそ、狐はゐるので、外のどこにもゐる筈がない。

それはさうと、その頃愛宕山の東の田圃の中に、塚のように残つてゐた大きな松の木があつた。これは、旧藩主の上府の時の休み茶屋の、「御居間の松」に相違なかつたのだが、語呂の転訛で、明治になつてから間もなく、怪談にでも出る様な「御岩の松」といふ名になつて、さはるとたたると言つてこはがられる松になつてしまつた。「御居間の松」の時には、何もしなかつた松が、「御岩の松」になると、不思議な力を持つ松になつてしまつた。

狐なんか居なくても、狐持ちと言はれると、これも不思議な力を持つ家になつたと一緒で、町の識者達は、こんな事をなくさうとして色々説いて来たが、どうにもならなかつた。その頃残つてゐた大きな黒門から想像すると、御居間の松のぐるりには、数奇をこらした林泉や建物があつたであらうが、廃藩後たつた三十年もたたないのに、もうさういふ事を知つてゐる人には、子供達は会つた事がなかつた。

その後、此松のぐるりも埋め立てられ、近くには停車場や大きな工場が出来、家が建て込むにしたがつて、その都度どうにかならないものかと皆悩んだが、さてとなると、誰も尻込みして手を下す者はなかつた。で、これを見た町はづれの飯島部落の元気者の某は、「おらがやつちやる」と言つて、この役を引き受け、いきなりこの松に醋酸液の注射をやつてのけた。処が気の毒にも此人は、それから二三日たつと、心臓麻痺だつたとか、脳溢血だつたとか、色々取り沙汰されたが、兎に角頓死してしまつた。町の人達はどうかと思つた事が、こんな形で現はれたので、今更ながら驚きを新しくした。松は間もなく枯れたが、その儘家に取り巻かれながら、枝振りも立派に堂々とつつ立つて居た。それにしても、其の意気込は勇ましかつたが、若しか此松を、普通の松として扱つて居なかつたとしたならば、それは多分なひけめであつた事は言ふ迄もない。言ひ代へれば、若しか某の死が、松と関係があつたとしたならば、それはたたるかも知れないと思つた事にたたられたと思はれても、仕方がないのではなからうか。
その後、此松は誰もかまふ人もなく、永くそのままになつてゐたが、何時とはなしに年月の手で、跡形もなく取り去られてしまつた。しかし、狐持ちと言ふ生き物は、今に死滅する事なく、意識のかくれた割れ目の中に生き続けて、縁談といふ出口が見付かると、其都度飛び出して来て、今にその存在を証拠しないではおかないのは、どうした事なのであらう。

「ひご」と「あご」

燕は麦畑の上を飛んだ。苗代田の上を飛んだ。菜の花や豌豆の花の上を飛んだ。庫の白壁をかすめ、雨の斜線を切り、柳の緑を縫ひ、河原の砂洲に無数の影を落した。その頃の燕は、町の紺屋の暖簾をくぐつたり、雑穀屋の店の中へ出這入りしたり、薬屋の金看板の間をすり抜けて見せたりした。——燕は家の中迄も巣を作つたから。
子供達は、燕は白い腹掛をして、紺の法被《はっぴ》を着て居ると言つた。このしやれた当時の職人は、間もなくシルクハットにタキシイドの紳士にされたが、今の子供達には、白いシヤツに紺の背広の勤《つと》め人なのかもわからない。でもこの鳥は、こんな人種が出来合ひのアパートに自分達のからだを間に合はせてゐるのと違つて、それぞれ自分で設計した家にしか住まはなかつた。——燕には、家燕と深山《みやま》燕とが居た。この二つは、飛んで居る時には見分けが付きかねたが、家燕は碗形の巣を作つた。深山燕は壺形の巣を作つた。

子供達はこの鳥がこはれた巣を直したり、新しく作つたりするのを見て居た。この鳥がくちばしで泥をこねて居る現場も知つてゐた。豆粒位な泥団子に、藁や草の屑をまぜて、くつつけて行く技術も仔細に見て居た。この鳥は新しい家には寄り付かなかつた。何代も続いたやうな旧家では、軒先よりも家の中の上り框の鴨居や、台所の入口の梁などに巣を作つた。そんな家は朝早く、入口の大戸をあけると、釣つてある太い縄暖簾の下をたくみにすり抜けて、出這入りした。

子供達は、燕を可愛がつた。燕にいたづらするやうな子供は、一人も居なかつた。こんな家の中に巣を作るやうな燕はよけいに可愛いかつた。子がかへつて、巣の中から頭を並べてのぞいてゐる所なんかは、いくら見ても見飽きなかつた。生ぶ毛をはやした頭しかないやうなこの子は、頭中をくちばしにしたやうな口をして、巣の中に押し合ひへし合ひ、ぴいちくぴいちくやつて居た。

子供達は、燕を可愛いがつただけではなかつた。その俊敏と明智と清純とを、見逃がしてはゐなかつた。子供達は、小鳥は色々飼つて見たが、燕は飼はなくてもよかつた。燕の方から飼はれてくれてゐたから。事実この鳥は籠なんかでは飼へさうにもなかつた。この鳥は飛ぶ鳥であつて、止つてゐる鳥ではないからだ。が、電線に止つて行列してゐる姿は、すばらしいではないか。あの見事な音譜が読めないかと言ふ人もあるが、あれは肩をならべただけの反復の美で、数の美でとても飛んでゐる音楽には及びもつかなかつた。燕も人並に花見をしてしまつて、若葉の頃が来ると、この鳥も亦農家の人達と一緒に忙しくなる。

子供達は、町端れの田圃に近い片側町の夕暮時などにはよく、夥しい燕が入り乱れて飛び交ふのを見た。羽虫の群を追ふらしいこの鳥の行動は、然し子供達にとつては、彼等の全飛行技術の集団競演そのものであつた。横転、逆転、上昇、下降——燕が持つてゐると言はれる探知機は、いつたい誰がその操作のボタンを押すのであらう。こんな密集部落も且つて一度だつて衝突や接触で墜落した事のない、驚くべき妙技——。そこにはどんなに巧妙に組立てられた人智も及びもつかない、生命の勝利——生きたもの以外には出来さうにもない、見事な運動を見せてくれた。

子供達には、燕に就てわからない事が二つあつた。一つは冬は何処へ行くかと云ふ事と一つはその鳴き声であつた。燕は遠い南の島で越冬すると聞くが、そんな漠然とした事は聞かないのと一緒であつた。事実は、何千里かの先の、何とか云ふ島の定つた処へ行くに決つてゐるのであらうか。でも人には、未だそれがつきとめられてゐないのだ。ここにはその本当の記録、生きた記録——その燕が此処にゐるのに、それが未だ読めないのだ。あの小さいからだでどうしてあの広大な大洋が渡れるのであらう。――上層の気流に乗つて飛ぶといはれるこの生きた塵。

それはさうと、もう一つわからない事は、その鳴き声は、昔から子供達には登録済であるのに、燕には未だきまつた鳴き声が記載されてゐない。これは燕には言葉が多過ぎる為かもわからない。或地方の子供達は、「うんじやぐじや」と言つて啼くと言ふが、如何にもこれはおしやべりのこの鳥らしい処はあるが、未だ全日本の子供達から雀の忠、鴉の孝程にはつきり支持されて居ない。燕は鳴いても言葉のない鳥であつた。

ところが、それからずつと後の事であるが、江州や北九州地方では、子供達は燕の言葉を古くから知つてゐた事がわかつて来た。誰が解読したものか、古代文字のやうに難解なこの言葉を、かうもすらすらと読んだとは驚く外ない。土喰つて虫喰つてこの口しいぶい――と言ふのがそれだ。これはやがては全日本の子供達に公認されるに相違ない。

子供達には、燕と切りはなせないものに飛魚があつた。これは飛ぶと言ふ事の聯想からだけではない。何かこの鳥と魚との間に、生命につながる相似があるからであらう。子供達には、直接には田植ゑがこの鳥と魚を結び付けた。それはこの季節に、燕は一番燕らしさを出して見せてゐる処へ、この魚がとれるからかもわからない。

農家では代満《しろみ》ての祝には、この魚はなくてはならないものであつた。子供達は毎年手籠に一杯入れたこの魚を、在所の親類へ持つて行かされた。この魚で作られた半ぺんや野焼蒲鉾は、この季節の美味であつた。

それはさうと、燕の事をこの辺の言葉では「ひご」と言つた。それから飛魚のことを「あご」と言つた。この二つの呼名のもとには、何かわけがありさうに思はれるが、それは兎も角、この鳥と魚との間には、この名が示すやうな或る共通なものがあるやうに思はれた。この魚の飛ぶのを、子供達は見た事はなかつたが、紺青の海原を白銀に群れて、飛ぶこの魚は、話しに聞くだけでも、胸のすくやうな思ひがした。そしてこの話しには、実感が持てた。と言ふのは、子供達は何よりも、この魚の素晴らしい鰭《ひれ》を見知つてゐたからである。

その頃には、どこの家でも流し元の壁の板には、幾枚かのこの魚の鰭が張られてゐたが、これは進物に付ける熨斗《のし》として、入り用なものであつたから。子供達には、半開きの扇のやうなこの銀光りした鰭は、どんなにこの体が素晴らしく飛べるかと言ふ事を、認めさせないではおかなかつた。

それにしても、土龍《もぐら》が、これから作られるに相違ない、巨大な穴掘機の予言者であるやうに、飛魚は、水の中から飛び上つてすぐに大空にのぼれる、次の新しい潜水飛行機の原形である事は、間違ひないであらう。

山水教室

町の東、御崎谷の奥には男堤と女堤《にょぼづつみ》と言はれた二つの用水池が、馬背《まのせご》と言ふ禿山の麓の両側に並んで、いつも青い深い水を湛えて、一日中雲を写してゐた。この男堤の奥に禿山の斜面を伝つて流れ落ちる渓流があつた。この一廓を、子供達は「チヨロ」と言つてゐた。分解期の御影石のでこぼこのかなりの急斜面を、きれいな水がちよろちよろ流れてゐて、処々玩具のやうな滝を落したり、小さい激流や池を作つたり、複雑な地形に沿つて、水は委曲をつくして流れ下りてゐた。

山には藤が咲き躑躅が咲き、松の花の黄なつぽい風が吹き出す。やがて春蟬がジヤアジヤア鳴いて、子供達に今年の最初の汗を出させる――こんなものを合図に毎年「チヨロ」は子供達を呼び寄せた。

誰が見付けたのか此所は町の子供達の昔からの遊び場所で、いつも其頃になると五、七人の子供で占有されてゐた。子供達は途中桑畑へ這入つて桑の実を食べたり、麦笛を吹いたりしてここへ来た。ぐみや虎杖《いたどり》や薊や狐の提燈などは、さうだ、片方の草山には山百合花も咲いてゐた。――こんなものはこれから夏に歩いて行かうとする子供達を迎へる、この谷からの精一杯の贈りものであつた。

子供達は素裸体になつて、そこら中を掃除した。この傾斜面は幾つかに仕切られて、いつとはなしに皆自分の持場はきまつてゐた。子供達は他の誰の持場所より自分の場所がよく、又そこを大切にした。先づ場所の最上部に石を積んで、水をせばめて滝をこさへる。滝は、精々一尺にも足りない滝ではあつたが、大きな滝に劣らない形相をそなへて、堂々と落ちて来る。そして泡立つ滝壺から流れ下る水は、曲りくねつた急傾斜を踊り下つて、一寸した平坦な砂地に出る。少し赤味を帯びた御影石の砂はきれいな水をいやが上にもきれいにして流れる。

子供達は、色々な小さい木や草や苔をさがして来る。そして築山をきづき、池を掘り、至る処へ浅い流れを導き、ここぞと思ふ所へは、さがして来た自然石の橋をかけ小石を組合はせた燈籠を置き、付木でこさへた水車を仕掛ける——子供達は忙しい忙しい、ああもし度いかうもし度いと、一度に押寄せるやり度い事に夢中になる。そしてありたけのしたい事を、もうこれ以上には出来ないと思はれる迄の形を、ここで組立てさせられた。

子供達はここで初めてほんとの水を見た様な思ひがした。井戸の水や海の水や川の水とちがつて、ここの水はずつときれいで、生きてゐた、動いてゐた、光つてゐた、ものを言つてゐた。そしてありとあらゆる物の形の本質——連続する変化の形態を、ここは子供達に見させた。そしてこれがまぎれもない水の気質であり、体温であるとでも思はれるものをぢかに彼等のからだに書き込まれた。ここは又木や草や石や砂は、見るだけでは済まされない所であつた。手にとつて見、それを色々に扱ふといふ事は、子供には気付かれなかつたが、彼等を物の奥につれ込まないではおかなかつた。

然しここには、教へてくれる者も、尋ねる者もゐるわけではなかつた。いはんや号令をかける者なんか、勿論ゐる筈はなかつた。子供達は只自分達の中にゐる、自分達さへ知らない者の指図に従つただけであつた。

思ふままに扱へる素材と、それに対する自分にも解らない自分の能力、さういふものをぎりぎり迄使へる自分自身――何者にも邪魔されない自分の勝手を、これ程迄に許されるとは、何といふここは場所であつたのであらう。ここへてはこはし、こさへてはこはし、終りのない形からの誘引――子供達は何も彼も忘れて、飽く事なく水や石や木や草に、自分を置き代へられて遊びきらせられた。そしてこんな石や木や水の組合はせが、どういふ意味を持つかといふ事を、おぼろ気ながらも自分自身に、教へないではおかなかつた。

後年彼等が見た、色々な暮しの中の物の組合はせの秘密――気が付いてみれば、この時既に、彼等の手中にそれは、握られてゐたのに違ひなかつた。ここは年頃が来ると、必らずといつていい程、子供達を次々呼び寄せた。そして何年かたつて見せるだけのものを見せ、出せるだけのものを出させると、再び彼等を呼ばうとはしなかつた。

蟬、蟬、蟬

山躑躅は三十度近い気温の朱色に、自家中毒してゐた。紫陽花は毎年この季節になると、欝陶しい木下闇の中に、頭痛を病んでうなだれてゐた。石榴《ざくろ》の花だつて真赤な熱病に狂つてゐた。何も彼も生き延びやうとする、六月のみなぎる力の気配の中にそれをなだめやうとするかの如く、そこらの沼や池は、菖蒲や杜若《かきつばた》を刺繍し、青貝や珊瑚でこさへた翡翠《かわせみ》をはめ込み、黒天鵞絨を切りぬいたおはぐろとんぼを飛ばせて、静かになれ静かになれと、こんな図柄を、季節に招かれた蛙達の歓声でふくらませて見せてゐた。そしてむせるやうな麦刈時の田圃や畑は、芥火の煙の紗をかけられて眠らされてゐた。何も彼もあふれる力になやんでゐるやうなこんな中で、片方の丘の高い松のてつぺんから、春蟬はジアージアーとやにくさい黄色い花粉の風を降らして、油のやうな空気をゆさぶつた。

この蟬は、子供達を無性にせき立てて、じつとはさせておかなかつた。そして、甘酢のやうに、子供達が待たれてゐる知らないものに唾液を出させ、向ふへ向ふへと、連れて行かないではおかなかつた。

青葉の色が濃くなると、しんしん蟬が出た。この蟬は未だ薄暗い暁方の木立の中から、シインシインと朝のぬれた静かさの中へ、針金を入れて動かないやうにした。そして、一日中そこらあたりの暑いものに穴をあけて、鎮静剤を注射した。

続いて、じんじん鳴きながら油蟬が出て来た。これは名の通り、人々から油汗をしぼり出した。この蟬は、自分でも気がつかない、生まれながらのつんぼなので、あたりかまはず身勝手を詠訴するので、結果としては、炎天に火熨斗《あいろん》をかけるやうなことになり、騒々しくてしつこいといつて、誰からもあまり好意を持たれなかつたが、その仕返しかも知れないが、この蟬は人々に着物をぬがせた。人間を裸体にさせた。そして、これが本来の人間の姿なのだと、その彫刻を見せた。

ひぐらしは、愛宕山から町家の屋根の上に、夜露にぬれた爽やかな暁方を降らして、子供達をゆり起した。子供達が、耳から食べる朝の食事としては、これ以上の清純な栄養が、他にあつたであらうか。

この蟬は夕方になると、十神山の木立の中から、炎天下の町の一日の仕事へ終了の鈴を振り、油のやうによどんだ夕凪の中へ、涼しい夜を呼び入れた。

みんみん蟬は、季節が秋に入つた事を告げる、最初の音標であつた。これは、青田の畔には溝萩が咲き、畑ではほほづきが赤くなり、青柿には白い粉が吹いた事を知らせた。そして、町の人達には、盂蘭盆会の行事にかからせ、十万億土の彼方から、仏様達をお招きした。

この蟬は少し蓄膿症ではあつたが、音痴である油蟬とちがつて、みんみんとつきない音の糸で、子供達の中にごろごろころがつてゐる音の素材をつなぎ合はせて、一連の形に仕上げていつた。

法師蟬は、秋からの二番目の使ひであつた。この蟬は、朝夕に涼しさを呼びよせ、空気の中の水分を追ひ出し、昼の暑さの中から粘り気をとり去り、高々と空を澄み切らせた。

この蟬の豊富な言葉は、夏から秋への微妙な推移に就て、これ以上の目盛りは出来ないと思はれる程、これは小刻みに気象の符号を刻んで行つた。そして、子供達から汗ばんだ夏をぬがせ、仕立おろしの季節に着替へさせて、秋の中へ送つて行つた。

くま蟬は、この辺にはゐなかつた。この蟬を知つたのはずつと後の事であつた。これは、夜をさわがすクツワ虫の同族系異種で、真夏の昼をかきまぜるやうに、シヤアシヤアと熱気を降らして、気温を高めた。然し、こちらが静かになつて耳を澄ますと、この蟬だつて只たくましいだけの荒くれた無情漢ではなく、一つぱしの楽師で、強く訴へるその何ものかは、人それぞれに自分自身を飜訳させないではおかなかつた。

中部山岳地方の高地にゐるレイギンと言はれる蟬は、それこそ標高二千米近くの山霊の声そのものであつた。鈴吟とでも書くのかも知れないが、この呼名は、そのままこの蟬の言葉の内容そのもののやうに思はれないではゐられなかつた。消え入るばかりに高く寂しく、はてしもなく遠くへ誘ふあの旋律、一度聞いたならば生涯消す事の出来ない心好いすりきずを、この蟬はつけないではおかなかつた。今に何とかして、これに近い擬音でもよいから、誤魔化されたい。

子供達は、虫といふ虫は何でも、捕らないではおかなかつた。何の為に捕らねばならないのか、それはわからなかつた。蟬が鳴くのは、捕つてくれといつてるやうなものであつた。で、さて捕つて籠などに入れて見るものの、どんな蟬でもじたばたするだけで、始末にをへなかつた。蟬は、子供達の言ふ事なんか決してきかなかつた。

この蟬が露にぬれた暁方、穴から出て脱皮する翡翠《ひすい》の工作は、何にたとへる事が出来やう。六年も七年も真暗な地下で一体この虫は何をしてゐたのであらう。

蟬はどこで鳴くのか、子供達にはわからなかつた。捕へてよく見ると、二枚の羽根の下に、指環を重ねたやうな胴体があるだけであつたが、これが軸に沿つて動く為に起る摩擦音だと言はれるが、ただそれだけで、あの素晴らしい音波をくり出すのだとは、どうしても思へない。それにしても、一体あの鎧戸で閉められた部屋の中には、どんな機械が運転してゐるのであらう。子供達は、この不思議な機械をもてあそんだ。

然しその時には、蟬はもう本当の機械ではなかつた。言ふ事を聞かない機械、壊れたブリキの玩具よりつまらない機械であつた。

こもこもさん

蟻の地獄のことを、子供達はこもこもさんと言つた。こもこもさんは、行者山の御堂の椽の下に沢山ゐた。玩具の摺鉢のやうな砂の住家を並べて、その底に地獄の主はかくれてゐた。

子供達は松葉で掘り出しては、この虫をからかつた。一寸見るとくもに似てゐたが、手や口は、見れば見る程無気味な恰好をしてゐた。子供達はどんなくもでも、それ自体よりは網を作る事に心をひかれた。尤も深山大ぐものやうなめざましいものは、虫籠や小筥に生捕つてなぐさんだが、他のくもなんかには見向きもしなかつた。こもこもさんだつて、何も姿に興味があつた訳ではなかつたが、不思議なあの住家に子供達はつかまつてしまつた。

子供達は、あのかはいい摺鉢形の砂の底に、虫がゐるなどとは思ひそめもしなかつた。ぽつんぽつんと幾つもあいてゐるこの穴の巧妙な配置と、細工物のやうな見事な穴の形にとつつかまつたのだ。で、誰に教はるともなく、穴を掘つて見る事になつたのであつた。が、出て来たのは、くもに似てくもよりはずつと変てこな、釜抜きのやうな口を持つた、奇怪な虫に出喰はしたのであつた。

こもこもとは、籠る意味に相違ない。こもこもさんは、且つて外へ出た事のない隠者なのだ。子供達は砂の上にかがんで、この穴に向つて言つた。こもこもさんぴよつ――さうすると、摺鉢形の砂はかすかにゆれて、ぼろぼろ下に落ちて来た。これが地獄の主のゐるよといふ返事なのであつた。

大きな穴には大きな主。小さな穴には小さい主。それにしても子供達は、こもこもさんが何の為にこんな砂の穴に隠れてゐるのか解らなかつたが、その内に、これは蟻を捕へる仕掛けだと聞いたので、ためして見る事になつた。

子供達は、小さい赤蟻をこの穴のふちに置いて見た。と、この穴はぶるぶるとゆれて、砂が底の方へ落ちて行くと同時に、蟻も足をとられて落ちて行く――蟻はあわてて這ひ上らうとするが、あがけばあがく程落ちて行く。振動はしばらくもやまない――とうとう底へ落ちたと思ふとたんに、蟻は砂の中にひつぱり込まれて、埋まつてしまつた。然し蟻に対して、これ程までな巧妙なわなが、そのまま子供達をつかまへるわなになつてゐた事は、何といつてもこの地獄の主の不幸であつた。之は子供といふ恐る可き強敵に対しては何の考慮も払はれてゐなかつたからだ。之は、この地獄の鬼共の取り返しのつかない手落ちに相違なかつた。いやこの鬼共を、そんなに生みつけたものの大きな失策であつた。といふのは、不幸な蟻共は子供達を借りて、かたき打ちをさす事になつたからだ。この虫は捕へてどうするといふ訳ではなかつたが、捕らずにはおけなかつたので、子供達は燐寸の空箱などに入れたりした。

其頃子供達は、優曇華《うどんげ》と言ふものを見せられた。天井板や部屋の壁などに、糸の先に米粒程もない花のやうなもののついた長いかびが、群がつて生えてゐるのを見せられた。この花が咲くと、その家には何かいい事が起るといはれてゐたので、皆見に行つた。かたき打ちの芝居のせりふにもあつた。此処で会つたが百年目、天の知らせか優曇華の――などとこの花はかつがれた。

その内に蟻の地獄は、あのすき透つたうすい羽根と糸のやうなもすそをつけた、なよやかなうすばかげらふの幼虫で、優曇華はその卵だと教はつた。それにしては、淋しい行者山の御堂の椽の下のある地獄の鬼共は、どうして空からの使ひのやうなうすばかげらふといふまぼろしの姿で、町家へ来たのであらう。そして、そのまぼろしが生んだ優曇華といふ夢の花が、どうして又あの鬼共に姿をかへるのであらう。

子供達には、この三つが一つだといふのには、あまりにも夫々が別々なものでありすぎて、一連の生命としての連絡図は描けさうもなかつた。こもこもさんは、子供達のゆくてに立ちふさがつてゐる、未知の世界の門番に相違なかつた。

行者山の火渡り

　行者堂は、御崎谷の入口の山の上にあつた。新川の土橋を渡つて、急な石段を登ると広い平地になつてゐて、鳥居や狛犬や石燈籠の向ふにこの御堂はあつた。ここからは下の田圃の中に曲りくねつて続いてゐる、旧国道の松並木や、港の一部や、十神山や、中海が見晴らされた。

　御堂は二間四面位の大きさで、鳥居や狛犬のある事からすれば、神社のやうでもあつたが、表構へや内部の飾付けなどは、御寺らしく、子供達は、どんな風にをがんでいいのかわからないやうな御堂であつた。それといふのも、彼等のどんな家庭でもがさうであつたやうに、仏壇と神棚が一つの部屋に同居してゐても、何の不都合もなく、一つには合掌で、一つには柏手《かしはで》でをがみ方の仕訳が出来たが、この御堂のやうに神と仏とがこんがらかつて、といふよりは適度にまぜ合はされてはをがみやうがなかつたからだ。

　それは兎も角、御堂には、其頃の神社の蔀格子《しとみがうし》などに、よくぶらさげられてゐた女の切髪や、紙でこさへた人形《ひとがた》などといふ薄気味の悪いものが、ここの扉にもぶらさがつてゐた。一体こんなものはどういふ種類の祈願なのであらう。そこには又色々な絵馬もかかつてゐた。女の人が手を合はせてゐるあの絵馬も多かつた。

過ぎ去つてしまつた緑青や朱や胡粉の半ばはげかかつてゐたこんな古い祈願に——大抵ははたされなかつたかも知れないそんな祈願に、いつも白々しい風が吹いてゐた。

御堂には、平常は誰もゐなかつたが、時々堂守であつた町の樫木屋《かたぎや》の老人が来て、坊さんのやうな白衣を着て、鐘を叩いたり錫杖を振つたりして、御祈禱をした。

芒が穂を出し山萩が咲くと、ここの秋祭りが来た。平常は人気《ひとけ》のないこの山も、その日ばかりは土産物の店なども出て、おまいりの人で一杯になつた。

山伏姿の樫木屋の老人は、同じ姿の多くの同勢をひきつれて、この御堂の前で護摩をたいた。二坪もあらうかと思はれる、この護摩の大きな火は、青い高い空にめらめらと燃え上つた。両側にならんだ山伏達は法螺貝を吹き、錫杖を振り、声高に呪文を合唱した。そのうち、すぎなりに積まれた薪がくづされて熾《おき》になる前に、先達である樫木屋の老人は、錫杖を振り振り、いきなりどかどかとこの火の上を踏んで渡つた。それはすさまじい姿であつた。

続いて山伏達は一人一人次々に渡つた。それからこの一杯の祈りのつまつた声の中を、人々も次々に渡つて行つた。子供達も一人一人新しい草履をはいてこの熾の中を渡つた。然し一人として着物を焦がしたり、やけどなんかはしなかつた。子供達は何のためにあんな大きな火をたくのか、何のために熾の畑を踏まなければならないのか、何のためにあんなに一生懸命祈らなければならないのか、そんな事は何も知らなかつた。さあ御前達も渡れ、とせき立てられて渡つただけであつた。それも見るからにあぶなかしいこの火渡りに、どぎまぎしながらも、誰でも渡れる事を、眼の前に見ては尻込み出来なかつただけである。だから渡りおほせてほつとしただけであつた。

然し子供達は、只誰も渡るから渡つたといふだけではなかつた。渡る迄には矢張り子供なりに一応の決意がいつた。それは子供達だけではなかつたのに相違ない。危険に当面した時の緊張——誰も彼も石のやうになつてゐたのに違ひなかつた。それを法螺貝と錫杖と呪文の嵐は、ともするときざさうとする不安の念を吹き払つてゐたのだつた。一体これは誰が渡つた事になるのであらう。修験道のこれは一つの秘密に相違なかつた。で、子供達はやれやれとそれでおしまひであつたが、然し親達はそれだけではなかつた。これでこの子は清められたのだ、障りになるものは皆払はれたのだ、これでこそこれから無事息災に育つてゆけるのだと安堵した。

行者山は、その後つぶされて跡かたもなくなり、大きな工場の敷地になつてしまつた。

三つ股

秋口になると、在所の農家では椿の実を採つた。この実は干しておくと自然に割れて、中の黒い実がとれた。この実をしぼつたのが椿油で、大抵の実は三つ股に割れたので子供達はこの実のからを三つ股といつた。椿の実はなつてゐる時も見事で、油蟬がジンジン鳴いてゐる木立の葉隠れなぞにのぞいてゐる、赤味のさしたあのつやつやした実は、子供達をひきつけないではおかなかつた。それはやがては三つ股になるからだけではなかつた。この実一杯につまつてゐるはち切れるやうな何物かが、子供達をひきつけたのであつた。子供達は黒い実には用はなかったが、そのからには用があつた。その頃の子供達は、砂で御盆位の小さい土俵を作つて、その上で三つ股で角力をとらせて遊んだから。

　法師蟬が鳴き出すと、それを合図に子供達は毎年手籠をさげて、三つ股を求めに在所へ行つた。法師蟬が鳴かないことには、椿の実は割れないのを子供達は知つてゐたから。然し三つ股は、どこの家にもあるといふわけではなかつたので、在所中一軒一軒さがして歩いた。それで行つた事もない随分と遠方へも行つた。日白《ひじら》だの久白《くじら》だの論田《ろんで》、野方《のかた》、早田《そうだ》、母里《もり》などといふ、文字ではどうしても読めない在所へも行つた。田圃の中の部落もさる事ながら、山沿ひの在所の見尽しも出来ない美事な家の配置や、そこに営まれてゐる農といふ仕事の素晴らしさを、こんな所で子供達は知らないままに、彼等のからだの中に一杯につめ込まれてしまつた。それはさうと、農家では椿の実のからは焚き付けにする為によく干してあつたものだ。で、あけつぱなしの長屋門からのぞいたり、生籬の隙間からかいまみたりするうちに、三つ股は知らず知らずのうちに子供達に色々なものを見せてくれた。然し莚の上に干してある三つ股は、子供達を有頂天にした。どんなおもちや屋の前に立つても、これ程迄には子供達をひきつけなかつた程、子供達を夢中にした。あるはあるは、大きなの小さなの、ずんぐりしたのやからからのや、ひからびてそりくり返つたものや、生干しのつやつやしたものなどが、莚の上一杯に干してあるのだ。

子供達は、どうしてこんなものに夢中になつたのであらう。樫の実なんかもよく採りに行つたが、みがかれたやうなあの皮膚や見事な形に見とれたものだ。そして中の実を掘り出して、ひいひい吹いては大事に持つてゐた。あんずや桃の核だつて、あの彫つたやうな不思議なしわを子供達は見逃がしてはゐなかつた。どこ迄行つてもはてしのないあのしわ。――それを走り元の石で両面をすり落して穴をあけて、中の実を出して口笛のやうに吹いた。こんなものの形や色合などのすばらしさは、教はらなくたつて子供達は知つてゐた。然しそんなものにも増してこの三つ股は子供達をそそつた。

三つ股は自然物ではあつたが、その割れ方にはどこかこさへたもののやうな親しさがあり、質も堅く色も千変万化で、売つてあるおもちやのやうに出来上つたものではなく、どこにもきめ付けられた所のない未完成品なので、そこに子供達はひつかけられたのだと思はれる。それは既製の物にこちらを合はせるのではなく、こちら次第で向ふを変へる事の出来る——言ひ代へれば自分でどうにでも創れるところに——そんなものが子供達をそそつたのに相違なかつた。そんなものが、しかも一つ一つ違つた何百もが蓆の上にならんでゐるといふ事は、ただならない事であつたのだ。こんなものの形は勝負を競ふ用途と結び付いてゐるとはいふものの、選び出す時にはそんなことはどこかに消し飛んで、物の形や色をこれ以上とは思はれない程厳密に見させた。然もあつといふ間にそれを見分けさせた。それと不思議な事は、子供達は三人寄つても五人寄つても、すきな三つ股は誰にもすかれた。それから相談してきめたわけではなかつたが、無言のうちに三つ股は子供達の間では皆公認の等級がついてゐた。原始社会を支配した自然法とでもいつたものが茲にもあつた。そして夫々の姿に応じて、歴史上の知名人や力士の名がつけられて、それで通用した。子供達は、こんな三つ股を二百も三百も切り溜に入れて持つてゐた。これ等は然し単なる勝負の道具だけではなかつた。一人の時でも取り出しては一つ一つ眺めてあきる事がなかつた。

町の教壇

町の入口や港の船着場には、其頃の街道筋によくあつた煮売屋が繁昌してゐた。通りに向つて並んだ、へつついの上の鍋や釜から立ちのぼる煮物の湯気や、燗酒の匂ひの幕の中に、在所の人や旅の人達が、土間に切つてあつた囲炉裏の焚火のぐるりに立てこんでゐた。ちらつく小雪の簾《すだれ》の向に、それは子供達には未だ見た事のない油絵を――明治時代のあのこくめいに描き込まれた油絵を見せてゐた。

そこにはまた八百屋の店先に吹き込んだ雪にまみれた人蔘や蕪や橙が、灰の下の燠のやうに、人々の心をあたためてゐた。それにしても薄氷を透して見える、大きな水鉢の中の色こんにやくや、数の子の寒々した色合、根深かの青に隣る皮鯨の切り口の薄桃色、粉吹く吊し柿と千切り大根の薄甘い表情、――軒先に釣られた鴨や小鳥の、単なる食べ物としてだけではない子供達のある目覚め――。

また荒物屋の店先に積まれた朴の木の炬燵や、松の木の匂ひのぷんぷんする雪搔きや、新藁の雪靴――雪を呼び雪に呼ばれてゐるこんな物の、使ふ以外の意味のかすかな自覚。

其頃の商家や物を作る家はどこでも四季を通じて、表は吹きさらしにあけてあつたが、それにはさまれたほかの家は、連子格子か蔀戸《しとみど》に障子をはめたしもた家であつた。切り妻の二階建ちの瓦屋根と、白壁の続いた町の通りは、今からすればどうしてかうも、みごとにお互が住み合へるものかと、思はないではゐられないやうなととのつた町――さういふ事さへ知らないで住まつてゐた人達の或る仕合はせがそこにはあつた。

そして町を通る人達は、蔀戸の障子にはめ込まれた、小さい硝子を通して見られてゐた。家の中の人達はこんな気付かれない眼で、時々往来を見た。昔から安来千軒と言はれたこの町は、実際は其頃五六百戸位しかなかつたらしく、二三千人しかゐなかつた人々も、大抵は縁続きや知人だつたので、今日はあの人はこれからあの家へ行くのだらう。この人はあそこからの帰りに違ひない——さういふ事がこの眼で解つた位、町はのどかにうららかであつた。

　仕事場が住居と切りはなされたり、裏へ隠されたりしたのはさう古い事ではない。それ迄はどんな仕事場でも街道に向つてあけはなされてゐたので、子供達は見るものが多かつた。菓子屋、こんにやく屋、麩屋、豆腐屋、湯葉屋、紺屋、鍛冶屋、建具屋、白銀《しらがね》屋、轆轤屋、提灯屋、八百屋——小さい町ではあつたが、一と通り入り用のものは、皆町で作られたから仕事の種類は多かつた。

　おからはなぜ円錐形をしてゐるか、豆腐にはなぜお臍《へそ》があるか、湯葉はどういふ工程で出来るか、こんにやくはなんでかためられるか、金平糖《こんぺいたう》の角《つの》はどうして生えるか、こんな事を知らない子供達は一人もゐなかつた。

　色麩や花麩の工程の美しさ、とんぼ玉といはれるあの色硝子の小玉や、墨流しや、練り上げの陶器や硝子の技術を、子供達はろくずつぽう文字も読めない頃から知つてゐた。

駄菓子屋の職場は、店の隣りの連子格子の中にあつたので少し見えにくかつたが、でもあの多種多様なものが何でどうして作られるかを子供達は大抵知つてゐた。柱の折れ釘にひつかけられた赤飴が引つ張られてはかけ、かけては引つ張られて行くうちに白くなつて行く変化の不思議、それからアルヘイトウのねじり方の秘訣や、カルメラをふくらすこつ――かういふ事が子供達に見逃される筈がなかつた。格子にしがみ付いてのぞいてゐる子供達は、単なるいぢきたない食魔ではなかつた。

金平糖を作る家の表の板の間には、三尺近くもあるやうな鉄の浅い平底鍋が、炭火の上に二つも三つも、少しはすかいに据えられて並んでゐた。右の方には煮られた砂糖が赤鍋に入れてあつた。初めに砂糖をまぶしたけしつぶを平鍋に入れて、それに赤鍋の砂糖液をかけながら、大きな平さじでかきまぜかきまぜされる。これはなかなか根のゐる仕事で、学校のゆきに見て置いたのが、帰りに見てもさう大きくはなつてゐなかつた程、この生長は遅々としてゐた。作る人も見る者も根くらべで、まいて置いた種が芽を出す程待ち遠しかつた。がその内追々あの角が出だして来るのは愉しかつた。それにしてもこんな砂糖の性質が、どうして見付かつたのであらう。

油屋の店の太い角格子の中には椿の実や、綿の種や、大豆などを絞る、大きな欅で組み立てられた頑丈な装置があつたが、そこには裸体の人達の、仁王のやうな労働が、子供達を圧迫した。そして、太い撞木《しゆもく》を打ち込む木と木との壮大な音は、子供達を引き付けると同時に、自分達も亦締められて、油を取られるやうな思ひをさせられた。

愉しかつたのは轆轤屋の仕事場であつた。開けつぱなしの店先の木屑の中で、ここの老人は丁稚の踏む轆轤で、木の中から色々な形を出して見せてくれた。玩具が多かつたが、見てゐるうちに出来上るねぶりこの、くるくるした形の愛らしさ、小さい椀や皿や御盆が湧き出す不思議、どうしてこんな形が木の中に隠れてゐたのであらう。

雪が消えると独楽《こま》をまはしたので、子供達は皆ここへ押しかけて行つた。ここの老人は子供達のどんな望みでも、気持ちよく聞いてくれた。出来合ひの独楽なんか売つてゐなかつた頃なので、子供達はこの老人を借りて、夫々自分の独楽を作つた。そして出来上るとそれを持つてすぐに鍛冶屋へ行つた。心棒と金輪をはめて貰はねばならなかつたから。

町の裏通りにあつた鍛冶屋は、どこもかしこもくすぶりかへつてゐたが、子供は並んで待つてゐるうちに、色々なものがこの仕事場から見付かつて来た。あの荒壁の通風装置や薬罐を釣られた自在鍵の下の火床やふいご。金床や水溜めの配置や、色々なやつとこや鉄槌――、町家では囲炉裏を使はなかつたので、子供達はここで初めて自在鍵を知つた。其の自在鍵の鍋で煮られる惣菜や雑炊――、仕事と暮しが分れない前の、それが縄のやうになはれてゐる素晴らしさを、子供達は知る前に既にここで見せて貰つた。それにしても子供達は、ここでは何よりも火に魅入られた。ふいごにかき立てられて息吹《いぶ》いてゐるあの火、鉄のかたまりの焼けただれたあの色、火と言へば火鉢の火か、山遊びで焚いた火位しか知つてゐない子供達には、こんな生きさかつた火、仕事の火は初めて見る火であつた。真白に焼けた鉄のかたまりが、金床の上で打ちのめされるたびの身もだえ、音の中から飛び出す火の子のまたたき、白から黄へ、黄から赤へ、赤から紫へと、次第にさめて行く火の呼吸、一瞬間もじつとはしてゐないこの生きもの、撫でる事も摑む事も出来ない火の生態、——かうして子供達は、この鍛冶屋の表の椽側に腰掛けて、自分の独楽の順番を待つてゐた。

里子

町の子供はよく里子にやられた。恰好な家があると、町の家へも預けたが、多くは近くの在所の農家に預かつて貰つた。預かつた家では乳兄弟である自分達の子供よりは大事にかけて育てた。病弱な子供でもここではすくすくと大きくなり、丸々と太つた。

里子は欲得づくでは出来なかつた。話が合つただけで、預り料の約束どころか何の取り決めもせず預かつて貰ひませぬか、預かりましやうで預かつて貰つた。御盆や正月はもとより、季節季節の心ばかりの付け届や、折に付けての贈り物位が御礼と言へば御礼でもあつた。

その代りそれ以来は、親類並につき合つて生涯親しくした。預かつた家では、あの家の子を預かつて居るといふ事が、何かに付けて誇りでもあり、何よりのこれが報酬でもあつた。

預けた家では、委せ切り安心し切つて居たので、めつたに見に行くやうな事はしなかつた。又そんな事をしては、差し出がましく思はれはしないかといふやうな気兼ねもあつて、つひ控へめ勝ちになつた。然し預かつた家では、そんな事はちやんと汲んで居て、折を見てはおんぶして、見せに連れて行つた。

こんな時には、預け子はきよろきよろ様子の違つた実家を見ては、むづかつたり泣いたりした。で実家でも、ともするとそんな事から、家で育つた他の兄弟達よりは、うとまれ勝ちになつたりした。然しさういふ事があればあるだけ、預かつた家では一層可愛がる事にもなつた。生みの親より自分をしとうてくれるこの子が、真から可愛ゆくなるのであつた。それにこの子は何時かは実家へ返さねばならず、実家の子だからと思ふ心が、よけいに情愛をそそる事にもなつて、産みの子よりは可愛ゆくなるのであつた。かうして預け子は、その儘その家の養子や嫁に貰はれたりする事もあつた。

孝四郎は、母の産後の肥立ちが思はしくなかつたので、知り合ひの新町の炭屋へ預けられた。炭屋と云ふのは屋号で、小さな商家で細々した暮しであつたが、夫婦揃つて世話好きなのと、親切な思ひやりの深い人達だつたので、孝四郎は不如意の中でも仕合はせに育てられた。同年の自分の女の子よりも、この夫婦はずつと眼をかけ可愛がつた。

そして四つになる迄、この子はここで大きくされ、その年の暮に実家へ引取られたが、さて引取つては見たものの、この子は家になづまず、夜になるとむづかるので皆困り果てた。預かつた家も預かつた家で毎日孝四郎はどうして居るかと大事な物でも取られたやうに、夫婦共気ぬけのしたやうに心配し続けた。町の内だからすぐにでも行けるし、会ひ度いのは山々でも、さうしては親元にすまないので行けなかつた。済まないといふのは、会へば子供が何時迄も実家になづまない事になるからだ。で、人づてに子供の機嫌を聞いては、気をまぎらはした。二日や三日はそれで過ぎたが、夜は寝覚めがちで、どうにもならず夫婦は閉口した。もう辛抱出来なくなつた母親は、とうとう父親に様子を見に行つて貰ふ事にした。それも日の内は行けないので、子供が寝付いた夜更けを見計らつて行つて貰ふ事にした。

父親は、誰一人通らぬ寝静まつた真夜中の町を、木履にはさまる雪を落しながら、真白になつて孝四郎の家の戸口に立つた。そして大戸の隙間に耳をあてて孝四郎はどうして居るだらうかと、何かそれらしい気配を聞き取らうとしたが、家の中はしんとして物音一つなく、勿論孝四郎の寝息が門口迄聞えて来る訳もなく、凍り付いた石にでも向つて居るやうに、父親はあぢけなかつた。そして居るに居られず帰るに帰られず、ためらひながら若しかして人に見つかりでもしたら、何をしてゐるのかと思はれさうな自分が気が気でなかつた。でも父親はどうしてもそのまま帰れなかつた。で思ひ切つて、聞えるか聞えないかわからぬやうな小声で、父親はたづねるのであつた。孝は寝ましたかえね、孝は寝ましたかえね――その内、家ではやつと気が付いたと見えて、でも起きては来ずに、寝ましたけんね、寝ましたけんねと答へるのであつた。父親はそれだけ聞けばもう十分であつた。来た甲斐はそれで十分であつた。かうして毎晩「寝ましたけんね」を聞きに父親は凍つた雪の真夜中を通ひつづけた。そして待つて居る母親に、もう寝たげなと告げて寝るのであつた。

それから十年もたたないうちに、この家は段々栄えて、賑やかな町筋へ移り、三代目になつた今では、手広い盛んな店になつた。この里親は生来の世話好きで何かにつけて町のために働いた。社日桜が枯れて跡方もなくなつたのを、今のやうに丘一杯を花にしたり、安来節の保存会をこさへて、全国に流布するのに骨折つたりもした。そしてその孫にあたる当主もこんな血を受けついだのか、町にはなくてはならない世話役の一人になつたが、この間も浅草木馬館の安来節一座へ行つて見てびつくりしてしまひ、戦後十八年年中無休昼夜二回興行で郷土の唄を唄ひ続けてゐるのにすつかり感激して、町はだまつてはゐられないとひどく意気込んで帰つて行つた。

それにしても、この里の母親は母親で、孝四郎が大人になつても、よくもこんなに可愛がられるものかと思はれるやうな愛情を持ち続けた。そこでは、実子だとか里子だとかいふやうな世上の考へを飛び越えて、人の内に隠れてゐる不思議なものがまざまざ正体を現はしたといふ事を、誰も認めない訳にはゆかなかつた。

隆三はひよわかつたので、和田の農家に預けられた。和田は町から旧街道の松並木を五、六町東へ行つた三十戸ばかりの部落で、北には松山を負ひ、南は田圃に向つて開け、東には大山が見え、冬でも明るい日溜りの饒かな在所であつた。隆三はこの部落の中程の中農の家に預けられた。生籬に囲まれた長屋門を這入ると、広い庭の向に大きな草葺きの母屋があり、ぐるりには柿や蜜柑や無花果などが、ぎつしり繁つてゐて、見るからに安心の出来るやうな家であつた。ここの母親は、赤ら顔の太つた見るからに丈夫さうな大女《おほにょば》で、隆三は行つたその日から、もう将来の健康を保証してくれてゐるやうな人であつた。ここの家でも夫婦揃つて隆三を可愛がつた。丸々と太つたこの家の男の子と、やせて青白い隆三とはよくこの大女にだかれて、両方の乳に二つの顔をすり付けてゐた。乳は捨てる程あつたので隆三は間もなく頰つぺたに赤味がさし、手足も赤ん坊らしくふくれて来た。

母親は預けた家から贈られた、手織縞の新しい負ひ着物で隆三を負ふて、手籠に入れた畑のものなどを手土産に、時折は実家へ見せにつれて行つた。

実家の母達はその都度、真からこの母親をいたはりもてなし、珍らしいものでも見るやうにこの子をあやし、他家の子でもほめるやうにほめそやした。そして帰りには乳兄弟と揃ひの、玩具やよだれ掛けや菓子や、母親が手をつけなかつた御馳走などを、手籠につめて持つて帰つて貰つたりした。

隆三は二つの年迄預けられたが、それで縁が切れたのではなかつた。実家になづいてしまふと、今度は預つた家は何かと言つては隆三を借りに来ては連れて帰つた。代《しろ》満《みて》だといつては呼びに行き、御祭りだといつては招き、松茸山の山開きだといつては連れに行つた。かうして隆三は物心付く迄半分半分位両方の家の子であつた。だからこの子は町の子供であると同時に、村の子供でもあつた。

和田の妙見さんの秋祭りが来ると、この神様の大きな鼕《どう》を出して貰つた村の子供達は、大勢寄つてたかつてこれを打つた。黄熟した稲田を越えてこの音は、遠い在所まで聞えた。三つか四つのいたいけ盛りの未だほんの子供であつた隆三は、呼び迎へられて里親のてんぐるまにのせられて、御宮さんに連れて行かれた。隆三は物心付いて始めて見る、この大きな音のする物に心をとられて、打つて見たくて仕方がなかつた。でも大勢いるいたづら盛りの寄せ付けもしないやうな、大きな子供達を見てはどうする事も出来ず、鼕が鼕がと父親にゆびさすだけであつた。父親はそれを見て、よしきたよしきたといきなり藝を叩いて居る子供を押しのけ、ばちを取つて隆三に持たせ、自分の手を添へて打つて見せ、手をはなして隆三が叩くのを見守りながら、打ちあきる迄子供達には、手を出させなかつた。

この父親は、母親に輪をかけた位この子の事なら何でもしてやつた。隆三が或る時部屋でおしつこがしたいといつたら傍に居た父親は、いきなり両手を合はせてこの中にせよといつた。隆三はおかしな事だとは思つたが、言はれるままにその中へおしつこをした。父親は、ああしたかしたかと笑ひながら、節だつた大きな手を一生懸命に合はせて、漏れはしないかと気をもんだ。

隆三は大きくなつてからも、和田のものは何でもよかつた。町の祇園さんよりは和田の妙見さんの御宮が立派に見えたり、なめ味噌は和田の家のが塩辛くても、家のうまいのよりうまかつたり、家の白い餅よりも和田の粉米で作つた歯につく、えしんか餅の方がずつと餅らしく思つたりした。隆三の実家は造り酒屋であつたが、仕込祝ひだといつてはこの里親を招き、新酒だ新粕だといつては届け、今に行つたり来たりしながら親しくしてゐる。

里子は二つの違つた環境と、二軒の生家を持ち、二た組の父母に守られ、普通の子供の倍程もの兄弟を持つた。

食思味考

雪が消えると高菜が出た。苦み走つたこの味噌汁から、春が始まつた。程なく何処かの知人から、毎年十六島海苔が送つてきた。焙炉《ほいろ》か紙の上で焙つたこの潮の香は、この辺の海岸を思ひ出させないではおかなかつた。

十六島と書いてオップルイと読むのは、松江に近い出雲郷をアダカイと呼ぶのと同じく、出雲では変つた地名であつた。オップルイといふのは朝鮮語だといふ説もあつたが、それは兎も角、島根半島北浦の岬端のこの漁村の荒磯は、凡そ海苔といつたものとは別な髪毛のやうな海草を育てた。子供には、この海苔を食べる毎に必ず思ひ出させられる事が一つあつた。それは、且つてこの漁村の網元の床の間にかかつてゐた、墨書の大幅の詩の一節を見た事であつた。商冥敵と戦ふ蚊眉の上。蛮蜀交々争ふ蝸角の中――といふのがそれであつた。この言葉は子供をびつくりさすと同時に、子供のからだに穴をあけた錐であつた。これは物事を別の立場から見さす事を教へた最初の穴であつた。それからこの穴から時々外を見るやうになつた。かうして子供はここで拡大縮小、遠望近視、自由自在な展望台に乗せられることになつた。それ以来この海苔を食べる毎に、この二行の文字もかみしめる事になつた。食物は飛んでもないもので味を付けられるものだ。それにしても、どうしてこんな古い言葉が、死なないで今に生きてゐることであらう。

花の前後には針魚《さより》が採れた。針魚といへば銀光りした細身の刺身、おからの巻鮨。続いて芽の葉が出た。芽の葉といふのはわかめの葉の略称で、大社の近くの日の御崎辺で採れる御崎芽といふのが優品で、走りは二月頃に出たが、北浦一帯で採れるものの一般市場へ出るのは若葉にまぶしい日が照る頃で、毎年きまつたやうに芽の葉売りの人が町へ来た。そしてこの人達の夫々違つた呼び声は静かな町をさはやかな色で塗つて行つた。何処から来る人か知らないが、毎年この人達は得意先をまはつた。天秤棒でかついだ渋紙張りのぼて籠から、一と重ね宛藁すべでからんだこの青々とした海草を出しては、風味をさせた。其頃になると、何処の家でも火鉢にかける焙炉を取り出して紙を張り代へた。正月のひき札やちらし絵などを色々に切つて張る家が多かつた。判取帳や大福帳の紙も張られた。芽の葉は直火で焼いては大半の味は逃げた。で他国の人に送ると、汁の実位にしかされないので、そんな先には送らなかつた。

それから山椒の若芽が出る頃になると申し合はせたやうにエノハが採れた――といふのは、この魚のすまし汁に、わかめが付かない事には御汁にはならないからだ。どちらがどちらを呼ぶのか、御互に不思議な間柄であつた。

エノハといふのは、大きさや形が榎の葉に似てゐるからだと思はれる。これは銀光りのした、見るからにきびきびした小魚で清らかな中に深い味を持つてゐた。この魚の刺身や、町でぼた焼といつたこの魚のてり焼などは、類のないものであつた。

伊勢湾の浜で、これと同じ魚を見た事がある。土地ではゼメと呼んでゐたが、浜の人達は、こんな骨の多い小魚は仕方がないといつて、食べるどころか捨てて顧みなかつた。丹後の久美浜湾でもこの魚を見たが、焼いて猫のゑさにするだけだと聞いた。厳島ではシユスと言つたが、ここでも下魚で顧みられないやうであつた。中海では、釣りもするが網でも採つた。町では、この季節にはなくてはならない魚であつた。かうして幾世代に亘つて食べて来たこんな物は、彼等のからだの中にゐる先祖が、その都度目をさます事になつて、子供達の中をかけまはるのであつた。――自分は先祖だ、自分は子孫だ。

燕が飛び交ひ、田植が始まると、外海から採れる飛魚が来た。この魚は代満《しろみて》の御祝にはなくてはならない肴であつた。大きな手籠に一杯這入つたこの魚を、子供達は在所の親類に持つて行かされた。子供達は田植じまひの御祝の御馳走をよばれて、帰りには色々な御土産を貰つた。御土産の中には、焼米が必ず這入つてゐた。焼米といふのは、苗代へまいたあまり米の煎つた玄米の事なのだ。かみしめると一種のかほりが口の中に広がつた。

それから飛魚では、どこの家でも半ペンを作つた。田圃では麦刈が始まり、あちらこちらから芥火の煙が夕日になびいた。蛍の頃になると、この魚で作られた蒲鉾が肴屋の店先で焼かれた。指位な竹に、調理されたこの魚の肉をたんぽのやうに巻き付け、炭火の炉でまはしながら焼かれた。この辺では、この蒲鉾を野焼と言つた。蒲鉾には、麦殻で巻いた竹輪や豆腐蒲鉾があつた。豆腐蒲鉾は不漁の時に困つて出来たと言はれて、竹輪よりは下物とされたが、これは蒲鉾にはない一種の風味があつた。

真夏には、今では禁猟になつたが、伯太川や飯梨川が中海に注ぐ川尻で、シヤクとこの辺で言つてゐる水鳥が採れた。これはシヤコのなまりかも知れない。西比利亜辺から来ると言はれた、この嘴の長い足の長い鼠色の鶉程の大きさのこの鳥の吸物は、比類のない美味だと大人達は言つた。この頃には、中海ではもばぶくが採れた。これは藻の中に居る可愛いい五六寸位な小河豚の事で、無毒の上に味が素晴らしく、身ばなれが好いので、煮付けにされたり、白味噌汁にされたりした。

セイゴ、スズキ、チヌ、鰻、岩鯊魚《いわはぜ》、——夏魚の種類は多かつた。そこには又、こはだの一種であるニガコとかカワコとか言はれる小魚の刺身や、糠味噌漬などといふ小地域に限られた美味があつた。さうする内に、手長海老や車海老の鬼殻焼を名残りに、夏は行く。七夕祭りがすんで、田の畔に溝萩が咲き、朝夕ひぐらしが鳴くやうになると赤芋が出た。はげしい残暑の中に吹くこの味は、さはやかな最初の秋風であつた。ツクツク法師と棗《なつめ》の実、この木に居るおこぜにさされた痛さと秋の高い空。

秋と言へばきのこ。きのこの中でもヌメタケは特色があつた。これは山形辺の栽培したなめことは違つて、町の裏山の松林の下の生え繁つた裏白《うらじろ》の中に生えた。落葉を冠つたこのきのこは、川の藻草の中に泳ぐ鯰のやうにぬめぬめとかくれてゐた。このきのこの豆腐汁は、深まつて行く秋を知らせた。鯖が食膳に上り栗御飯がたかれさはし柿が出るやうになると、間もなく水霜が降りてくる。柿はあの面長の西条柿、朝寒むの日の前夜から酒樽でさはされたこの柿の身にしみる味。梨は晩三吉、枝もたわわなこの梨の大きさと重さ。この頃には網海老が採れた。これは塩辛にもされたが、そのままで煮たり、野菜と一緒に煮たものなどは、季節が冬に這入る予告でもあつた。

中海では、その頃から赤貝が採れた。出雲で赤貝と言ふのは、丹波栗位しかないやうな小粒のもので、関東辺のあんな大きなのは採れなかつた。赤貝には沖赤貝といつてゐる自然生のものと、漬赤貝といつてゐる養殖貝とがあつた。然し養殖といつても何も手を入れる訳ではなく、稚貝を所定の場所へまいて成長を待つばかりのものであつた。味に大差がある訳ではなかつたが、微妙な差の為に沖赤貝の方が珍重された。

赤貝を採るには、そりこ舟が使はれた。あの底も胴体も丸いくり舟を、艫で加減しながら大きくゆさぶりゆさぶり網の付いた鉄の熊手で海の底をさらつて行くのである。垂れ籠めた初冬の雲の下の中海には、こんな舟が必ず居た。

赤貝はどこの家でも、先づ味噌汁にした。この味噌汁は、この辺の河海風景の平遠法とでも言ふ可く、淡々として遠くへつれて行くあまさがあつた。これは又ガラオモシにした。ガラオモシといふのは殼蒸しの土語で貝ぐるみ生醤油で煮ただけのものではあるが、惣菜にふさはしい呼名通りのこのぶしつけな取りすまさない姿が、誰にも親しまれた。又この貝は、殼ごと大根や蕪や人蔘と一緒に煮られて、どこの家の食卓にも、布志名焼の大鉢に山盛りにされてゐた。これは煮直す程味が出るので、一度にびつくりする程沢山作られた。然しこんな手荒い直接法の料理は、他国の人を面喰らはさないではおかなかつた。

この貝は、生でも煮ても口を開かない。新しければ新しい程、口を閉ざしてゐる。然し、この貝の何処をつまめば開くかといふ急所は、子供達でも知つてゐたが、他国の人にはむづかしく、時にはかんしやくを起して、御膳になげ付けた人もあつたと言はれた。子供達は、口を開かないといふ事だけで嫌はれるのは物足りなかつたが、然しそのうちに、容易に口を開かないこの貝の意味が解つて来たので、無理にすすめやうとはしなくなつた。この貝は今もつて他国の人にはがんこに口を開かない。

さうする内に、雪がちらちらする雪の日の白魚やアマサギ、やがて肴屋の人のかつぎまはる鰤に霰が降る。子供達には正月は鰤からも来た。

——前記の起承の二句は、頼三樹三郎の詩だと言はれました。勿論これは漢詩からの引用だと思はれるのですが、転結の句は重要でなかつたか覚えてゐませんので、御存じの方がありましたなら御教示御願ひ致します。何分子供の時の記憶で、文字も間違つてゐるかも解りませんが、意味はこの通りだつたと思ひます。

草履の添へ物

新町の漁師甲某の隠居は、草履を作るのが上手な人だつたので、子供達はよく頼みに行つた。

この老人の作る草履は、そこらに売つてあるものとは断然ちがつて居た。ふつくらとした厚味があつて柔かくて、見るからに豊かで、それでゐて、はいて形がくづれず強かつた。

手狭ではあつたが、きれいなたたき土間の蓆の上にあぐらをかいて、この老人は草履を作つてくれた。子供達は、丸いつやつやした藁打石の前に、ちよちよくばつて出来るのを待つた。足指にひつかけられた四本の縄に、藁すべを織り込むやうにはさんで行くあざやかな技術や、最後にぐつと縄がしめられて、小判形に出来上る変化など、子供達は見飽きなかつた。

老人の部屋は、この土間に続いた、床の低い三畳敷位の広さで、入口の横に小さい炬燵を切り、南受けには中敷きの出窓が作られ、ここの障子からの柔かい光線が、藁蓆を明るくあたためてゐた。この小障子をあけるとすぐ畑と田圃とその向に山とが見えた。北の小窓をあけると、港の向に十神山が見えた。正面の壁の半分は押入れで、半分は棚で、棚の上には手まはりの品の外に、網すきの道具や、すきかけの網などが置かれ、蓆の上には古い陶器の手さげ火鉢や、竹筒の煙草入や、煙管《きせる》や座蒲団といつたやうなものが、夫々あり得べき位置に置かれてゐた。それから土間から壁へかけては、這ひ縄の道具や釣り竿や手網《たも》や蓑や笠や、そんな漁具が各々場所を得てゐた。

子供達は、草履のためにここへ来たとはいふものの、この老人の人の好い穏やかな親しみ深い人柄にも、知らず知らずに引かれてゐた。全くこの老人は、安穏其のもののやうな人であつた。

中海には命がけでぶつつかるやうな波も立たず、手におへないやうな大きな魚もゐず川からの水でうすめられて潮もからくなく、海は浅く、到る処の静かな入江が、丘と畑と田をだき抱へてゐるこんな自然が、かういふ人柄を生んだのかも知れない。

子供達は、この老人から草履の外に、もう一つの貰ひものをしてゐた。それは草葺きの荒壁の、藁蓆の言はばみすぼらしいとしか見えないやうなこんな小屋が、どんなに立派に作られた家よりも、ずつと親しくて、気安くて愉しいかを、まざまざ見せられた事であつた。暮しとしては最低のこんなものが、何で美しさからは最高の賞讃を、かち得てゐたのであらう。そして暮しの単位、しかも誰にも出来さうな愉しい暮しの単位を、はやくもここで見せられてゐた。

にがい傷

町の裏山に「くんくん」といふ乞食の老人が住んでゐた。赤土山の斜面の僅かの空地に、藁を並べた程な小屋の中に、この老人はゐた。上からのしかかる大きな赤松の枝の下にこの小屋はあつたが、遠くから見るとこれはぐるりのすべてと折り合つて、風情があつた。

つんぼでおしのこの老人は、すさまじい姿の持主で、誰にも墨絵の寒山拾得を思ひ出させた。あの河童の頭のやうな蓬髪や、世にも奇怪な容貌や、あらめのやうな破れ衣や、曲りくねつた杖をついてゐたこの仙人の絵は其頃よく子供達の家の床の間にかかつてゐたが、この末期の狩野派の絵を、この老人は身をもつて写生してゐたとしか思はれなかつた。何処から来たか、何処の人か、子供達は知らなかつた。「くんくん」とは何の事かわからなかつた。「くに」といふ名であつたので、「くんくん」といはれたのかも知れない。

この老人は可愛相だといふよりはこはかつた。みすぼらしいと言ふよりはすごかつた。だから子供達はこの老人には親しめなかつたどころか、嫌つて憎んだ。それで時時この小屋に石を投げつけたりした。さうすると入口の蓆の戸をぱつとはねのけて、この老人はすさまじい形相で現はれて来た。そして裂けた口と、飛び出した眼と、枯れ木のやうな腕を振りながら、追ひ馳けて来た。

住居は、土間の一方に藁を敷いて寝床を作り、片方には炉を切り、鍋をかけ、こはれた水甕を置き、よごれた食器や、えたいの知れない色々な手まはりの品が、そこら中散らばつてゐた。こんな中でも一人の人が生きて行くには行けたにしても、然しここには只無惨な生がはたされてゐるだけで、他には何物もなかつた。

この老人のすべてからは、何かいどまれて来るやうなものがあつたので、知らず知らずに、はむかふものが子供達を駆つて、きらはせたのにちがひないが、こんなにがいものにはどう対処したならばいいのかは、未だ知る由もなかつた。それと其頃の町は、こんな気の毒な人を、どう扱つていいのかはわからなかつたし、わかつてゐても、どうすることも出来なかつたのに違ひなかつたが、それにしても飢えさせないだけの事はしてゐたのであらう。さうするうちに、何時の間にかこの老人を見なくなつたが、それさへ忘れてしまつた何年かの後、この老人の居た処を通つて驚いた。其処にあつたあの小屋は、跡方もなくなり、松の枝の天蓋の下は一面に雑草が生え繁つて、足踏みも出来なくなつてゐた。然し子供達は且つてのこの老人につきさされたにがい傷と、それにむかつた後悔のいたでは、消す事は出来なかつた。

鯉鮒上天

田圃の水が木戸川へ落ちる落ち口には、大きな鯉や鮒がよく寄り付いた。木戸川は大きな川ではなかつたが、両岸には真菰《かうほね》が繁り、薄気味の悪い長い水藻が髪の毛のやうにゆらゆら動いてゐて淀みには河骨や水草が一面に根を張つてゐて底もわからなかつた。こんな所にゐる鯉や鮒は、餌に集まる池に飼はれてゐるものなどとちがつて、妖しい迄にすごかつた。

甚吉さんはこの川の主とでも言ひ度い程、この川筋の魚の事にはくはしかつた。夏になると素裸体になつて首から上を出して、水藻の中を渉り歩いて、魚を追つた、いや追ふといふやうな事はこの人にはあてはまらなかつた。鯉や鮒のウロ（居所）といふウロは皆知つてゐたから、そこへ行くだけであつた。甚吉さんは眼なんかで魚を見付けなかつた。この人の肌は魚の所在をちやんと見る事が出来たさうだ。何時か大きな鯉に出喰はした時、三宝に乗せられた御神饌ででもあるかのやうに、両手でささげて堤の草の上に置いた事があつたが、これには子供達はあつけにとられてかたづを呑むだけであつた。全くあり得ない事が眼の前にあり得た不思議を子供達は見せられた。子供達は水から上つた鯉がどうしてこんなにおとなしいのかわからなかつた。

昔から俎上の鯉魚などと言つて、この魚は大事にのぞんでも、ぢたばたしないものださうだが、それはあきらめが好いといふのか大胆なのか、それとも無神経なのかわからないが、兎も角甚吉さんにかかつてはたわいもなかつた。子供達には甚吉さんのまじなひにかけられたとしか思はれなかつた。丁度貂にみいられた兎のやうに、甚吉さんから出る眼に見えない何物かにつかまつたのかもわからなかつた。それと二匹もゐると両脇に抱へてゆらゆらと浅瀬迄連れて来て、足場の好い処からだごと田の畔へ飛び上つたりした事もあつたと云はれた。

何時か筑後川の鯉捕りの名人が、口には一尾をくはへ、手には一尾を摑んで、あがつて来る写真を見た事があるが、甚吉さんはそんなむごたらしい事はしなかつた。

この人の話では鯉も鮒も人肌がすきださうで、そつと抱へてやれば少しも恐れないものださうだ。鯉や鮒のままになつてゐればそれで好いので、魚と人との交渉ではないのださうだ。這般《しやはん》の消息はわからないが、如何にもそんなものらしかつた。で、魚との間に薄紙一重ほどなものがはさまつても、魚は逃げるものださうだ。捕るとか摑むとかいふやうな手荒な事は、甚吉さんには出来ない事らしかつた。

それからこの川にゐた鯰や鰻などには、甚吉さんは眼もくれなかつた。こんなものは竹筒さへ沈めて置けば、いつでも這入つてゐるやうなたわいもないもので、相手にする気がしないのださうだ。それとこの川尻から中海へ出るなら、そこには色々な魚がゐるのだが、釣りや網でだまして捕るやうな事も甚吉さんの気持にはそぐはないのださうだ。甚吉さんは自分のからだをぢかに使ふ以外には、興味がなかつたのにちがひない。甚吉さんは道具以前の人であつたのかも知れない。

甚吉さんは代々続いた手堅い雑穀屋の主人で、魚を捕つてどうかしやうといふ事も入り用もない人で、打ち込む相手も自然に狭い範囲に限られたものらしいが、多分に凝り性だつたのにちがひない。この人の鯉と鮒の料理は、親類や知人の間には定評があつたが、ことに鮒を番茶と生醤油で焚き詰めたものなどは、無類だと皆ほめた。

これは甚吉さんのこんな魚に捧げた最大の賛辞であつたと同時に、最勝の供養であつたのに相違なかつた。——誰だ、五月の空にあんな大きな鯉を泳がせたものは。

母人《ははびと》大仙《だいせん》

旧暦の五月二十四日は、大仙祭の日であつた。新暦では六月の末にあたるその頃には、毎日晴れ上つた空の下の燃えるやうな青葉の上に、この山ははつきりとその全容を現はして見える限りの人達に、初夏を化粧して呼びかけてゐた。この山は、何時も季節の微妙な移り変りを受け取つては、これを色々な表情で人に伝へた。これはこの地方の季節の暦《こよみ》であつたと同時に、雲の形や山の色合ひで、始終天気予報の美しい信号を出すその頃の唯一の天文台であつて、大抵の人はその表情で、今日や明日の気象を読み取つてゐた。この山は又、この地方の地形を総括統御してゐるばかりではなく、人々の暮しの中に迄も、安定と美の根をおろさないではおかなかつた。高さは二千米にも足りないと言はれたが、すつきりと大空に聳え立つ火山独特のあの円錐形の姿は、こんな土地に生み付けられた人々には、掛け代へのない大きな賜物であつた。大仙は伯耆のものではあつたが、その美しい姿は出雲が所有した。伯耆の西端出雲境に近いこの山は、どうした事か、その正面を出雲に向けてゐたから。そしてこの山の東側の行政上の所有者には、険しい無気味な断崖の背中しか見せてゐないのだ。これは出雲にはやさしい母であつたが、伯耆には厳しい父に相違なかつた。米子以東の人達は、出雲に来て始めて、自分達はこの山の石と土としか持つてゐない事に気が付かないではゐられなかつた。

町の人達は、乗り物なんかなかつた頃なので、御祭りの日には暗いうちに町を出て、七八里もあるこの山迄歩いてお詣りした。その時の子供達への御土産には、きまつたやうに木太刀と竹馬と手まりを貰つた。黒と朱でだんだらに色取られた紙鞘の木太刀や、板に彩色した頭に竹を通した馬などは遠いこの山を身近に引き寄せた。それから、梅雨《つゆ》上りのかんかん照りの日が続く頃になると、毎年大仙氷を売る人がやつて来た。そして、天秤棒で担いだ木箱の中から、杉の葉で包んだざらめ糖を固めたやうな氷塊を出しては、かちかち釘で割つてくれた。氷室にかこはれたこの氷は、木の葉や色々な草などが混じつてゐて、高い山の香りが歯にしみた。こんなものも亦、子供達をこの山へ引き寄せないではおかなかつた。

そのうちにこの木太刀や竹馬を弟達が貰ふやうな年頃になると、子供達は三人五人と連れ立つてこの山へ登つて行つた。筒袖の浴衣の尻をからげて、紺のけはんに草鞋をはき、一文字笠に糸立《いとだて》を着て出かけた。

米子へは三里、黒鳥《くろどり》や島田あたりで露に濡れた朝を迎へた。それから目覚めたばかりの中海を左に見ながら行くうちに、何時の間にか薄靄の向ふに、大仙はくつきりと青い空に、金色の縁を取つて紫色に起きてゐた。子供達は米子から右へ、ぎらぎら日の照り返してゐる青田の中の長い道を突き切つて、溝口の町へ出た。

溝口は、昔からの上方街道の主要な宿駅で、この辺切つての町であつたのが、阪鶴線と言はれた汽船と汽車の連絡で、上方に行けるやうになつてから、四十曲り峠なんか越す人もなくなり、一遍にさびれてしまひ、廃駅の色濃く真夏のしかも真昼の中にくすぶり返つてゐた。古風な旅籠屋や戸を締めた店屋の並んだ一筋町には、音一つするものもなく、折からの日盛りに通る人もなく、昔の茶店の名残りであらう古い軒先の赤い氷の旗だけが、この町の唯一の生きた色であつた。

子供達はこの町を出はづれるなり、爪先上りの黒い火山灰の杉林の中の道を一歩一歩登つて行つて、谷川に沿つた金屋谷の部落へ出た。広い樹海の中にぽつんとこんな美事な人里《ひとさと》があつたのは不思議であつた。かなりの傾斜面に重なり合つた家と家とが、白壁の庫を交へたりして、谷川をはさんで向ひ合つてゐるこの部落は、子供達の眼を見張らさせないではおかなかつた。多分は古い開墾部落であらうが、こんなに居付くのには幾世代の生命が積み重ねられた事であらう。

大仙は出雲地方からは、米子から尾高を経て登るのが順路であつたが、この道は殆んど展望がなく、子供達はあまり人の登らない西の真正面を選んで登つたのであつた。金屋谷を出て林をぬけきると、いきなりこの山は何物にもさへぎられずに突立つてゐた。

子供達の立つてゐる芝草の足元から、眼もくらむやうな美事な反りを打つてそそり立つてゐる青草の大傾斜面――子供達はいきなり大声をあげて笠を投げ捨て、糸立をほり出し、身につけたものは皆かなぐり捨てて、身一つになつてこの山を見上げた。頂上は手の届きさうなそこに見えてゐた。子供達はこの草原から、且つてこれ迄持つた事のない広さを貰つて、四方八方へ心を駆け散らした。そしてこの原こそ、朝晩見てゐたこの山の真正面そのものであつたのを実際に知つた。

桝水ケ原と言はれたこの裾野の中程には、大きな石の下から、全山の精気を集めたやうな泉が溢れる程湧き出してゐた。そして真夏に近いのに、もうそこには秋草が咲き、爽やかな風が吹いてゐた。子供達は歩くといふよりは、引つ張られてゐるやうに芝草を踏んだ。僅かに踏み付けられた程の道跡はあつたが、そこは何処でも道であつた。道ではない道——子供達はどこでも歩けるこんな道を歩いた事がなかつた。かうして山の中腹の横手道に登りついたのは、紫色の夕方であつた。

そこからは、登つて来た裾野の樹海の向ふに、折からの入り日を浴びた山や河や海や陸地が、眼の中一杯にとけ込んでゐた。この金色のどろどろの地形の中から、子供達は宍道湖を見付けた。島根半島を見付けた。中海を見付けた。夜見ケ浜を見付けた。そして昔の山嶽巡礼者達がこんな高処に立つて歌つたに相違ない、あの風土記の国引きの壮大な詩を、子供達も亦復唱しないではゐられなかつた。

この詩は、中古の人達の架空な想念でも何でもなく、これこそ現実正視の叡知にちがひなく、現に尚一刻も休む事なくこの大業は歌ひ続けられてゐるのを聞かないではゐられなかつた。そこには眼に見えない自然の作業の外に、人々は山を削り、海を埋め、河をせきとめ、地の底に穴をあけて、国来国来と、今もなほ叫び続けてゐるのではなかつたか。西の方宍道湖の向ふに輝いてゐる、国引きの杭であつた佐比売山《さひめやま》（三瓶山）の金の柱と、今子供達の立つてゐるこの大神山《おほかみやま》（大仙）の紫金に光つてゐる壮大な杭にかけられた、延々五里の夜見ケ浜の綱——子供達は地貌の進展をまざまざ見ないではゐられなかつた。

その夜は宿院に泊つて、且つては三千坊と言はれた天台の道場が、荒廃の一途を辿つてゐる宿坊の須弥壇の前に立つて子供達はあらゆるものの正体であると言はれる毘《だい》盧遮那仏《にちによらい》が然しそんな流転や興亡にかかはりもなく、かすかな燈明の向ふに、夢幻の時間を坐つてゐるのを見た。

子供達は翌日の暁方、案内者の提燈に導かれて、頂上に登つた。そして日の出を拝んだり足元から湧き立つ雲を見たり、昨日にも増して広大な国土を見下したりして、この山がどんな山であつたのかをしたたかに知らされた。

かうして子供達は、何時も遠方から眺めてゐた山から、山から眺められてばかりゐた自分達を、今度こそは山自体から自分達を、自分達の国土を眺め返した。それは何時も見守られてゐた母であつたこの山に、今日こそその懐ろに抱かれて乳房に口をつけた日であつた。

七夕祭

七夕の日は暗いうちに起して貰つて、子供達は近まはりの在所の親類や知人の家へ、笹竹を貰ひに行つた。そして朝露に濡れた竹藪に這入つて、手頃な高さの竹を切つてもらつた。子供達は枝豆や一番なりの南瓜や豇豆《ささげ》などを竹にくくり付けて貰つて、かついで帰つた。切りたての青竹の匂ひは、野菜のお供へ物などと一緒に、子供達の中に沁み込んで、彼等の軀に消えない模様を描いてくれた。

町では月の初め頃から荒物屋の店先には五色の紙がつり下げられて、近づく七夕祭を待たせて居た。子供達は色紙《いろがみ》を短冊や色紙《しきし》形に切つて、縁先に天神机を据ゑ、虎石の硯にどべ墨をすつて天の川の歌を書いた。七夕の天の川遠き渡りにあらねども——初めは殊勝に書いたが、その内に面倒くさくなつて、長い歌はやめて「七夕の天の川」と書いたが、終ひにはこれも略して、天の川、天の川となぐり書きした。でもかんじよりを通して結んだ色紙や短冊のこの笹は、悪筆なんかけとばして、目もあやに美しくなつた。二本のこの笹は中庭の築山に向つて立てられ、渡された竿竹には豇豆や枝豆や鬼灯《ほほづき》などが釣り下げられ、その下の机には野菜の盛り物や、西瓜やお団子が供へられた。子供達は一日中座敷の縁側で遊んだ。夜になつて鬼灯提灯が幾つもこの笹にともされて、ここは一層美しくなつた。

子供達は七夕祭の由来は少し大きくなつてから知つた。この祭と天の川とが、どんな関係があるのかまるで知らなかつた。ただ天の川とは夏の暗い夜空に南から北へ流れて居る「それあすこのあの川だ」と聞かされて居るだけであつた。あの壮麗な天体の中から、昔の人が探し出した物語——土地の上からでなくては読めない遠い星の言葉。さういふものが形の上ではこの短冊の付いた笹になり、それに鬼灯提灯がともる事になつたのを、子供達は逆さまにこの祭を通じて天体を眺めるやうになつた。そしてその為にどんなにか、この夜空の星や天の川を美しく見られた事であらう。其後知恵の光りで空も拡げられ、天の川の正体もほぼ解つて来たと言はれるが解れば解る程解らない事が増して来て、依然として天空の奥深い彼方に、この説話も保存されて、牽牛《けんぎう》と織女《しよくぢよ》のささやきの秘密は、今も猶変る事なく、七夕祭を決して無意味なものにはしてゐない。

盂蘭盆会

八月十二日の夜には町端れの街道に沿ふて草市が立つた。近くの在所の人達が、道の両側に草花や果物や野菜を並べて、町の人達で暁方近くまで賑はつた。カンテラの灯の下に拡げられた色々な草花——溝萩や鶏頭や桔梗や女郎花。こんなものは然しいつもの花とはちがつて今日はその一つ一つに御精霊《おしやうらい》が宿つてゐられる花であつた。とりわけ蓮の蕾には、それこそ先祖の御霊《みたま》が包まれてゐるやうな気がした。この蕾が開くのは、仏様が扉をあけて出て来られた証拠にちがひなかつた。この世のものとは思はれないやうなあの気高い匂ひの衣裳をつけて——うづ高く並べられた胡瓜や茄子だつて、この日は食べるものではなく、仏様が乗つて来られる、馬と牛とであつた。仏様達は麻殻の足をつけられたこの馬や牛に乗つて、十万億土の彼方から来られると言はれた。鬼灯《ほほづき》はその時の提灯、玉蜀黍《たうもろこし》はお弁当であつたかもわからない。

南瓜や西瓜や瓜なんかも今日はいつもの意味のものではなかつた。町の人達はカンテラの灯の匂ひの中に既に来てゐられる仏様をかうして迎へた。十三日には座敷の床の間に作られた御精霊棚には累代の御位牌が一杯に並べられた。

瑞々しい草花で飾られた麻殻の門。打敷の敷かれた段々には百味の飲食《おんじき》と言はれた程の数々のお供へ物、おはぎやお団子や里芋や湯葉や飛竜頭《がんもどき》——、蓮の葉一杯に盛られたこんな御馳走が招いてゐると言はれる三界の万霊。こんなものを前にした数多い御位牌は仏壇の中で見るいつものそれとはちがつて、子供達はあらたに戒名を読んでは、かすかな記憶に残る祖父や祖母達の面影や、話しにだけ聞いてゐる、想像もつかない遠い御先祖とこんな中で対面した。積切累徳とか積室妙善とか孤峰良秀とか各々精一杯の美しい文字で生前をたたへられてゐるこんな戒名から、子供達は色々な幻を描かされた。

夜になると、切子燈籠の切紙にすかし彫られた西方浄土に灯がともつて、入れ代り立ち代り親類や知人の礼拝で賑はつた。子供達は御盆は愉しかつたが、それだけではなかつた。思ひも及ばぬ遠いものにさはられる日でもあつた。はてしも知れない所からの声を聞く日でもあつた。

織つたのは誰であつたらう

中海は周囲十六里と言はれた。出雲では長さ五里、巾一里もあるこの日本海を遮断する防波堤のやうな砂洲を、単に浜と言つてゐたが、夜見ケ浜、弓ケ浜、五里ケ浜など色々にも呼んでゐた。大仙の裾野が日本海に入る淀江《よどい》や皆生《かいけ》の突鼻から続く長い松原の間に、石州瓦の赤屋根と白壁の村が点々と続いてゐる。一里を隔てた中海の向ふに、町の子供達が朝夕見てゐた、これが夜見ケ浜の全景であつた。全部が砂で出来てゐたこの浜には、握り拳程の石もなく、もしかあつたとしたならば、それは皆他所から運ばれたものばかりであつた。其頃は砂地の単作地帯で暮しはきびしく、対岸の出雲地方とは較べものにならない程、人々は皆勤勉ではち切れさうな元気のあふれた処であつた。米子に近い村に今も続いてゐる浜絣《はまがすり》は、嘗つてはこの浜全体の農家の副業であつた名残りで、良質の綿と盛んな養蚕と、煙草と芋と蔬菜類とで暮しが支へられてゐた頃で、汽車が通ずる迄は小さい手舟を漕いで外へ売りに出てゐた。

ここの人達はソリコ舟に乗つて、毎日のやうにこの町の港へやつて来ては、材木や石や日用品を積んで帰つたが、畑の肥料の為に港内の海草《もば》を採りにも来た。そして夕方になると舟一杯に海草を積んだ何隻かのこのソリコ舟は、代る代る海草取りの代償ででもあるかのやうに、耳をそばだてないではゐられないやうな、安来節をみやげに置いて帰つて行つた。それは人が唄つてゐるといふよりは、楽器ででもあるかのやうなこの丸木舟自身が、胴体をゆさぶりながら唄つてゐるとしか思はれなかつた。当時絣は尼子氏の苗、城下町であつた広瀬や、伯耆の倉吉も見事な質の絣の大きな産地で、伊予や久留米などと共に西日本一帯の絣の全盛時代であつた。

　この町でも売品にはしなかつたが、大抵の家では織機《はた》を据ゑて織つてゐた。庫の戸前の傍や、物置の窓の下や、座敷の縁側の戸袋の傍などに高機《たかはた》を据ゑ、母達は暇を見付けては筬《をさ》を叩いてゐた。中庭の木立からの蟬の声はともかく、雪のチラチラする日でさへ行火《あんくわ》も置かずに、時には吹き込んで来る霰にも気取られずに、かじかむ手足を動かしてゐた。子供達は何であんなに迄もしなければならないのかわからなく、時時母親達がかはいさうにさへなつたりした。縞物と違つて絣の骨の折れる事は子供達にもわかつてゐた。縦横を一本一本合せるやうに糸をいぢつてゐる事は何とした事であらうと思つた。子供達にとつて母親達が働かなければならない為に、働いてゐただけではなかつた事は余程後になつて解つた事で、これは売らなければならない人なら兎も角――それでさへこの人達も仕事の座にすわつた時には、何も彼も忘れてしまふものなのに――さう切迫した期限もないのに、母親達は家庭の雑用の合間合間の僅かな時をぬすむやうにして織機にしがみついてゐたのは、どうした事であつたらう。これはもつと根深かい何ものかがさうさせるのだと、後になつてから気が付いたが、母親達は、ここそ掛けがへのない一番安穏な場所であり、最上の時であつたのに相違なく、他人はもとより、自分自身にさへ煩はされる事なく、その自分さへ消し飛んでしまふ場所であつたのに相違なかった。そしてもう少しもう少しと、つひ御飯を焦がしたり、大事な事をど忘れしたりして、子供達さへをかしくなる事が多かつた。絣は織機にかける迄も大変であつた。好みの模様を町の種糸屋に描いて貰つて、それから母親達は縦糸と横糸の算出に黒豆や小豆を使つてむづかしい計算をした。それからあらそで白い部分になる処をくくつて紺屋で染めて貰ひ、丁寧にそれをほどいて座敷と中の間をぶつ通したり、裏の空地へ持ち出したりして糸をのべて巻き取つた。又横糸を錘《つむ》に巻き取つて、樋《ひ》にはめ込む迄の複雑な工程や、一本一本筬《をさ》に通してゆく手数などは、子供達にはよくわからなかつた位面倒なものであつたが、母親達は何かにつかれてでもゐるかのやうにいそいそ事を運んでゐた。織り始めから模様が次第に現はれる迄の彼女達のふくらんだ期待と満足――軀が考へを越えて形を生む素晴らしさ、母親達の報酬はそれだけでも充分ではあつたが、それだけではなかつた。次には仕立てが待つてゐた。御祭とか正月とかにひそかに自分の織つた晴れ着を着てゐる子供達の絶好な自分だけの展示場を持つたからでもあつた。秋の夜長も、母親達や祖母達には、綿から糸をつむぐ仕事が、彼女達の時間をからつぽにはしなかつた。それどころか通り庭の片方の唐臼で米をつく一踏み一踏みが、生きた時間であつたやうに、ブイブイ、ブイブイと廻す糸車は、何処か近所でとつぽん、とつぽんと、打つ砧《きぬた》の音の中に交錯し、厨屋《くりや》蟋《こほろぎ》が鳴らす鈴の間調子《まびやうし》を入れて、誰にも気付かれる事なく長い夜をこれ以上には出来ない程な深いものにしてゐた。

この町で自家手織が出来るには、すべての業がととのつてゐたからでもあつた。種糸を描いてくれる老人は僅かでも残つてゐて、それでも全町の要求ははたしてくれたし、紺屋でも三、四軒もあつて、色々の糸も染めてくれた。紺屋では小父さんが太い竹にはさまれたかせを絞つてゐたが、かせは藍瓶《たば》から引き上げられるなり、二本の竹にはさまれて絞られたが、絞られる毎に糸の束であるかせは身もだえして、真黒い汗を出した。そして藍瓶はかきまぜられる毎に生きもののやうな五色の目玉の泡を沢山盛り上げて子供達をにらんでゐた。紺屋の小父さんは一年中黒い手をしてゐた。祭りや正月にはそれでも洗ひ落されるものと見えて、少し手らしくなつたが、それでも両手の爪《つめ》だけはどうする事も出来ないと見えて誰が見ても紺屋の小父さんであつた。子供達はここで初めて職業の手がどんなものかを見せられた。

それにしても長い世代と、大勢の人々の絞り出した絣の模様は、とても数へ切れたものではなかつた。古くなると裂き織りにされたり、手拭《てふき》にされたり、おしまひは雑布になつて跡方もなく影を消した。再びよみ返す事なきあの模様達。

当時この町では、縦縞の中に絣を入れたものが織られて、夜具地に沢山使はれてゐた。どこの家にも色々な柄の掛蒲団や敷蒲団や座蒲団が使はれてゐた。紺地に茶の縦縞を滝に見立てて、白い水玉を飛ばして大きな紺青の鯉がはね上つてゐる図柄などもあつたがこれらは母親達が、気付いて織つた訳ではなかつたらうが、子供達の眠りを包むには母親達が自分も気付かない子供達の行くすゑへの深い慈愛と無限の期待をかけてゐた、一番具体的な図柄と思はれないではゐられなかつた。そこには又井桁の中に色々な花や鳥や魚や貝が、かすりされたものもあつたが、何れも模様は縦縞の直線につらぬかれて、物事はシカク突き通せとでも言ひさうな意見が見えてゐたが、凡そ絣と縞といふ別々のものが、ここではこんなにも和し合へるものかと思はれた。そこには又真中に定紋入りの大きな熨斗《のし》模様を絣で織つた掛蒲団などもあつたが、これなどは掛替へのない子供達を包んで、そつくりそのまま次の世代へ贈る進物に相違なかつた。

町に近い在所、野方《のかた》の小学校の子供達は、筒袖の短い紺の着物に、同じ色の兵児帯を締め、草履をはいてゐたが、これがこの学校の制服であつた。高等科に入ると膝坊主がかくれる位の、短かい同じ紺色の袴をはいたが、一糸乱れぬこの服装は、誰にでも目を見はらせないではおかなかつた。当時は小学校などには、制服なんかなかつた頃だつたので、この服装は異様な迄に目立つたが、町の子供達は野方の烏だの、烏学校などとひやかしながら軽べつしてゐたが、田圃に下りてゐる烏の群の素晴らしさなんか町の子供達には残念ながら解らなかつた。然し校長始め先生達の非常な熱意で、てんでんばらばらの子供達の服装に、これは画期的な革新をもたらして、見事な業績を示された。勿論全部落の協力のあつたことは言ふ迄もないが、主婦の人達の熱意をも思はずにはゐられなかつた。いつも害鳥としての烏を気付きながらも、田圃の風物として見てゐたのに相違なく、子供達をその烏にしてしまつたのは、そんな心情の現はれであつたとも言へない事もなかつた。そしてこの服装は殺風景な教室を整然と美しくしたばかりではなく、体操や行進時の集団の律動は、圧倒的に見事であつた。そして学校から帰へるとそのままでどろんこになつて、農事の手伝ひをしても、この服装は乱される事なく、こんな子供達に畔道《あぜみち》ですれ違つても、親し味こそわいても汚いなどとは、微塵にも感ぜられなかつた。いや泥まみれになつてゐればゐる程、何とかしたくなる程親しくなつた。何れも皆母親達の手織りで、昆布のやうに厚い丈夫な織物で、破れて欠け継ぎされたものでさへ、その美しさはこはされる事はなかつた。この服装は永くこの学校で守られて称讃の的であつたが、然し他校で習ふものは一校もなかつたのはどうした事であつたらう。これ又子供達が知らないままで、環境をより美しく引き立て、これ以上の点景はない迄も周囲と自分達とを生かし切つてゐた。日本の自然と瓦と草屋根は切りはなせられないやうに、紺も亦この国の色に相違なかつた。

それからこの服装は各々の家の格差を無視して、子供達を外見だけでも、一様な子供にした功績は大きく、これも亦見逃がす事は出来なく、ここにも又服装の秘密があつた。

子供達は甲は甲であり、乙は乙ではあつたが、それはおぼろ気な意識で殆んどは個同と言つてよかつた。大人達が事々に個差の自覚に終始してゐるよりは、子供達はより個同の世界にゐた。甲の見たものは乙のそれとはさう別物ではなかつた。それにしては大人達は自他同一の底辺を忘れて、お互ひがあまりにも他人に成り過ぎてゐた。国と国とだつてこれ以外ではなく大勢の家族が一つ家に住まつてゐたり、部落部落が何とか協和して都市とは較べられない程、安泰であつた事は、過去の惰性だと片付けてしまはれない。あなた、わたしの蕾はわたし、あなたのからだの中に咲く――あなたは私が見てゐるあなた以外の人ではない。あなたは私の他在に相違ない。あなたは私、私はあなた――子供達は、いや人といふ人は、何といふ不可思議なかたまりなのであらう。どんな人もつきつめて見ると、窺ひ知る事の出来ない無限の内蔵物を持つてゐて、一生かかつても使ひ切れないものを、然もそんなものを持つてゐる事さへも知らないで消えてしまふ。

子供達は学校へ行くなり、甲乙丙丁などと一応等級を付けられる。そしてそれで自分自身を限定しがちである。皆甲の上以上、いやそんなもので呼ぶ事も出来ない程あらゆるものを内蔵する子供達は、採点など出来る筈がない。

何がお祭りか

彼岸が過ぎると程なく、在所の氏神の秋祭りが来た。畔や田川の岸に咲いた蛙草や犬蓼《いぬたで》の薄紅い花に、ばつたや蝗が飛ぶ村道には、「奉献御宝前願主村中世話人若連中」などと書いた大きな幟が立てられ、御詣りの人達は黄色に稔つた稲田の中の一筋路に続いてゐた。

町の子供達は仕立おろしの紺の匂ひのぷんぷんする絣や手織縞の羽織を着せられ、手帳や絵本や鉛筆などの手土産を持たせられて、在所の親類の家に招かれて行つた。小川に沿ひ森に囲まれた部落の家は、どこもかしこも今日は皆いつもの家ではなかつた。

長屋門を這入ると広い干場で、ここも今日はきれいに掃き清められ、土塀ぎはには木犀が匂ひ、蜜柑が生《な》り大きな柿の木にはもう黄色になつた実がぎつしりと日に映えて居たりした。草葺きの大きな母屋の半分近くもある台所と土間は、物を煮る匂ひと酒の匂ひと煙と湯気をみたして、お祭りはここにもつまつて居た。上敷をとられた畳は黒光りのする大黒柱や上り框をいやが上にも今日は見事にしてゐた。それから奥の間の床にいつも祭られてあつた天照皇大神の掛軸も、三宝にそなへられた御神酒と切りたての若松を生けた青竹筒の後に、今日はひとしほ清々しかつた。そして二方の縁側の障子も開けはなされ、片方にはこの辺によくある唐絵風の極彩色の古い屛風が立てられ、座蒲団が敷き並べられ、火鉢が配され、やがて酒宴が始まらうとして居た。

長屋門の片方の離れ座敷は、子供達の為に今日はあけられて居た。南向きの出窓の下は小川で、小川にはきれいな水がすいすい流れて居て、目高や小鮒や鮠《はや》が泳いで居た。開けられた障子の向ふには、畑をへだてて稲田の向ふにくつきりと青い空の下に、京羅義山が見え、百舌鳥が鳴き、赤蜻蛉が飛んでゐた。子供達は在所のものは皆珍しかつたが、在所は在所で町の子供達を珍らしがつた。今日はめつたに会はぬ従兄弟や従姉妹達とも久し振りにうちとける日であつた。つくなり祭の餅を腹一杯食べさせられてから、牛小屋の牛を覗いたり、別棟の養蚕室の二階に上つて藾くさい中で鬼ごつこをしたり、芋を掘らせてやると云つては、芋畑へ連れて行かれたり、残して置いて貰つたと云ふ柘榴《ざくろ》を手のとどく枝から取らせられたり、土産にと言つて青い蜜柑をちぎつたり、柿を採つて貰つたりした。

子供達は森の中の御社に何度もお詣りした。境内の両側の五色に盛り上つた土産店の中を流れる人々――このお祭りは柿祭りと言はれた程、出盛りの西条柿を山盛りにした店も多く、赤と金とで塗られたおもちや、姉さんと言つた紙人形や独楽や泥人形や色々な駄菓子の店などが、参道から境内へかけて一杯につまつてゐた。そこには色色な見世物小屋がならび、人々は花角力《はなずまう》を囲んで鯨波の声をあげてゐた。

そのうち近まはりや遠い奥部の山の村から親類の人達も揃つて、奥の間では酒宴が始まつた。足高膳の上の大平椀には、山の芋や牛蒡や海老の頭が、ふた間から箸のやうにはみ出し、中猪口には鯊《はぜ》魚の大根なます、刺身皿には「しいら」か何かの大きな切り身が、山盛りに並べられ、お椀には里芋の五斗味噌汁——かういふお膳が出た。先づ最初にこの家の当主はその頃何処の家にもあつた軍隊の除隊記念の旗の絵付の大きな盃に、母里焼の五合徳利を、鍬のやうな手で持つて順々にお酌をして廻つた。ひとしきり酒がまはると、猫足のついた大きな塗りの広盆の上に、黒鯛とさうめんを煮合はせた鯛麺といつたやうな、お祭りらしい御馳走が伊万里焼の大鉢に盛られて、座敷の真中に運ばれた。これは暫く眺めて貰つてから取り分けられた。それから手塩皿に盛られた人蔘の白あへや、香茸と蒲鉾の盛り合はせ、そんなものが次々に運ばれた。赤い帯をしめた従姉妹達は台所と御座敷をおさのやうにゆききした。そして何時の間にか洋燈がともされ燭台には蠟燭がまたたき、関の五本松をきつかけに三子節、安来節と賑はしくなつて来て、酒はいつはてるとも見えなかつた。

かういふ祭といふのは一体どういふ事なのであらう。森の神様といふのは、そもそも誰の事なのであらう。その神様と人とはどんな続き合ひがあるのであらう。収穫の見当もついたこんな季節に、かうして親類縁者が集まつて、祝宴を開くといふのはどんな意味があるのであらう。人々は御社に向つて柏手を打つたり、鈴を鳴らしたりして参拝の挨拶をした。これは今様で言へば、玄関でベルを押す事とちがつてゐるのであらうか。そのうちに祝詞《のりと》があげられ、笛や太鼓の神楽が始まつた。あれは時間の壁をつき破つて、今を上代に返す秘術なのかもわからない。それにしても祝詞と言ふのは今の日常語の古代訳で、神宮はその通解役でなかつたなら何であらう。

御社の境内には、おみやげといはれる色々な物が売られてゐた。あれはもとは「御宮の笥《け》」の事で、神の饗宴につらなつた人々が貰つた引出物であつたのが、次第に殖える人数に行き渡らなくなつたので、おみやげ屋が代行するやうになつたのだと言はれるが、そもそも今日大勢の人々を招いた此家の当主といふ人は、誰の事なのであらう。又招かれた人々はこの家の当主とどんなつながりをもつた身分の人々なのであらう。開かれた御宮の扉の中には、御供への御神酒を始め、うず高い海つ物山つ物の御神饌が並べられてゐたが、これ等はいつも神の方といふよりは、民の方を向いてゐるやうに見えたのはどうした事なのであらう。そしてこれ等のお供へ物は神が召し上つた痕跡なんか微塵もなく、ことごとく民が頂く事になるといふのはどういふ訳なのであらう。お祭りといふのは、神と人とをすり代へる行事——そんなに言つていけないならば、人にしか生きてゐられない神様と言つた方がいいかもわからない。此家の主人も亦、今日は森の御社からぬけ出て来られた神様の一人でなかつたら誰であらう。その訳は外でもない、子供達は柿や蜜柑をはじめ、あの本膳の塗り椀の蓋からはみ出してゐた御馳走やお餅を、大きな藁苞《わらづと》に入れて「さあ、おみやげだよ」と切り立ての青竹の棒でかついで帰されたが、御宮ではない家から、おみやげなんか貰ふ筈がなかつたのではなからうか。

日白《ひじら》の小母さん

近くの在所から町へ物売りに来る農家の小母さん達の中でも、一人の小母さんは子供達には忘れられない人であつた。五十過ぎ位なこの小母さんは、いつも小ざつぱりした紺か絣の着物を着て、背中に大きな負籠《おひこ》を担いで、一年中三日にあげず畑や山の物を、季節の使ひのやうにこの町へ持つて来た。この小母さんの負籠の中の春菊や杓子菜に、霰やみぞれの降り込む冬が終ると、春に先立つ高菜や萵苣《ちしや》や間引菜の荷に連翹《れんげう》の花を添へたりして、田圃にはもう雲雀が囀つてゐる事を知らせた。三月の桃、五月の菖蒲もこの小母さんは忘れなかつた。夏の朝のもぎたての茄子や胡瓜のすがすがしさ、花のついた隠元豆や玉蜀黍に秋風が立つと、縮緬南瓜や赤芋や粉を吹いてる甘柿に、月見の芒や萩を添へて持つて来た。小母さんの人柄はこんな物に、いつも新鮮なおしやべりをさせ、そんな言葉を彼等の身体の中に詰め込んでくれた。

椿の実は干して置くと三つ股に割れて、中の黒い実をはじき出したが、その殻は農家では干して焚き付けに使つた。子供達は三つ股を小さい砂土俵の上で、角力をとらせて遊んだが、そんな事よりも、この三つ股は自然物といふよりは、どこか拵へたやうな親しさがあつて、出来上つた玩具よりは、こちらの見やう次第でどうにでもなる処に、子供達は心をひかれて集めるのに夢中になつた。小母さんはそんな事を知つてゐたのか、法師蟬が鳴き出したら幾何《いくら》でもあげるから来てくれとの事だつたので、子供達は三四人連れで出かけた。

町から一里ばかり松江へ通ずる国道に沿ふ、荒島の町を出端れた丘の谷間の日白といふ部落が小母さんの在所であつた。日白の新屋と言へばすぐわかるからとの事で、子供達は未知の色々な期待をふくらして出かけて行つた。荒島は中海に沿ふ一本筋の静かなととのつた町で、明治の中頃の典型的な街村であつた。町の裏の丘の麓には近郷切つての建築石材とされた、白い凝灰岩の石切場が並んでゐた。屛風のやうに切り取られた崖と赤松の山膚《はだ》、何十尺も掘り下げられたびつくりするやうな深い穴がいくつもあつて、そこいらに鎚の音を響かせてゐた。そしてこんな石からなるこの辺の土質の明るさはにごつた方言の発音とはあべこべに、明るくも温和な暮しを育てないではおかなかつた。

つくつく法師と椿の実——小母さんの在所は、小さい谷間の丘寄りに、ぽつんぽつんと並んだ十四五戸の村で東側の丘の麓に高い石垣を積んだ大きな家が、小母さんのうちであつた。子供達は田圃の中のきれいな川の土橋を渡つて、この家を下から見上げた。御寺のやうな構への石垣の中程の石段を上ると、長屋門があつて、広い屋根の向ふには丘を負ふて大きな草葺きの母屋があり、石垣に沿ふて養蚕室や牛小屋が並び、白壁の庫が柿の木の間に建つてゐた。一目見てこれは大百姓で、大家族であると思はれたが、家の人達は皆山や畑へ出て家内はひつそりして、どこもかしこもこの小母さんらしくきれいに整頓されてゐた。約束して置いたので、小母さんは待つてゐてくれた。家の後は段々畑で、これが小母さんの荷物の庫であつた。これ程の広さがあつたなら、四季の物には事欠かないにちがひなく、そこら中には初秋の草花が咲き、山との結界にはみつしりと椿が植ゑられてゐた。そして小母さんの言つたやうに、木立の中には法師蟬の声がつまつてゐた。母屋には大きな大黒柱、黒光りした上り框、並んだくど、水溜に落ちてゐる筧《かけひ》の水——

子供達は座敷へ通されて、小母さんの作つてくれた、味噌をぬつたえしんか餅を頂いた。そして縁側に並んで下の村を見渡した。どの家も柿に取り巻かれた、これは柿の村であつた。一面に穂を出したばかりの稲の花、赤松山の上の白い雲——谷の行きづまりは鎮守の森で、京羅義山や星上山に続く深い山から集まつたきれいな水が下の田圃に流れてゐた。

こんな処に住まつてゐる人達は、町家の人とちがつてゐなければならない筈であつた。こんな袋のやうな谷間には、めつたに他所の人も這入る事がなく、自分達の暮しをしまつて置くには恰好な地形で、秘境とはこんな処をこそ指すのに違ひなかつた。鶏がほんとに庭鳥であつた時代——芥火の煙の末に夕月がかかり、蛍が飛び、川にはいつでも魚のゐた時代——青草の中に燃えてゐた曼珠沙華の火も消え、大仙が雪冠をかむると裏山には栗が落ちて居り、足元には菌《きのこ》が生えてゐた。夜になると草屋の中に洋燈《ランプ》がともつてゐた時代——

庫の横に敷きつめられた蓆の上には、それこそ足の踏み場もない程、三つ股は干してあつた。よりどり放題、子供達はどうして好いか解らない位であつた。小梨程もあるやうな権五郎だの金時だのと、子供達が名を付けた豪勢なものなども稀ではなく、皆争つて選び出した。小母さんは藁苞《わらづと》を作つて一人一人の荷物を拵へ、青竹の棒に通してくれた。

子供達にはこんな家の人が、往復三里近くもあるやうな町へ、物売りに来る訳は解らなかつた。それと親類でもない子供達に、どうしてこんなもてなしが出来たのか、それも解らなかつた。人間の奥底に隠れてゐるもの——そんなものは子供達にはわからなかつた。然しここの在所もこの家もこの小母さんも、その時だけのものではなく、そつくりそのまま何年たつても古びる事なく、昨日の事のやうにあざやかに彼等の中に生きないではゐなかつた。

この家は新屋と言はれたから、多分分家にちがひない。それにしては一代や二代ではこんな石垣は積めさうにもなく、かうなる迄には何代かかつたか、さかのぼればここにも亦、貴重な歴史が書かれてゐるのにちがひなかつた。

畑の姥《をば》

昭和三十八年八月末の或る日、外出先から帰りに、家の戸口に立つた時、向ふから梯子や鞍懸《くらか》けを手押車に積んだ、畑の姥の人が近づいて来て、買つてくれといふ。つひ近年迄この小母さん達は頭上にそんな荷物をのせて、からんだ網を手甲をはめた両手でつつぱりながら、臼のやうな頑丈なからだを振りながらやつて来たものであつた。梯子や鞍懸けいらんかいな——鞍懸けや梯子はいらんかな——こんな呼び声を路でよく聞いたものである。いつか大阪の繁華街心斎橋の横町で、この小母さんに出会つて驚いた事があるが、たくましいその商売振りといふよりは洛北の風景をそのまま、こんな雑踏の町家の中にまき散らして行く小母さん達の大らかな姿は、そこらを圧倒して、行き交ふ人の眼をそばだたせた。

紺か絣の筒袖に三巾前掛けをして、手甲たつつけの丈夫な身ごしらへ。只草鞋が地下足袋になつた事位が、前と変つたと言へば変つた事であつたが、頭上のこんな荷物が車に積まれるやうになつた事は、何としても取返しがきかないが、それでも在所丸出しの風を吹かして、町の空気を浄化してゐる事に変りはなかつた。

京では花売りの白河女、黒木（柴）売りの大原女、それにこの畑の姥は永い年月町に風情を添へて来た。古くは桂女《かつらめ》といふのもあつたと言はれるが、これは早くなくなり、大原女も柴の入り用がなくなつて、今では柴漬けや焼餅を持つて来る小母さんに元の風情が残るだけで、それも大方は他の在所の人と聞くし、頭上のざる一杯に色々な草花をのせてゐた白河女も、今ではやはり車を使ふやうになつてしまつた。

自分は小母さんを仕事場に来て貰つて、これ迄使つてゐた一人腰掛けを見せ、新しく図を描き、寸法を入れて作つて貰ふ事にした。それから四五日して、小母さんは六脚ばかり縄でからんで届けてくれた。自分は一と目見てびつくりした。今節こんなしつかりしたものが出来るとは、全く予期しなかつたから。それは木の香のぷんぷんする檜の丸太を二つ割にした天板に、四本の足を差し込んだ見るからに丈夫なものであつた。よく見ると、この腰掛けの天板の木口には、ひわれを防ぐために、昔からよくされたやうな紺紙が張つてあつた。ともするとなげやりになりがちなこんな荒仕事に、これは何といふ心の這入つた仕打ちなのであらう。それで一脚三百円だといふ。今時どうしてそんな値で出来るのであらう――自分は小母さん達の暮しの底を、見るやうな思ひがしないわけには行かなかつた。小母さんの話では餅箱、俎板、足次ぎ脚立大体そんなものなら何でも作れるといふ。それで北野神社辺を荷物の中宿にして、京近在を売り歩かれるといはれるが、小母さん達は毎日危い道を一体何里位歩いてゐる事であらう。小母さんの所と名を聞くと紙に書いてくれた。そして用があるなら電話をしてくれとその番号も書いてくれた。

　梅ケ畑といふのは高尾や栂の尾へ上る峠の入口の山の麓に盛り上つてゐるあの村だ。かなりの急斜面に城のやうな石垣を積んで、寄り添ふやうに積み重なつてゐる家々――草屋と瓦屋根の程好い交錯、庫の白壁と家々の二階の障子の明るい表情、小母さんの家はあのうちのどこかの一軒に相違ない。自分はこの村を訪ねてから何十年かたつた。この村の草屋の家などは、入りの深い瓦葺きの下屋を下してそこを木工の仕事場にしてゐた。庭には草花を咲かせ、柿や石榴を生《な》らし、斜面には栗を仕立て、山の水を引いた池には鯉や鮒が入れてあつた。

　この村の家は皆農家であるが、大抵は大なり小なり山を持つてゐて、山仕事の傍ら副業に木工品を作つて来た。だから材料は何でも持山から切り出せばいいので、拵へられた物にはそんな費用なんか入つてゐないのかも解らない。自分は今又各地の副業としての勝れた製品を思ひ出さずにはゐられない。

此処のすべては、こんな手堅い梯子や鞍懸けが出来るのには、何の不思議もない暮し。ことさらに心を使はなくてもこんなものの作れる暮し——自分はこの張られた紙を縁に、歴史を逆さに読んでゐた事に気付かないわけにはゆかなかつた。人は誰でも歴史は逆さにしか読まない。棒読みなんか真直ぐな砂利道を歩くやうなものだ——自分は父母から来たと縦に読むより自分の中に父母がゐる。自分は先祖だ自分は子孫だ——無数の記録の結集してゐる身体、歴史の突端にゐる身体——然し今で昔を読む事は、屢々時の勢で事実がゆがめられる事があるにしても、耕食、織着、建住——それは人が人らしい暮しに這入つた歴史の一階段に相違ないが、今を逆読みして行くといつでもつきあたる。これこそ暮しの故郷でなくて何であらう。自分は近く小母さんの在所を訪ね度く思つてゐる。

京都市右京区梅ケ畑広芝町　伊藤政雄　電話（八六）一八六六

これが小母さんの家である。

蕾の合掌、花の開掌

子供達の勉強部屋は中庭の向ひの離れ座敷か、奥の二階の小部屋かであつた。二階の小部屋の机の向ひには、古い梅の木の枝が差し込んで、手の届くその枝にはぽつぽつ花が咲きかけてゐた。夕方になると瓦の屋根の上に、黄色い大きな月が出た。子供達は何かに待たれてゐる自分を、意識しないではゐられなかつた。それは然しどんなものなのか解らなかつたが、確かに何ものかに呼ばれてゐた。子供達は甘酢つぱいものが、からだの中から湧いて来て、ぢつとしてはゐられなかつた。疎影横斜水清浅、暗香不動月黄昏。——町端れの丘の麓の野梅の下に立ちて、子供達は遠い思ひに染められて行く自分を知つた。何といふ痛みと痒《かゆ》さであつたらう。春はもうそこに来てゐた。子供達の黄色い月は大きく昇つて行つた。これから始まらうとする彼等の行途《ゆくて》のやうに昇つて行つた。子供達の二月の氷は解け出して、何物をも濡らさないではおかなかつた。彼等は蕗《ふき》の薹《たう》に頭をもたげ、連翹《れんげう》に咲き、梅の花に匂つて行つた。子供達はこれから咲くのだ、知らない世界を咲くのだ。子供達はその頃から、もののなつかしさを知りそめた。そして何時とはなしにこれまでついぞ知らなかつた、恥らひの芽が、畔《くろ》の蘩蔞《はこべ》や田芹《たぜり》のやうに萠え出して来た。彼等はかうして自分達のからだの広さの一隅を知ると同時に、対他の中の自分を見付けないわけにはゆかなかつた。彼等にはこれが子供とのお別れであり、大人への仲間入りの境界線であつた。然しこの結界は混合土《コンクリート》で固められてはゐなかつた。子供達はどんなに大人になつても、故郷である子供に行き来が出来た。

子供の中の大人、大人の中の子供。

子供達は説明者ではなかつた。説明といふのは最下等の必要品で、最上等の無用物に過ぎないのだ。彼等は振りまはす知識を持たなかつた。歌ふ事しか知らない冒険者であつたのだ。子供達は次第に、怒りにも、悲しみにも、喜こびにも染まつて行つた。

怒りといふのは怒らないものの上に出来た、腫物《おでき》

悲しみといふのは悲しまないものの上に生えた黴《かび》

喜びといふのは喜ばないものの上に咲いた、花

その怒らないもの、悲しまないもの、喜ばないものといふ、そのものは一体どんなものなのであつたのであらう。生まれるといふのは生命が新しい着物を着る事で、着古した着物をぬぐのが死だと言はれるが、その着たりぬいだりする当体は、そもそもどんな者なのであらう。生まれた事もなく死ぬる事もなく、浄汚にも染まず、盛衰する事もなく、前進も後退もしないで、真赤に燃えてゐながら真黒に凍つてゐるもの、見る事は出来ないがそこら中に満ち溢れてゐるもの、そんなものは一体何なのであらう――新しい着物を着た子供達は彼等が一人一人貰つてゐる、これからの生涯の分厚な日記帳に、これから毎日どんな事を書き込んでゆくのであらう。たとへ着物をぬぐ時には、その日記も空無の彼方にお返ししなければならないにしても、彼等が預かつた尨大なこの生涯の白紙には、生命は一切の行跡を嘘偽《うそいつはり》もなく、書き込ませないでは

おかないのだ。

さうだ、彼等のからだは果てしもない大きな国なのだ。何の加工もされてゐない新しい広さと、使ひ切れない程な時間とを持つたこの国は、一本の草、一疋の虫に生涯をかけても悔いない処なのだ。縮められた大空と時間とを無限に引き延ばして、そこに見える処へ行くのにも、幾百日もかかるやうな世界を作つても好い処なのだ。過去を未来に、未来を過去にひつくり返して、あべこべにする仕事をしても良い処なのだ。鶏には金の卵を産ませ、石で空気を作り、土からは油をしぼり取る事を始めても好い処なのだ。猪の牙をぬいて豚にしたやうに、獅子や虎を家畜にし、鯨を電気の網で飼育し、猟虎《らっこ》や海豹《あざらし》は陸へ上げて殖やす。水の農業を始めても良い処なのだ。ここはそんな所なのだ。子供達はこの広大な自分を知つては、ぢつとしてはゐられない筈であつた。

それはさうと子供達の一番手近かな遊び場所は愛宕山であつた。愛宕山は町の東に、臼のやうな恰好で坐つてゐる小山であつた。三方は切り立つた崖で、西の正面にくの字形に石段が付けられてゐた。上り切るとかなりの広さの平坦地で、二、三百年も経たやうな大きな松の木が七、八本も立つてゐた。全山桜を交へた雑木の密林で、上からは中海の入江に沿ふた町が一と目に見晴らせた。港の北には十神山がそびえ、その向ふには海を隔てて、夜見ケ浜の松原が一線を劃し、その上に日本海と島根半島が乗つかつてゐた。子供達は物心つくなり自分達はどんな環境の中にゐるのかを、ここから離見させられてゐた。そして水と陸と人との組合せの不思議に当面した。そして彼等の家が呼べば答へられさうな処にあるのをいつも見てゐた。ところが気が付いて見ると、なんと屋根といふ屋根は皆空に向つて、手を合せて並んでゐるのではないか、幾筋かの道をはさんでひしめき合ひながら、瓦の屋根は合掌してゐたのではないか。千軒の港と言はれたこの町も其頃にはもつと戸数は多かつたのかもわからないが、その一軒一軒が知らない家はなかつた位、何かの縁でつながりがあつた。下で見ると夫夫個々の家ではあつたが、上から見下すと何の事はない町全体が一軒の家のやうに、もの静かにかたまり合つてゐた。自分だの他人《ひと》だのつて何だ何だ——。

子供達はどうした事なのか、合掌してゐるこんな家の中で生まれた。その頃には日本人は誰でもこんな屋根の下で、生まれ育ち大きくなつたのだと思ふと、何とした事かと思はないではゐられなくなつた。気を付けて見ると、田圃の小屋までも合掌してゐたのではないか。二つの傾斜面をこんな形に合はさせたのは、一体誰なのであらう。家は人が作つたといふものの、その設計者は何処にゐるのであらう。嘗つて姿を見せたことのないこの設計者に、今当面しないではゐられない。

それにしても大人達は年と共に驚かなくなつたが、子供達はよく驚いた。小鳥のやうに何にでも驚いた。その驚きといふのは一体何ものなのであらう。それは意外なものに出会つた時の血の沸騰――それでなかつたなら何であらう。その渦巻を吾々は喜びと言つてゐるのではないだらうか。それでその喜びはそのままお礼に変態して、血行の波動が踊になるやうに、お礼は躍動して思はず知らず手を合せてしまつた。――さういふものではないだらうか、そしてそれが時には思ひあまつて音を出す拍手になつたりするのではないだらうか。驚きは喜びに、喜びはお礼に、お礼は合掌に――ここで人間は初めて動物に訣別した。一体日本の家はなぜ合掌したのであらう。雨露をさけるための屋根、風雪から身を守るための屋根、その屋根が手を合せたといふのはどんな事なのであらう。何時頃からなのか、日本の暮しは自然との戦ひではなくなり雨露風雪も天地の恵みと受取られて、お礼を言はないではゐられないので、屋根は合掌したのではないだらうか。昔から建築に合掌造りといふ言葉がある事を思ふと、人人はいち早くかういふ事に気が付いてゐたのかも解らない。方形《はうぎやう》と言はれる屋根は合掌の二重奏ではないか。それにしても日本の暮しが冠むるのにこれ以上の帽子があるのであらうか。

　この屋根が示すやうに人々は祈らなくても祈られながら生かされてゐるのだ。頼まなくても聞き届けられてゐるのだ。乞ふ前に既に与へられてゐるのだ。だからこそお礼が言ひ度くなる。祈らないではゐられなくなる。

　　祈らない祈り、仕事は祈り

どんな人でも祈つてゐるのだ。仕事は生命への供養でなくて何であらう。吾等の周囲には砂漠はない、猛獣毒蛇もゐない、氷山にいどまれてもゐない。自然とのはげしい戦ひが吾々にはあつたであらうか。四方を紺青の海に祝はれ、山々は情愛の木が繁つて鳥や小獣を養ひ、谷々はきれいな水で清められ、人々は田畑を生産の庭園に仕立て、小刻みの地形は至る処に安らかなふところを与へて人々を抱へ、多種多様な産物を育て、歌を生み音楽し、四季の移り変りは人々に、多彩な気質を恵み至る所の地方は、独自の食物で自分達だけではなく、遠来の人にもその喜びを分つのをおしまない。常世の国があるならば此処こそ其処だ、――あらゆるものが入り乱れ、混乱し、雑然とひしめいてゐる現世――その現世をひつくり返すとこんな世の中に、吾等はゐるのはどうした事なのであらう。子供等の三月は自分等の作つた凧に乗つて、思ふさま大空をかけめぐれる月であつた。

郷歌始終

安来節が出来上つたのは明治の初め頃、子供達が生まれる少し前だと云はれたが、その全盛時は彼等が物心付いた頃だと云つてよかつた。それ迄はこの歌は他国へ旅行したりなんかした事もなく、ほんの町の近まはりを散歩してゐた位の事で北廻りの帆船が運んで来た裏日本各地の歌をかきまぜて、この港の水で発酵させたのがこの歌だと云はれたが、その自家製酒で酔つてゐたのは、他でもないこの町自身であつた。

松前からこちら津軽や荘内はもとより、日本海沿ひの歌といふ歌は、船に乗せられてこの港に来たと云はれるが、その数多い歌の中でも江差追分けや越後の米山甚句や、越前の三国節などは、この港の水に悲痛なまでに甘美な素《もと》を加へたのにちがひなかつた。総じて日本の民謡は悲しいが、裏日本のものは一層と物悲しい。江戸で生れた、あのうきうきとはしやいだ歌と思つてゐた〝カツポレ〟を、葬送曲かと外国人が聞いたと云はれるが、云はれる前からこれも悲しい歌にちがひなかつた。嫋々《でうでう》としてつきないあの哀歓――なまぢつか作られた悲しい歌よりはずつと悲しい。博多節だつて元元悲しい歌に相違はないが生まれた地元では流石《さすが》にのんびりした、呑気な明るさがあるのに、北風と潮に洗はれて出雲迄来るともうせつぱつまつて悲しみのどん底に落ちて、骨の髄迄も悲痛な哀調で、人々をえぐらないではおかなかつた。それはもう作られたものではなく、どうにも仕様のないものになつてしまつてゐた。

それはさうと子供達は生まれない前から、母の体内にゐる前から安来節を聞いてゐたと云つてもよかつた。あの節まはしは血と一緒に彼等のからだに流れてゐたのにちがひない。

その頃は上手な唄ひ手も沢山あつたが、三味線の名手も揃つてゐた。浄瑠璃が盛んな頃であつたので、伴奏は皆太棹《ふとざを》が使はれた。きたへにきたはれたあの力強い旋律――それにしてもこの歌の音の配列には、あぶなかしい箇所が少なくとも二ケ所はあつた。初めの句の後段の難所を無事に通れば、やれやれと皆胸をなでおろしたが、最後の一句の危路をはらはらさせながら身をかはして滑り降りると、勝負はきまつてわあつと聞き手は湧いた。そして歌の線に沿つて盛り上げられた三味線と太鼓と小鼓の彩色は、まばゆい迄に賑はしく、そこらを浮き立たさないではおかなかつたが、然し底に流れてゐるはてしもない、淋しさと悲しさはどうした事であつたらう。

この歌がはやつた訳は一つにはこの難所があつたためだと思はれる。いくら聞いても聞き足りず、何度聞いても聞き飽かないのは、このあぶなかしい箇所があるからではないかと思はれる。今も毎年お盆に興行されるこの町でのその大会は、県内はもとより随分遠方からも集つた人々で賑はつたが、朝から夜へかけて十二時間近くもぶつ通しで、入れ替り立ち替り唄ひくらべるのに、何千人かの聞き手は一人も立たうとしないと云はれるのはどうした事なのであらう。その点関の五本松などは、誰が唄つても唄ひ損ねるやうな事はなく、一応聞くに堪えるのはこの難所がないためと思はれる。然し潮風に吹かれてゐるやうな哀切きはまるあの音の配列と色合ひは土地から離れられない宿命を持つてゐるやうに思はれる。その後安来節は全国はおろか、樺太、台湾、満洲、北支迄も歩いて来たが、帰つて来た時には他国ずれのした、人を人とも思はぬ白々しい、故郷を忘れた芸だけになつてゐた。

　戦前浅草で何年間に亘つて大衆をゆさぶり続けてゐた安来節は、その後木馬館に立て籠つて二十年近くもこの歌を守り続けてゐるもののそこにはもう手垢に汚れた音譜が残つてゐるだけである。然し今でも近まはりの農村の在所では鍬のやうな手で撥《ばち》さばきもあざやかに田圃の土を着けたままで、この唄は老人達の中に土着してゐる。

　この歌が至る処で人々を湧かしたのは、聞き手が唄ひ度くても一寸やそつとでは唄へさうもないからでもあると思はれる。で唄ひ手は自分のおばけ、自分の身代りであつたからであらう。唄へない自分を唄つてくれる――さういふ自分が唄ひ手の中にゐたからに相違ない。至る処の寄席で熱狂した聞き手は舞台へかけ上つて踊つたりしたと云はれるのはうなづかれる。凡そ対物関係の秘密だつてこんな処にあるのではなからうか。こちらの中にないものなら、いくら外から叩かれても出る筈がない。

　それにしても子供達は好い時に生まれ合せたものであつた。町ではお祭りやお祝事の時は勿論先祖の法事でも、十三回忌にでもなればお坊様のお経が済めばもうお祝事と一緒で、町芸者などを呼んでこの歌で賑はつたが、これはお経に輪をかけた、故人への何よりの供養であつたのにちがひなかつた。仏さんはかういう風な手振りで踊つたなどと、残つた生き仏達はそこらにある給仕盆や座蒲団などを持つて思ひ思ひに踊つた。泥鰌《どぜう》すくひなどと云ふ踊りはこんな即興の中から生まれたのであらうが、子供達は然し、あの二た目と見られないやうな老爺《おやぢ》のひどい仕草なんか、この頃には未だ出来てゐなかつたのは、何と云つても仕合せであつた。

この町では盂蘭盆会の仏祭りが済むか済まないうちに、月輪神事が始まつた。夜になると二台の鉾《ほこ》が曳きまはされたが近郷近在からの人出で町は煮え返る程賑はつた。三ケ月形に竹で作られた月の輪行燈《あんどん》と、長い竹棹の先にともした無数の提灯が、夜を燃え上らせた。唄ひ手と三味線と鼓の安来節の一団が、幾組も幾組も次から次へと雑踏をこね返し、ひつ切りなしに二輪加や仮装行列が続いて町を湧き立たせた。

唄ひ手は頬被りの手拭を鼻の先に結んで、浴衣に草履ばき白縮緬のしごきで三味線を釣つて、半ば踊るやうに調子をとつてゆらゆら練つて歩いた。町の母親達もぢつとしてはゐられなかつた。で彼女達は顔がさすと云つて四つ隅を竹棹で支へて貰つた四畳半敷位な蚊帳の中に這入つて、唄ひ歩いたと云はれたが、それはもう人に聞いて貰ふといふやうな歌ではなかつた。聞き手は自分自身以外の誰でもなく、歌が歌を唄つてゐる歌――さういふ歌にちがひなかつた。十四日からのこの祭りは十七日が最終日《おしまひ》で、この日は夜を徹して賑はつたが、暁《あけ》の明星が上つても未だ唄ひ足りなくて路地の庫の壁を前にして、はね返つて来る自分の歌と三味線に聞きほれてゐる人もゐたと云はれた。子供達は夜更けると寝かされたが、どよもす波のやうな町の賑はいに眼をさまされては見知らぬ遠い国へ連れてゆかれたやうな思ひをした。それは賑はしいと云ふにしてはあまりにも淋しく、悲しいといふのにはあまりにも愉しかつた。かうして子供達の中にごろごろしてゐた色々な雑音は、ここで美事に配列されつながれて、一連の輪に仕立てられていつた。彼等はそれ以来次々に各地の歌の輪を貰つて、装身具のやうに身につけた。それにしても日本各地の民謡の元歌はどうしてかうも素晴らしいのであらう。淡々とした叙景や叙事の中に、どうしてこんな深い情愛が包まれたのであらう。この町と三保関とはそこに見える位しか離れてゐないのに、相前後して全く別なこんな歌が生まれたといふのはどうした事であつたらう。それにしても歴史はいつもかういふものの出来るに就ては、単数の業績に絞つてしまふ。然し真実《ほんたう》は多くの消されてゐる複数が大切なのだ。大衆は集愚だときめてゐるけれども、その集愚こそかういふものを生む母体でなくて何であつたらう。

安来千軒名の出た所
社日《しやにち》桜に十神《とかみ》山

関の五本松一本切りや四本
あとは切られぬ夫婦《めをと》松

町の茶

薄茶がこの町の暮しの中に立てられ出したのは何時頃からであつたらう。子供達が生まれた頃には、どこの家でもなくてはならないものになつてゐた事を思ふと、余程前から始まつたのではないかと思はれる。

朝十時頃になると、家人は皆座敷に集つて、火鉢か炬燵の横に短冊形の茶箱を置いて母親達が立て出した。来客があると誰でもここへ来て貰つた。人数が多いと代り合つて立てた。男でも女でもお茶の立てられない人はゐなかつた。小さい町なのに菓子屋は多く、色々な菓子が作られてゐた。お茶は菓子を呼び、菓子はお茶を呼んだからであらう。お茶と菓子の結びつきは何時頃から始まつたのであらう。

その頃の菓子は種類も多かつたが、食べた後には皆ほのかな香りが口の中に残つたが、あれは砂糖のためいきであつたのかもわからない。小豆の皮の微笑であつたのかもわからない。それは材料の夾雑物の置土産であつたのかもわからない。何も彼も精製しないではおかない今では、その努力でこんな余韻や余情を追ひ出してしまつた。何物をも純粋にして今その残り粕を賞美してゐるのはどうした事であらう。白砂糖と云ふのは塩分とにが味とを取り除いた只甘い粕に過ぎない。それにしても毎日のお茶は見たり見せたりするやうな、手間ひまをかけるわけにはゆかなかつたが、さうかといつて不作法にはならなかつたが、凡ては愉しい中に事が運ばれてゐた。ここではその日の仕事の段取りや、家内の雑用などの話が主であつたが、中心は何といつても矢張り茶を立て、それを愉しく呑むといふ事であつた。然し一日に二度も三度もこんな風な茶を呑んでは、特別にお茶といふやうな意識の働く訳がなく、番茶の延長位なあたり前のものでしかなかつた。大抵の家では午前と午後にお茶をした。夜更かしする家では寝る前にも寄つて呑んだ。お茶を呑まないと寝られない人も大勢ゐた。

然しこれ程の茶好きでありながら、立て出しのお茶は味気ないといつて嫌はれた。だから煎茶や洋茶は見向きもされなかつた。こんな茶がかうも行き渡つて続いてゐるといふのは、作るといふ事、目の前で立て出すといふ事の魅力に、知らず知らずに皆心引かれてゐるのに違ひなく、毎日鼻をつき合せてゐる家族の間柄でも、五人七人となると自ら湧き上るものもあつて、食事の時とは又違つたものがあつたからであらう。

毎日の事であるから、どこの家でも皆下茶を使ふのでさううまいと云ふやうなお茶ではなかつた。三服も四服も呑む人もゐたから上茶を使ふ訳にはゆかないし、それにそんな茶では身体に障るからでもあつた。然しこんなうまくもないお茶が、何んでかうも毎日続いたのであらう——それはこんな茶の場に立ちこめてゐる特別な空気——それ以外の何ものでもなかつたと思はれる。そこにかもし出される一種の空気——それを呑んでゐたのだ。だから立て出しのお茶なんか意味がなく、お茶にはならなかつた。それにしても茶碗はどこの家でも、五つや十持たない家はなかつたが、今にして思へばよくもこんな異形なでこぼこのものが作られたかと思はれる程、奇妙な茶碗が多かつた。

子供達は未だこんな茶碗がわからなかつたのは仕合せであつた。解つたならこんなものではお茶は呑めなかつたであらう。自然をねらつて一番不自然なものを作つた、これは一つの奇蹟に相違なく、どうしてお茶がこんなものを取り入れたかは不思議である。それはさうとして町のこんな茶はどうして始まつたのであらう。ここで思ひ出されるのはぼてぼて茶である。ぼてぼて茶の起原は古いと思はれる。小桶で立てて汲み分けたので、地方によつては桶茶とも云つたさうであるが桶の事を〝ぼて〟とも言ふ事からすると、これはあながち立てる時の茶筅の音からの名ではないとも思はれる。番茶はまぜ返すと泡は立つけれどすぐに消えてしまふ。それをどうしたはずみに見付けたのか、茶の花を入れて立てると泡が消えないばかりでなく、香りも一段とさえる事が解つて来てからの事と思はれる。こんな泡茶の中に御飯やお菜を入れたのがぼてぼて茶で、それが食事から切りはなされて、嗜好されるやうになつたのにちがひない。

一時代前には町でも盛に行なはれ、近まはりの窯といふ窯はどこでも尻ふくれのこの茶碗が作られて、今に沢山残つてゐる、黄色や青釉のこの丸い茶碗は、暮しの茶の性質を十二分に語つてゐる。

この茶も子供の頃には、正月に御嫗さんや母親達の楽しみになつて残つてゐたが、ぼてぼて茶がどうして行なはれなくなつたかは、抹茶が入つて来た為だと思はれる。藩主の茶好みは国中に拡がつたが、それは士大夫の遊びで庶衆には縁遠かつたのがぼてぼて茶の中身を薄茶に代へる事で自分達のお茶が出来たと思はれる。

貧の美を見つけたのが茶の始まりと思はれるが、あべこべにこれはこさへた貧から出発する事になつたのはをかしな事であつた。それは屢々貧を借りて富を誇示した。人並の茶釜や水晶の玉では富が示されないのだから、それはそれとしても、数奇をこらした陋屋を作つたり、狭い路次のあぶなかしい石の上を踏ませて置いて床の間には、大象は兎径を歩まずなどと云ふ軸をかけて置いたり、完全な花生を態々金つくろひをしてこはれたもののやうに見せたり――こんな中で佗びたり寂びたり渋がつたりしたといふのは遊びとしては面白いのにちがひなかつた。茶を見付けたのは素晴らしい。然し凡そ本然のものとはほど遠い見せものになつたのはどうした事であらう。貧といふ言葉は昔から好い意味にも悪い意味にも酷使されて、もうくたびれてしまつて古手拭ひのやうに顧みられなくなつてしまつた。ここで思ひ出されるのは〝素〟といふ言葉である。これはお茶だけではなくすべての暮しの底辺をかためる、ゆるぎない基盤でなくて何であらう。

晴れ上つた五月の風の中に今茶つみが始まつてゐる。町の在所では自家用の茶畑にくり拡げられてゐるその労作の中から、今青い香りが立ちのぼる。町では、萠え出した中庭の若葉を前に縁側でよくお茶が立てられた。子供達は何も知らずにこんなお茶を呑んでゐたが、大きくなるにしたがつてこんな茶がどんなものであつたかを、顧みないではゐられなかつた。この茶は今に変る事なく町に生き続けてゐる。

土語駄草

町の人のよく使ふ言葉に〝とまつしやえ〟といふのがある。これは〝と思ひなさい〟との意味である。これは〝ともえや〟、〝とまつしやえ〟、〝ともえなはえ〟と三段位に使はれ、大抵の語尾にはつけられた。

〝何処へ行かつしやつたかね〟、〝沙魚《ごち》釣りに行きたとまつしやえ〟、〝どげだつたかね〟、〝手籠ねはんぶほど釣れたとまつしやえ〟、〝よかつたね〟、〝あげだとまつしやえ〟と言つた風である。これを訳すと〝沙魚釣りに行つたと思ひなさい〟、〝手籠に半分程釣れたと思ひなさい〟、〝さうだと思ひなさい〟といふ事になる。行つた釣れたですむものを町の人達は聞きやうによつては、さう思ひなさいと命令されるやうに聞えないでもない、こんな廻りくどい言葉で引き延ばして、ほんの僅かでも丁寧の意を現はさなければ、気がすまなかつた。それは真直についた新道は乗物には好いのに違ひないが、歩くのには曲りくねつた松並木なんかの旧道の方が、気持が好いやうなものであつた。

〃あだん〃といふのは女達の第一人称である。と同時に感動詞にも使はれた。これが〃あだんちや〃となると複数になり、同時に強い感動詞にもなつた。〃あだん、そげだかね〃とか〃あだんちやあ、まあどげしたらえだらか〃などと盛んに女達はこんな多彩な言葉で身づくろひをした。

男の子等は〃おらんち〃、〃おらんちや〃、〃おつちやちや〃などと男つぽい音色の複数で自分達を呼称した。

〃あげだがん〃（あーだ）とか〃こげだがん〃（こーだ）などといふ、がんがんと強く響く言葉があるかと思ふと、いやが上にもといふやうな事には〃へらへつと〃などとなめらかにいつてのけた。

又〃へいからかや〃などといふすべりの好い言葉もよく使はれた。これは最早おしまひですかと言ふ意である。町では蕎麦はあびる程食べさせなければ気がすまなかつたが腹一杯になつてもう頂けないといふのに〃へいからかや〃と眼にもとまらぬ内に代りを空いた御碗にうつされたりした。で〃へいからかや〃では一杯や二杯の蕎麦は、喉へすべり込まさないわけにはゆかなかつた。

煮物の焦げ付く事を〃しきねちく〃と云ふが、これはずるずるべつたり居すはる事にも使はれた。うるさいが〝きしやがわるい〟、全くが〝ぼだえ〟、かなはないが〝あばかん〟、辛じてが〝ほによつて〟、出過ぎる事を〝しつこしれる〟、馬鹿が〝だらくそ〟、阿呆な事を〝ぢなくそ〟、苦しいが〝えたしい〟、こはいを〝きようとえ〟(けうといのなまり)ごまかす事を〝まんちやらこく〟、帰らうじやないかを、〝えんじやらこえ〟、手伝つて呉れが〝てごしてごせやえ〟(手合してくれ)〝ざまく〟は粗末、〝じやねこと〟は沢山、乱雑な事を〝じやじやぐぢや〟と言ふ。

「えとい」と「ひとふ」と「しとす」と「ちとつ」はよく混同された。他国への手紙や電報には注意をしたが、注意すればする程間違ふ事が多かつた。でもこの辺ではそれで結構意味は通じた。なまじつかこんな区別がない事が、どんなに便利であつたか知れたものではなかつた。それにしても風呂敷はふろしきと言つてゐながら、態々注意して〝ひろしき〟と言つて他国の人に笑はれたりした。

蜆も雀も〝しじめ〟と言つたが、それでは区別に困るではないかと思はれるが、そこは僅かの語勢の差でちやんと形がついた。

かう云ふ間違ひも間違ひの中に法則があつて、却つて正しく使はれたりするときざで変に聞えた。それこそ〝しつこしれてる〟とさげすまれた。

子供達は父を〝ちやつちや〟母を〝かつか〟と呼んだが、はからずもそれはづつと後で京都地方では〝ちやつちや〟は雪駄〝かつか〟は利久下駄の事であつたのを知つて、これはこれはと思つたが、然しそんな失礼な事は幸にも子供達は知らずにすんだ。歯がうづく事を、歯が〝はしる〟と言ふが〝はしる〟と〝うづく〟は同義語だと聞いた外国人が汽車が〝うづい〟て来たと言つた話がある。子供達はこんなまざりけのない土地の声から心を貰つた。そして土地へしつかりと結び付けられ、はつきりした足場を持つた。

知らぬ土地へ行つて言葉がわからない事位旅の冥利を思ふ事はない。これこそ宝の山に這入つたと一緒で、そこにはその土地でなくては見られないものが一杯につまつて居るのにちがひないのだ。それを言葉がわからないと言ふ事だけで、腹を立てる人があるとすれば、それは解らない事が、解る事よりどれだけ素晴らしいかがわからないからだ。言葉の意味がわからない時に始めて人は、言葉が歌である事に気が付く。言葉の始めは身体が何かの刺戟を受けた時に出した声に相違ない。それがどんな意味かが他に通じて始めて言葉になつたと思はれる。

それにしても吾等は黙つてゐる言葉さへ持つてゐる。そして草や木でしやべつたり、石で話したり、雲や水で語つたりもする。心を持つて来いと言はれて自分の片腕を切つて、差し出した人さへあつたと言はれるが、そんなすさまじい言葉はともかく、言葉は土地の顔、土地のすべての事はその表情で読めないものはない筈である。その頃は一里はなれても言葉は少し違つた。町の人達は言葉付きでその人の在所を知つた。

そして暮しも産物も言葉の純度に比例した。言葉も亦地方に類型の人柄を作る重要な鋳型である事は云ふ迄もない。

方言と言へばすぐにむさい言葉と思はれ勝ちであるが、たとへむさいにしても土地の微妙な感情は、これを通じてでなくては聞き取れない。汚れて型付いて居れば居る程、濁つたりよどんだりして居れば居る程、その土地はうぶだと知らねばならぬ。駄草のやうに人知れぬ小さい花を咲かせたり、実をつけたりして居るこんなものを、人はどさどさと踏み歩いて居る。

津軽木作《きづくり》地方の農歌

春来れば、田堰、小堰サ水コア出る
泥鰌コ河鹿コアせア、喜んで〳〵
海サ入つたと、思ふベアネ

夏来れば、田堰、小堰サ温くなる
泥鰌コ河鹿コアせア、喜んで〳〵
湯コサ入つたと、思ふベアネ

秋来れば、野山、小山は赤くなる
泥鰌コ河鹿コアセア、頸《くび》出して〳〵
山コア火事だと、思ふべアネ

冬来れば、田堰、小堰サ薄氷《すがま》張る
泥鰌コ河鹿コアセア、考へて〳〵
天井コア張つたと、思ふべアネ

蝙《こう》蝠《もり》

蝙蝠来い酒呑ましよ
あつちの水は辛いぞ
こつちの水は甘いぞ
蝙蝠来い酒呑ましよ

夏は夕方が来ると、町角の空地の大きな柳の木をかこんで、子供達は夕焼の空に飛び交ふ蝙蝠をこんな唄で呼び寄せた。

蝙蝠は酒が好きで唄が好きであつた。子供達の上には幾つも蝙蝠が集まつて来た。

その入り乱れて飛んで居る中へ、折を見ては子供達は小石を投げあげた。子供達は歌つては投げ、歌つては投げして居る内に、小石について降りて来る蝙蝠を手早く捕るのであつた。蝙蝠はつかまると身悶えしてぎいぎい啼いた。そして鋭い爪を出してあがき、無気味な口で噛まうとした。

子供達は思つた。大体蝙蝠は鳥なのか獣なのかどちらなのだらうかと。獣が鳥になつて行く途中なのか、鳥が獣になつて行く途中なのか、どちらにしても中途半端といふやうな事は、子供達には理解が出来なかつた。どちらかにはつきりして貰ひ度いものであつた。さうだ、子供達は結果へ急ぐ。途中の素晴らしい事が解るやうになつたのは、余程後の事であつた。

子供達は思つた。雀の子でも燕の子でも、あんなお化けの出来そこねのやうに生まれながら、間もなくはつきりした形にまとまるのではないか。大体何年たつたら定まるのだ。定まる処へ定まつて貰ひ度いものであつたが、蝙蝠は何年たつても昔のままで、酒が好きで、昼寝が好きで逆さまにぶら下つて眠つて居ても落ちない事は元のままであつた。

仮りに蝙蝠はあの胴体の鼠のやうなものが原形だつたとすると、それが必要上木の枝から枝へ始終飛ばなければならない事が永く続いて、とうとう手と足の間にあんな翼のやうな薄幕が出来たのではないだらうかといふのが、誰もが考へ付く考へである。

ところがここまで考へ付いた時何処からともなく、〝飛行機は蝙蝠の翼だ〟といふ考へが誰にともなく浮んで来たのである。それは飛行機は蝙蝠の翼と同じ因縁で得たのではないかといふ事なのであつた。さうだ。まさしくさうだ。人が鳥のやうに飛び度いといふ思ひを出してからどの位になるだらう。飛び度い飛び度いとどれほど思ひ続けて来た事であらう。この思ひが飛行機になつてしまつたのにちがひない。さうだ、蝙蝠が翼を得たやうに吾々も亦翼が身体から生えたのにちがひないのだ。人が魚のやうに海をもぐり度いもぐり度いと思ふ思ひはとうとう実現してしまつた。

飛行機や潜水艦は機械ではない。機械は存在しない。あれは吾々の身体《からだ》の新しい一部、身体の延長、身体の拡大、いや吾々の身体その物に相違ないのだ。吾々は新しい身体を今見返さないではゐられない。吾々は眠りながらも起きて居られるのだ――電燈の目をあけて。だがそれどころか吾々は今どんな物でも見える目を持つて居る。どんな遠方の音でも聴き取れる耳を持つて居る。地球上どころか、他の天体へでも届く声を出す事が出来るのだ。起重機や圧搾機は、あれは吾々の新しい手でなくて何であらう。汽車や自動車は吾々の足なのだ。未だ未だ吾々の身体はどんな身体になるのか解らないのだ。吾等の思ひは既に他の天体に迄も届いて居る。思ふといふ手は既に星を摑んで居るのだ。形のないものをさへつかまへて居るのだ。次にはどんな異変が身体に起るだらう。

蝙蝠や飛魚が未だ翼や鰭を持たなかつた時、必要の為に飛ばなければならなかつた行動は、人間の思念に相当すると思へる。思念の代りにこれらの動物は行動の累積で、翼や鰭を得たと思はれるが、人間は思を持つて居た為に、実際に身体を使ふ行動で翼を得なくともよかつたのだ。直接に身体を動かす代りに身体の中の思を動かしたのだ。行動も思念も生きものの身体から出た事に於ては別物ではない。身体にくつついて居るから翼であり、身体から離れて居るから機械だとどうして云ひ得るだらうか。機械は単なる物の組合せではない。これこそ吾等から出た吾等の新しい身体でなくて何であらう。

金槌はそれ自体金槌である事を否定してゐる。金槌が金槌になるのには、人の手が加はらない限り金槌にはなれない、——金槌は新しい手でなくて何であらう。昔々人は棒を持つ事を知つた。あれは人間が持つた最初の新しい手でなかつたら何であらう。人は機械に召し使はれると言ふが、機械は決して人を召し使はない。人が人を召し使ふのをさう思つてゐるだけではないか。機械をどうかする前に、人をどうかするのが先決である事は言ふ迄もない。

工業は今吾々の意識の外で、空中高く壮大な形を作り上げて居る。林立する高い塔。素晴らしい指輪をはめて仕事してゐる塔——巨大な貯槽《タンク》につらなる無数の蛇管や、筒管、入り乱れた球や三角のかたまり、あらゆる曲線と直線の見事な交錯——生産機能が設計した壮麗なこの造形――これこそ世紀の新しい彫刻でなくて何であらう。

そこには見上げる高い塔から運搬機《コンベア》が物を容れて降りて来る。見事な諧調を描いて降りて来る。大きな起重機が軽々と巨大な荷物をつまみながら空中に輪を描く。土を焼く壮大な斜筒の中には白熱の炎がうなりを立ててもだえてゐる。色々な工場の内部にはあらゆるものが、その本性にしたがつて炎と燃え、水と流れ、化合し分離し、昇華し、沈澱し、洗滌、粉砕、成形と委曲をつくす。吾等はどうしてこの整然とした理法の呂律を聞かないでゐられやう。化繊の工場では無数の細孔《ノズル》から押し出される粘液の糸が、強酸の雲の中をくぐると絹糸の雨になつて降つて来る。五月雨よりも見事に降つて来る。これが毒瓦斯の中の仕事だと眼をそむけてしまふ事がどうして出来やう。

工作機械は今灼鉄をこね返して板に延べ、それを丸めて吐き出してゐる。それを切りきざみつなぎ合せて、見る見るうちに形を生む。そしてこれが液槽をくぐつたと思ふと、まばゆいばかりの金色にまばたいて出て来る。帽子の中から鳩を飛ばしたり、人の懐《ふところ》から金魚を釣り出したりするやうな見えすいた奇術とちがつて、すべてはのつぴきならない法則が生んでゐる真実を人は見ないわけにはゆかない。こんな工作機械も亦、一々仕事をしてゐる彫刻であるのは何とした事であらう。

工業家は自分等も亦世紀の美に参与してゐる事を意識してゐるのであらうか。一群の建築家や美術家は、今猶底の浅い自己主張にあけくれて、美から逃げられてゐる事に気が付いてゐるのであらうか。

天《あま》の釣《つ》り舟《ぶね》

柚子が黄ばむ頃になると、子供達は枕木山に連れられた。枕木山といふのは夜見ケ浜の突端、境港の向ふの島根半島の中の一番高い山で、その山の御寺、華蔵寺の縁日にはこの町からも大勢おまいりした。

家族の多い家では大きな屋形船を借り切つて、船には御馳走をつめた重詰めや、酒樽や焜炉や毛氈などが持ち込まれた。

或る年の秋、夜おそくこの町の港を出た船は、暁方近くに大根島と江島の間のせまい水道を通つた事があつた。濃い朝靄の立てこめた海は、海といふより空のやうで、空か水かわからない白雲の中に、自分達の船が浮いてゐるやうに思はれた。それも朝といつても未だあけ切らない、すべては半ば眠つてゐる夢の中を船は進んでゐた。こんな中で船端に立つた子供達は不思議なものを見た。大人達の夜通しの酒宴の中にはさまつてゐた寝足らない眼を、これは一ぺんにさましてしまつた。左側の上の方に影絵のやうにぢつとして浮いてゐるものがゐるのだ。よく見るとそれは人が釣りをしてゐる舟なのだ。意外な事にこの舟は一間も二間も上の方に見上げるやうに浮いてゐるのだ。それも一隻や二隻ではなく、三隻も四隻も次々に現はれた。よく見ると、こんな舟の後の上の方にも同じやうな舟が現はれた。そして舟といふ舟には言ひ合せたやうに、同じやうな人が釣り竿を動かしてゐた。それも皆靄の向ふに影のやうにぢつとしてゐるのだ。子供達は始めは自分の目をうたがつた。こんなあり得ない事が目の前にあるのには、驚くといふよりも戸惑つてしまつた。子供達が大声をあげたので、大人達も出て来てあれよあれよといつてゐる。で、どうしてあんなに高い処に舟が浮いて居れるかと聞いても、それは只さう見えるのだ、あれは島の人達が沙魚《ごち》を釣つてゐるのだと、聞かされるだけであつた。

子供達は後でこんな事は物理的に必然な現象だと、コツプにさじを入れると曲るあの光線の理論で、この不思議は吹き飛ばされてしまつたが、でもいくらこんな明快な証明でぶちこはされたとしても、あの間近に動いてゐたあり得べからざるものに対して、子供達が持つた夢幻の美観と感動とは、どうしてもぶちこはす事は出来なかつた。

子供達は山の御寺へ登つて、大仙や中海や夜見ケ浜の大きな観望に迎へられ、全自分をこんな景色の中に与へたが、それにしてもどうしてこんな景色の片隅の眼の下に見える掌と、握りこぶし程もない島と島との間に、今朝見たやうな秘密がかくされてゐるものかと不思議でならなかつた。

その頃には春から秋へかけて人はよく狐に化かされた。狐は春の朧夜が好きで若い女になつて出る事にきまつて居た。そして菜の花畑やげんげ田を御殿に仕立てたり、気が付いて見るとお金の代りに木の葉を持たされて居たり、石地蔵と話させられたりした。又日中に雨をふらして虹の橋をかけて嫁入りをしたり、夜更けてから山の尾根に無数の灯をともしたりした。子供達はそんな話をよく聞いたり狐火を見たりした。

夏から秋へかけての月夜には、狸やむじなに化かされる事になつて居た。狸の知識は全国均等で、月夜には腹鼓を打ち、大入道になる事に決まつて居た。よつぽど智慧のあるのが、一つ目小僧になる位な事であつた。が、そんなありふれた表現にも、人はさてとなると無条件で化かされた。

夏の夜には又よく人魂《ひとだま》が出た。青白い火の玉が尾を引いて宵の町家の屋根の上を飛ぶのを、人々は涼み台の上からよく見た。火の玉はあれよあれよと云つて居る内にふはりふはりと飛んで行つた。秋が来ると子供達はよく神隠しに遭つた。暮れるに早いその頃には、どこの家でも未だ明るい内に蔀戸《しとみど》を下して、人通りも疎らな町にはうすら寒い風が吹いた。こんな夕方にはどこの家の子供も遊びから帰つて来て居るのに時時一人帰らぬ子があつた。〝うちの子はどこへ行きたか知らつしやんかね〟こんな子供の母親は心あたりの近所をたづね歩いたが、町中の親類や心あたりにも居ない。さうなると近所の人達もぢつとしては居なかつた。皆提灯をともして集まつて来た。そして五人七人と組を作つて、手分けをして子供達の遊び場所と云ふ場所を探し歩いた。一と組は男堤や女堤から馬の背《まぜご》の山へ、一と組は二本松の頂上へ、一と組は行者山から高山へかけて三崎谷をかこむ山々には狐火のやうに灯が動いた。そして金盥を叩いて〝かよせかよせ〟と子供の名を呼びながら歩いた。

こんな子供はよく野中の石地蔵のそばや山の祠堂《ほこら》に寝てゐたり、里子にやられた家の小屋の中にゐたりした。

六、七十年前の子供達は、今からすればたわいもない滑稽としか思はれないこんな事柄の中で育てられた。子供達はこんな事を全部信じた訳ではなく、むしろ疑つてゐただけだと言つてよかつた。歴史は前のものを否定したものが又否定されながら歩いて行く。然し形は変つても本質を変へないその時の姿を、吾等は伝統と言つてゐる。

昔の人達は刈萱《かるかや》や吾亦紅《われもかう》のやうな佗びしい野草に切ない情感の実体を示したが、この頃の人達にはこんなものは殆んど顧みられなくなつた。然しこんな素原の美は何かの姿で、吾等の中から消え去つてはゐない。

狐や狸のお化けなどだつて、形を変へて生き残つてゐるのにちがひない。今の子供達への漫画がそれでなかつたら何であらう。子供達はこんなお化けがまことしやかに話された頃に生まれ合せたのは何と云つても素晴らしい事であつた。それは永い世代の人々を育てたこんな幻想の花畑を、彼等も亦歩いて来た事が無意味ではなかつたからである。

蕎麦姫

この町での蕎麦は冬のものであつた。夏蕎麦はまづいと言つて食べなかつた。蕎麦は瘠地のものがよいといはれた。山の奥のもの程よいと言はれたが、町の裏山にも蕎麦畑があつた。秋晴れの暖かい斜面一杯に赤い茎と青い葉と白い花が続いてゐた。蕎麦の花は見どころとてはないなどと言はれさうではあるが、よく見ると清々しい中に何とも言へない奥深い情愛が籠められてゐた。

色の白い蕎麦のお姫様が、こんな日に畑の中に立つてゐると、折から通りかかつた天邪鬼《あまのじやく》がいきなりひやかした。

色の白いは七難かくす。

蕎麦の姫様何かくす。

ソレソバ、ソバソレ

お姫様は何事かと思つてこちらを向くと、天邪鬼はここぞとばかり、

花は白いになぜ実は黒い
蕎麦の姫様何かくす
ソレソバ、ソバソレ

お姫様は何を言つてゐるのかわからなかつたけれど、ひやかされてゐるのだとわかつて、からだ中が赤くなつた。蕎麦の茎はそれから赤くなつた。——若しかこんなお噺しでもあつたなら蕎麦の花はもつと人から見返されたのかも知れない。仔細に見ると白い蕾が一つ一つ口をあけて明るい秋の日を吸つてゐる。それを又蜜蜂が一つ一つ吸つて行く。

蕎麦は瘠地が好いやうに言はれるのは、この植物の強い生気によると思はれるが、いくらそんな力があるにしても、瘠地の中から栄養を吸ひ上げるには一生懸命に気張らなければならなかつたので、からだ中が真赤になつたのがこの茎の色なのかもわからない。

釜《かま》揚《あげ》口《こう》上《じやう》

秋蕎麦のとり入れが済むと、出雲は冬に入りました。新蕎麦は季節の戸をあけてく

れる一つの食べ物で、何処の家でも食べました。

蕎麦は何といつても釜揚《かまあげ》が誰もの冬を暖めました。釜揚といふのは、煮えたぎつた湯の中へ振り落した蕎麦を、頃合ひにうでたのをお椀に盛つて、おろし大根と、きざみ葱と、堅魚の花を添へ、濃いかけ汁をかけたもので、ふうふう吹きながらあつい間に食べました。

かけ汁は吟味をしました。味醂や昆布や堅魚で濃口の醬油を煮つめて作りました。釜揚は洗ひ蕎麦とちがつて、蕎麦その物の丸出しで、むつちりした膚《はだ》の中に、高い匂ひを包んで口の中一杯を、ふくらませました。

それはさうと、これは蕎麦だけに限つた事ではありませぬが、何処へ行つても自国の食べ物が最上のやうに言はれ勝ちなのでありますが、それはさうに違ひない。といふのは幼い時から、よかれあしかれ、土地風な扱ひ方で、からだに刻み付けられたこの彫刻は、色々なぐるりの風物の調味料で彩色されて、のつぴきならない姿になつてしまふ――こんな味ではない味は他国の人には通じないのは当然でありましやう。さういふ見えない綱で人は皆郷土につながれてゐるのですから。で、他所の人に蕎麦は釜揚に限る。それもこんな食べ方に限る――なんかと言つたりしたならば、それはをかしな事に相違ない。

でも一応、そんな綱を切つて、からつぽになつて物を味はつて見るならば、案外な自分が見付かるかも解りませぬ。
この釜揚、如何でせう。

雪夜蕎麦

冬になるとこの町は、三日にあげず蕎麦がなくては居られない町であつた。何処の家でもよく蕎麦を打つた。毎晩蕎麦を食べなければ寝付かれないやうな人が大勢居た。で、蕎麦屋も数軒あつて皆繁昌した。

入口の板の間で、蕎麦屋の主人は蕎麦を打つてゐた。それから片方の通り庭のくどから立ち上る釜の湯気と、ぱつと焚き付ける松葉の匂ひと銅壺につかつて居るかん酒の匂ひとが釣り洋燈の光りの中にこんがらがつて居た。それから押入の光つた板戸や、膳棚に積まれたお椀や割子や、燈明のともつた神棚や、食卓のそばの炬燵や、こんなものがかもし出す整つた家庭にしかない温度のつまつたこの家は、だから霰やだんびら雪を冠つた人もここへ入ればすぐに温められた。ここは只食欲を満たすだけの処ではなかつた。

町の皿山

唐津場とか皿山とか言はれた窯場が、町端れの松並木の旧街道を二三丁行つた丘の麓にあつた。

弓なりに曲つた街道に並んだ太い松の幹の間からは、丘と田圃と入り海と十神山とが見えた。この街道を右へ小さい道を少し登ると、松の丘を負ふて竹藪や雑木にかこまれた中に静かにここはかくされて居た。

東側には平入りの大きな母家があつて、前の空地を隔てて石垣の上の崖を後にした細長い仕事場と向ひ合つて居た。そしてこの二つの建物の奥の禿山の斜面に瓦屋根をつけた登り窯がこちらを向いて焚き口をあけて居た。

母家はこの辺によくある作りで、瓦葺きの平家のがつちりした家でふき込んだ上り框の片方には大黒柱が光り、広い臼庭には色々な農具や大きなくどが並び、六間取り程の部屋の外側に縁側の一部にはここ出来の水甕や摺り鉢や土瓶などが積まれ、奥座敷の前の低い塀でかこまれた前栽には、石を立て木を植ゑ池を掘り、池には鮒や目高が入れたりしてあつた。

小高い仕事場からはここの構への全体が見下せた。そして向ふに田圃を隔てて和田の部落の後に大仙が見晴らせた。ここには三台ばかりの蹴轆轤がこの眺めの窓際にすゑられ、後の竹棚には桟板の上にぎつしりとひかれた物が並び、片隅には土踏場と土もみ台があつて障子紙に漉された明るい光りがこれらをやはらかく包んで居た。そしてこの仕事場に続く高みのもう一棟の小屋には、素焼物や窯道具や薬甕が置かれて窯と向ひ合つて居た。

すべては陶器が専業になる前の暮し。陶と農とが未だ一つであつた暮し。さういふ暮しのここは見本の様な窯場であつた。ここの人達は堆肥を作る様に土をこね、南瓜や茄子を育てる様に轆轤をひき肥料をやる様に薬掛した。ここでは陶と農とは別々の仕事ではなかつた。縄をなふ様にこの二つは一本の仕事になはれて居た。

窯は盆と正月前に焚くのがやつとの事であつたが、農閑期の仕事としてはそれでも手一杯であつた。

土は一里も二里もはなれた島田や木佐の在所の山を崩して掘り出して、それを手舟に積んで新川の浜につけ、街道の向ふの水簸場に運んで水簸した。松薪は持山からとは云へ、黒鳥や細井部落の奥から切り出さねばならなかつた。かうして水簸から土踏みから轆轤や薬掛、窯詰、窯焚きと、持田の何段かを耕し、何枚かの畑を作り、茶時には自家用の茶をもみ、家に入るだけの蚕もかつてこれだけの仕事をやつてのけた。

家族は当主の老人夫婦と息子の若夫婦と其の子供と未だ幼い二男坊とで、身内になる和田の百姓で轆轤の出来る中老人に助けて貰ふ位で、七袋程の登り窯をかうして年に二度も焼いた。製品は何れも台所用具だけなので収入だつて知れたものではあつたが、百姓仕事にはない焼くといふ事、焼けるといふ事のたつた一つのこの事がこの人達に採算《そろばん》にもかからぬ事をやらせた。

水簸場の溜土に落葉がしたと思ふと、もう毎朝霜が降りた。仕事場には太い松の根つ子をくすべてそこらに一杯につまつた薄煙の中で、鍋でわかした手泥を付けてはこの息子と中老人は轆轤をとんとん蹴つた。若主人は小男ではあつたが大きな藍甕が作れた。脚立に乗つて、紐作りで三段位についで作り上げたが、これは仲々の見ものであつた。其頃地方には紺屋が沢山あつたので、藍甕は入用であつたが夜見ケ浜では棺桶にも使はれた。土地が砂地であるためばかりではなくこれは上古の遺風と思はれた。ここでは暮れ前に窯を出さねばならぬので、上乗せの土瓶や片口を急いで作らねばならなかつた。こんな水引き物を下の空地に干してゐると、日の差す中を時雨がばらばら来た。

刈入家では皆が稲刈りに出て母家の臼庭には鶏がごそごそして居るだけであつた。刈入れは早めに仕舞はないと薬掛や窯詰が迫つて居た。でもあらかた之も片付いて下積みの藍甕も窯に据ゑた頃にはもうみぞれが来た。ここでは旧正月を迎へるとはいふものの、師走に入つて町が歳暮の用意でざわめくのを見ては一日でも早く窯に火を入れなければならなかつた。

其日はいつもより早く起きて焚口の上の棚にお神酒と塩と小豆飯を供へ、燧石を打つて燈明に火をともし、柏手を打つてここの老人は火を入れた。胴木間の前には急ごしらへではあつたが藁ごもの風よけを作り、蓆を敷き畑の藁小屋の様に仕切られた。この場所は焚口にばりばり燃えて居る大火を前にして、明るく暖かく人々をひき付けた。

窯の煙を見た和田の人達は通りすがりにここらあたりに寄つた。雪もよひの北風の中から、かじかんではここへ来てぬくもりながら話し込んだ、ぽかぽかする蓆の上で飯島蕪の浅漬なんかつまんで、焚口の薬罐にたぎる湯を注いでは番茶を呑んで話をほてらせた。

一の間の差し木にかかつたのは明け方近くであつたが、宵の内から降り出した小ざさら雪はもう四五寸も積つて居て色見穴からさす火は音もなく降るこの雪をぽつと照し出し、差木を投げ込む老人と息子を魔物の様に窯の火は浮き彫りした。窯出しの日も雪がちらちらしたが、出て来る熱い色々な製品にこれは景気を付けた。

町の陶器店の主人達や手舟を仕立てて買ひに来た海の向の夜見ケ浜の人達で窯出しは賑はつた。

製品は鉄気の多い土で焼き締つた藍甕や水甕や漬物甕や摺り鉢の様な物から、三里程奥の母里《もり》から引いた白土で作つた小鉢や行平や土瓶や砂糖壺や、それは焼締めの土《かわら》器、かういふ種類の何れも皆したたかな台所用具だけであつた。それから錆薬のかかつた石油を入れてともすヒヨウソクも作られた。これは町家の風呂場や台所まはりに使はれた茄子の尻を切つて持手を付けた様な可愛いらしいカンテラもあつた。

白掛をした土瓶には駄呉洲で荒い然し馴れ切つた山水が描いてあつた。それはここから見える十神山と港の水を夜見ケ浜だと言ふ人もあつたが、さう聞けばさうとも思へない事もなかつたが、ここの人達に聞いてもそれは昔通りに描いて居るだけで自分達にも解らないといふ事であつた。

柿薬には宍道湖沿岸から出る建築用材の来待石の粉単味を使つた。黒薬には之に土灰を打つた。並薬は平瀬で通つた長石と土灰で合せた。それと荻と言つた藁灰と石灰と土灰で合せた白薬も使つた。それから其の白薬に銅粉を入れた青薬もあつて之は小鉢のふちに掛けたり其頃盛んであつたぼてぼて茶のための呉洲手茶碗に掛けられたりした。

ここは四季を通じて子供達にはかけがへのない遊び場所で始終見に行つた。で何時の間にか子供達は眼だけの陶工にされてゐた。形のないものの中から湧いて来る形の不思議。もの凄い火、生き盛つた火。土を石に変へる火の魔術、子供達は遊びながら知らぬ中に書かれてない書物をここで読んでゐた。

ソリコ舟と網掛《あんが》け

春は雨で空から降り、それから土地に浸み込んでは、眠つてゐるあらゆる生き物を呼び起して行つた。ぬれた言葉でゆさぶる春。

菜の花が咲き出すと、町はづれの新川の浜の舟小屋でソリコ舟が作られた。山で荒ごなしされた大きな杉の木が、白い砂浜に運ばれて三四人の人でくりぬかれて行つた。あかるいチヨウナの音と匂の高い木《こ》つ端《ぱ》が、そこら中に春をまき散らした。それは仕事自体が音楽であつた仕事——、唄や楽器が出来る前の音楽の中から生まれた仕事——さういふ仕事がそこにあつた。人が鳥の声を唄に聞いたのは、彼等には鳥の言葉が解らないからだ。吾々の言葉だつて意味がわからなければ皆音楽だ。和音、反音、吃音、鼻音、喉音、唇音——声帯に触れる呼吸の舞踊——〝声前有声〟——そんな声なき声までも声の中に入るかも解らない。まだまだ腹から出るといふ声もあるとよく言はれるが、足の裏から出す声もないわけではない。

三月の気温は汚れた雪の着物をぬがせ、子供達を凧に乗せて空に飛ばせた。そして雲雀に彼等をさえづらせ、見える限りの草と木に彼等を芽出させ、蕾に彼等を咲かせ、匂を出させ、色を付け実を結ばせやうとしてゐた。子供達の気付かない中で、こんな工作が彼等のからだの中に進められてゐたがあまずつぱい何かに待たれてゐるやうな

自分——さういふ自分はこんな工程が醱酵させたのにちがひなかつた。

それはさうと三人の人が調子をとりながら、チヨウナ打ちをしてゐるうちに、手を休ませる一人は二人の仕事の間拍子をとつて空《から》打《う》ちをする、組みつほぐれつする音の踊り——舟の形はこんな中から生まれて行つた。

そして大きな二つのくりぬかれた木片は真中で組合され、水もりを防ぐための檜膚《ひはだ》と言はれた檜の甘皮を叩いてやはらかにした綿のやうな皮をはせ、鼓鋲《つづみびやう》でくつ付けられて出来上つた。それから舳《へさき》に風切り板が取り付けられ、艫《とも》には櫨《ろ》をこぐための板の座が張られて完成した。この舟は長さ三間巾三尺位もあつた。もとは一木でくりぬかれたのであらうが、大木がすくなくなつたのと、より広い巾がとれる事から二つの木を組合すやうになつたと思はれる。それにしても上古の天の鳥舟とか諸手舟とかいふのはこんな舟ではないかと思はれる。三保神社に残つてゐる諸手舟は板を組み合せたもので、初期のものとは思はれないが、日本の各地で発掘された丸太舟や南洋諸島に、今も使はれてゐる独木舟は、このソリコ舟と共通するものを多分に持つてゐるが、それにしてもこんな舟の中でも、中海のソリコ舟の形は飛びぬけて美事に出来てゐるのはどういふ訳なのであらう。おだやかな内海の潮も亦この形作りに一役を買つてもゐたのであらうが、その頃の漁法には縦《ピッチング》ゆれと横《ロウリング》ゆれが必要であつたのもこの形に関係があつたと思はれる。とくに赤貝採りのケタ引きにはこの横ゆれが必要であつた。当時中海にはこれ程、一丁櫨で速く走れる舟はなかつたが、でもうつかりするとすぐにひつくり返るので漕ぐには馴れなければならなかつた。この舟はもやつてゐてはその岸を、沖にゐては沖を、自分だけではなくぐるりをも美しくしないではおかなかつた。今この舟は大根島周辺にいくつか残つてゐるのに過ぎない。

その頃には港の東寄りの海面には、網掛《あんが》けと言つてゐた網を干す竹垣が幾重にも作られてゐた。漁から舟が帰ると、網はすぐにここへ掛けて干された。港の北に立つてゐる十神山の下の静かな海面を掩ふこの焦茶色の網の幕は、港の風情を引き立てないではをかなかつた。出漁の時には竹垣だけが残されて海に浮ぶ雲を、畑の野菜のやうにかこひまはした。夕方舟が漁から帰ると張られた網の中で港の水は静かに眠らされた。又大仙と和田の松原とを夕日が赤く染めてゐる背景の前に、この網掛けは金色にぬられた。夏の朝夕の十神山のひぐらしは、この網掛けに飾はれて町へ届けられた。それから夜見ケ浜から来た藻葉採《もばと》り舟や、帰つて来るカンコ舟をこの上もなく見事にした。

子供達は泳いでこの網掛けへよく行つた。そして竹に摑まつて三四尺ももぐると、そこは一面にすきもなく生え繁つた長い藻で掩はれてゐて気味が悪かつた。然しここは沙魚《はぜ》や鰻やセイゴ（スズキの子）やボラなどの巣で、子供達は見るともなく、こんな魚の生態を見た。其頃は中海全体が色々な魚の養殖場のやうな処であつた。サヨリ、小蛸、黒鯛、菱ガニ、車エビ、白魚、アマサギ、カワコ、コノシロ、エノハ、コチ、小鰯、モバブク、ナマコ、赤貝や海雲《もづく》――四季を通じてこんな魚貝がうぢやうぢや採れたが今ではこんなものがゐなくなつたので漁業も成り立たなくなり、網掛けもなくなつてしまつた。

子供達と竹

教室の入口の小卓の上には、いつも竹製の水注ぎが置いてあつた。太い孟宗竹の節と節との間を残して一方の節の方に、鳥のくちばしのやうな三角の溝を掘つた注ぎ口を削出し、胴体の真中に穴をあけ、底はすはりの好いやうに平に削つた湯たんぽ位な水入があつた。これは何もない殺風景な教室の、唯一の道具であり置物でもあつた。習字の時間には当番はこの水入を持つて、きちんと正面を向いて待つて居る生徒達の硯に、水を注いでまはつたが、たくましい丸味と膚の艶と節の強さ、鋭いが然し可愛いらしい注ぎ口、両手で持つた時の持ち加減。一体誰が竹の中からこんな用途をさがし出したのであらう、誰がこんな形を見付けたのであらう。この水注ぎは人が作つたとは言ひながら、実は竹そのものが、始めから水注ぎに出来てゐたと言つて好かつた。すべては水注ぎになるやうに竹は用意されてゐたと言つて好かつた。人はそれにほんの少し手を加へただけであつたが、これこそ物の形の生れ出る秘事の一つにちがひなく、与へられた物の中にそつと自分を入れただけであつた。何かにしてくれと言つてゐる竹——。吾等のぐるりには、かうして出来た形が如何に多いことか。すべてのものは人のために次の形が用意されてゐるのにちがひない。

それはさうとこの水入は又時々子供達のいたづらの道具にもなつた。しかつめらしく机に向つて硯の水を待つて居るいたづら相手に、当番は先生のすきまを見付けては胴体の穴に口を当てて、ぷうつと吹いてすうつと水を相手の顔にぶつかけた。水は気持の好い銀光りの紐になつて飛んで出た。

この水入は又其頃の習字の道具と釣合つて居た。天草島産の砥石だと言はれた虎石の大きな硯や、どべ墨と言つた大きな駄墨——。これは摺るとざらざらと音を立てて墨と硯は両方がすりへつた。だからまたたく間にどろどろになつた。どの硯も薬研のやうにへこんで居た。

それから又筆も筆であつた。犬の毛をたばねたばさばさしたもので、それでも持つ時には手の中に卵をかかへて居るやうに柔かくもてと教へられた。習字帳は中折を一帖位とぢたもので、書いた上に書き、書いた上に書いたので、真黒に光つて居た。これならば水で書いたつて同じであつた。でも子供達は方式通りにこの水入からうやうやしく水を注いで貰ひ、姿勢を正し薬研のやうな硯に向つて、墨は真直に立ててすら

ねばならず、筆を持つては、ひぢを張らずに、卵と一緒に持たねばならず、何を書いてもわからない真黒な紙に、真黒などべで一点一劃ゆるがせにせず、下腹に力を入れて無念無想で書かねばならぬのであつた。子供達は何もわからないのにこんな事をさせられたのは一体どうした事であつたらう。それは一つの謎に相違なく、この謎がとけたのは余程後の事で、気が付いて見れば子供達を一様に日本人に作り上げる、これも亦不思議な手段にちがひなかつた。でも然しこんな大切な謎の合間合間には、先生のすきまを見ては音も立てずに墨の付け合ひをしたり、こづき合つたりした事は言ふ迄もない。

その頃には竹でこさへたものに竹法螺《ぼら》があつた。町の横丁にあつた風呂屋は、夕方風呂が湧くとここの家の内儀は大通りへ出て、東の方へ向けてばうばう、次には西の方へ向けてばうばうと顔中をふくらしてこの竹法螺を吹いた。丸味をもつた柔かい巾の広いこの音は、ぶるぶる空気をふるはせて町の人達に、這入り加減の湯の温度ででもあるかのやうな、暖い響きを伝へた。太い真竹の一方の節のそばに拇指位な穴をあけただけの、一尺足らずのこの竹筒はたつたそれだけの仕掛の中から、こんな音を出した。これは山伏の法螺貝などとちがつて、すなほな竹の性からしか出ない響きを出した。そしてこの竹法螺はいつもこの風呂屋の番台の上に手ずれして、あめ色につるつるに光つて居た。

そこには又子供達の大好きなものに甘露竹があつた。一と握りもない青竹の片方の節を残した筒に、流し込まれた水羊羹――。酸漿《ほほづき》提灯をともした夏祭りの駄菓子屋の屋台店に積まれたこの青い竹筒は、求めると錐で底の節へ穴をあけて渡してくれた。口をつけて吸ふと甘い竹の匂ひと一緒に、うつり香のした柔かい羊羹が出て来て口の中でとけた。

子供達はどんな竹はどこに生えて居るかよく知つて居た。沙魚の釣竿を作るのには川尻の土手の水車小屋の側に生えて居る布袋竹を取りに行つた。布袋竹の節から子供達は竹の不思議な性根と力を知つた。矢竹は松源寺山にあつた。〝ひいひ、がらがら〟須崎の紋太はん――とはやしたてた町に近い須崎の在所に紋太と言ふ笛作りの上手な老人が居て、子供達はこの人の作つた笛を買つて貰つたが、何、この位なものなら作れると思つて竹を探したが、これは見付からなかつたので、在所の友達に頼んで、切つて来て貰つて色々やつてみたが、これはとうとう手にをへなかつた。

子供達は桶屋から貰つて来た竹の切れつぱしで十二竹を作つたり、竹とんぼを作つてよく飛ばした。それから子供達はよく飛ぶ夢を見たが、足で地べたを蹴ると、からだが水平になつて泳ぐやうに手を動かすと何処へでも飛べた。水の中を泳ぐのとちがつて何の抵抗もなく、重さのない自分、自分のない自分――さういふ自分がそこにゐたのは何といふ素晴らしい事であつたらう。それから竹とんぼが後に飛行機の推進機《ぷろぺら》になるとは思ひもかけない事で、なぜこんな夢の頭にこの竹とんぼを付ける考へが浮ばなかつたかとくやしかつた。

盂蘭盆が近づくと井戸町の〝かたぎ屋〟の表には夥しい孟宗竹が積まれた。お盆の墓の花立を作るためだ。通りすがりに子供達はこの青竹の甘い匂で季節の行事を予告された。土の中からによきによきと筍が空中へ太い釘を打ち込んでゐる力《ちから》。短かい間に一生の大きさに迄成長するこの生命の驚異。竹の素晴らしさは数へ切れない。一竿の風竹、月下の一藪――二つ三つの石のそばに植ゑられた竹の中庭、網代に組まれた竹垣や、簀の子天井や竹の浸《ぬ》れ椽、竹と一緒に歩いてゐる日本の暮しの素晴らしさ。

菜種河豚

春の彼岸の頃には、島根半島の北浦でとれた河豚を売りに来た。これは彼岸河豚と言はれたが、菜種の花の頃が旬なので、菜種河豚とも言はれた。これは関門地方の本河豚と言はれる虎河豚とは全く別のもので、黒斑のある青い背中と、白い腹のぬめぬめしたこの魚はぶつきらぼうで、幾分奇怪なところはあつたが、にくむにしては少し愛嬌があり過ぎ、可愛いと思ふには少し無知であつた。

この魚のえたいの知れない性質はよく外貌が語つて居たが味は凡そ別であつた。この魚はさつぱりして居るくせに複雑で、あつさりして居るのにかかはらず、奥深くつて気品があつて、力があつて底知れぬものがあつた。で一度より二度、二度より三度と段々深いところへつれて行かないではおかなかつた。鯛の味は外観も内容も一つであつたが、河豚の味は内側へこもつて居ると言ひ度い深さがあつた。ひらめやこちや、おこぜの刺身で河豚を代食して見てもそれは出来なかつた。鮪を牡丹としたならば、鯛は桜で、河豚はさしづめ梅の花とでも言ひ度い。河豚は危険だからうまいといふ人もあるが、子供達はあぶないなんと思ふ前から食べてゐた。常識といふのは先人の冒険の堆積にちがひない。この魚が平気で食べられるやうになつたのに就ては、これまで如何に多くの犠牲が払はれた事であつたらう。

この河豚も県令で内臓は除いて販出されたのと、永い間の取り扱ひの経験から、子供達は中毒の話なんか聞いた事もなかつた。大抵は白味噌汁にするか、煮付けにされた。その頃は刺身にしては食べなかつた。知らなかつたのか又は毒を恐れたからであつたらう。

中海では又夏になると藻葉河豚《もばぶく》が漁れた。五六寸位な可愛いい河豚で、無毒と言はれ無類の美味であつた。こんな魚が養殖されたならと思ふけれど、かうも中海の水が汚れては仕方がない。日本のどこかの海にはこの河豚がゐると思はれるが毒を恐れて捨てられてゐるのかもわからない。河豚はおいしくならうとなんかしたとは思はれない、にも拘はらずおいしい。河豚の持つてゐたおいしい要素が人に出会つておいしく受取られ、ここで河豚と人とが平衡した——言ひ代へると彼我が消えたのであらう。無事とはこんな事を言つたものかも知れない。無事といふのは平衡の別語に相違なく、これが河豚の功徳と言ふのかも知れない。

子供達の草花

暑い庭の砂の上にまかれた、小さい色紙——背中に負はれて見た松葉牡丹——あれは何歳頃の花であつたらう。

坊やの兄さん馬に乗り、長いサアベル腰にさし、金筋入りの服つけて……西比利亜さして行きました。——唄つて貰つて、背中に負はれて見た黄色い大きな月と梅——それが今に咲いてゐるのはどうした事であらう。

子供達は夏が近づくと新川の土手へ〝狐の提灯〟を採りに行つた。この袋のやうな花に蛍を容れて、それをくわへて狐がこちらへやつて来た。それも野狐ではなくて、稲荷さんのお使ひのあのお白粉をつけた狐なのであつた。——この辺では蛍袋の事を、〝狐の提灯〟と言つてゐた。——蛍袋は実在したが〝狐の提灯〟は子供達には、まぼろしの花であつた。

梅雨《つゆ》晴れの暑熱の中に柘榴《ざくろ》の花は、高熱になやまされて真赤に狂つてゐたが、秋風が吹くと気違ひのやうに口をあけて笑つた。――紅玉をつらねたやうなあの歯並のあやしい美しさ。

五月闇《さつきやみ》の庭の片隅に紫陽花《あぢさゐ》の花は、いつも青白い顔をしてうなだれてゐた。太り過ぎて腎臓を病んで頭痛がするのであらう。自分をもてあましてゐたこの花。見るからに栄養過多――人は金魚をこさへたやうにかまひ過ぎて、こんな病人にしてしまつたのだ。大人達は見るためには生き物を片輪にする事を何とも思つてゐない。

子供達は丘の上から、田甫のあちこちから立ち登る芥火の煙を見た。末は野面をかすめて遠い端山にかすむ麦秋《むぎあき》の夕月。彼等もじつとしてはゐられなく、禿山の上で火を焚いた。献空青思――子供達は煙で空へ昇つて行つた。

これから砂浜にならうとする草むらの中に〝昼顔〟の花は海の匂ひを吸ひながら、波の音にゆられながら、子供達の泳いでゐるあいだじゆう、彼等に代つて昼寝をしてゐた。

河骨《かうほね》は田川の水門の上手のよどみを一杯に掩ひかくしてゐた。真青なあの葉つぱは、炎天の日光をはね返しはね返し空気を焼いてゐた。黄色い蠟細工――あの花は首をもたげて水馬《みづすまし》や、〝まいまいつぶり〟をぢつと見てゐた。そして岸の棒杭からは精巧なまばゆい程な鉽力《ぶりき》細工の〝翡翠《かはせみ》〟がねじをかけられて玩具のやうに飛んだ。それからよどみの底には鯰や鰻や川獺《かはうそ》が子供達に知られる事なく薄気味悪い彼等の生命の秘密を守つてゐた。

椎の実、榎の実、山桃、桑の実、山無花果《いちじく》、胡頽《ぐみ》、子供達は鳥や獣と一緒にこんなものを食べた。自然からのぢかの頂きものだ。人に加工されてゐないこんなものの何といふこれは強さであつたらう。きびしさであつたらう。

粉粕《もみかす》をつないだやうな雑草を苅萱《かるかや》と呼んだり、針のさきに小さい赤い玉をつけた、あるかとも思はれない草に、吾亦紅《われもかう》と名乗らせたりして、吾等の先祖達はその心情を伝へてくれた。ぢつと見てゐるとそれは草でも花でもなく遠い御先祖の顔になつて行つたのはどうした事であつたらう。

秋風の中の葎薮《むぐらやぶ》によれよれに枯れた蔓の電線につながれた烏瓜《からすうり》――消し忘れられた五燭光ほどの昼の電球――烏は何でも食べるからこの瓜も食べてゐたかも知れないが子供達はそれを見た事がなかつた。烏は蒐集家ださうだから、或は自分の巣に持つて帰つてゐるかも解らない。この瓜を枕にして寝てゐる烏――子供達は烏の枕と言つたほうがぴつたりした。

子供達の秋の空は高くて青かつた。彼等は町の裏山〝馬《ま》の背《せご》〟でいつも遊んだ。この禿山の上には芒が茂つてゐた。子供達はそんな禿頭の老人を知つてゐた。〝禿山簪《とくざんさん》芒《ばう》〟――虫が子供達を鳴いてゐた。

子供達はやがて冬の中へしまひ込まれた。炬燵にあたつて聞いた。竹藪の中の〝小型ラジオ〟——寒い空を切りさいなんでゐた鵯《ひよどり》の声。

雪の下の青い葉つぱの闇の中の豆電球の点滅——金柑や小蜜柑。

子供達は草に延び花に咲き色んな木の実にかためられて行つた。然し、彼等は何を見ても知らないものばかり、解らないものばかりであつた。一切が不可思議の箱に入れられたままであつた。

子供達が事々に出す〝何で〟と云ふ質問に大人達は何と答へる事が出来たであらう。とことん問ひつめられては、大人達自身がわからなくなつてしまふ事が多かつた。そのうちに子供達はあらゆるものの不可思議を意識し出した。不可思議こそ彼等の中から〝驚き〟の存在を呼び出した。やがてこれはすぐに〝喜び〟に替へられた。喜べるといふ事の何といふ素晴らしさ。

これはやがて彼等に外界だけではなく、これに対応する自分達の内界の広大な、未開の領土を知る糸口になつて行つた。——物《あにおと》とは何か、彼とは誰か、自分とは何者か。

子供達の唄つた当時の歌に三千余万の兄弟共よといふのがあつた。明治の子供達はそんな人口の中で祝福されたが、今の一億の人の中で子供達はどう祝福されてゐるのであらう。

あらゆるものが今又新しく唄つてゐる。子供達はそれをどう聞いてゐるのであらうか。

雨は瓦屋根がすきだ。踊れる処だからだ。

雨は板屋根がすきだ。佗びしさに出会へる処だからだ。雨は石屋根がすきだ。慰めに行ける処だからだ。風は壁がすきだ。思ふさまぶつかれる処だからだ。ぶつかる物がなかつたなら風なんか存在しない。何でも好いからぶつかり度いのだ。堅ければ堅い程、堅いものが風はすきだ。雪は町がすきだ。またたく間に清める事が出来る処だからだ。雪は斜面がすきだ。人が辷つて喜ぶ処だからだ。波は砂浜がすきだ。飽きる事なく遊ばせてくれる処だからだ。花は野山がすきだ。そのままにして置いてくれる処だからだ。月は山がすきだ。山は月が好きだからだ。月は雲がすきだ。寝かしてくれる処だからだ。朝日は海がすきだ。昇り甲斐のある処だからだ。入日は端山がすきだ。沈むのを待つてゐてくれる処だからだ。

山上の漁家

恭平の家は行者山に続く丘の上にあつた。三崎谷に流れてゐた新川の土橋を渡つて、くの字形につけられた小道を登ると僅かな平地があつたが、ここに建てられた小さな草屋が恭平の家であつた。丘からの眺めは素晴らしく、子供達はここへ来るといつものびのびとした。建てつまつた町家にゐるとちがつて、四方八方開けはなたれたここのすべては子供達を招かないではおかなかつた。

恭平の家は港に沿つた漁家であつたが、いつの間にか両親でこの丘を開墾《ひら》いて小さい百姓になつてしまつた。といつても漁師をやめたわけではなく、こんな山の上にゐても結構漁が出来たからだ。それといふのは海といつてもここからはすぐ眼下に見えてゐたし、海岸の小屋に船と漁具とを置いて通ふだけの事で、農と漁とが別の仕事ではなく、その頃の中海には、魚貝も多くこの二つが組み合わされて調和してゐたからだ。畑のものを収穫《とりいれ》るやうに網が曳かれ、果実をもぐのは釣だと言へない事もなく、ここではボラは胡瓜で茄子はセイゴと別物ではなかつた。揃も揃つて律義者の両親は何畝かの山畑には季節の疏菜を育て、畑の結界には茶を植ゑ、傾斜面には桑を仕立て、そこら中に桃や柿や枇杷や柘榴や梨や杏子のやうな、原種に近いこんな果樹を繁らせ、手数のかからぬ四季の草花を作つた。子供達は次々にここでこんな作物の名を知り実体を見、その性質にふれて行つた。

この家は六月に這入ると忙しかつた。少しでも蚕も飼つたし家で使ふだけの新茶ももんだし、畑のものも次々に始末をしなければならず、それに春先から採れる、エノハやセイゴやサヨリや黒鯛の漁も捨てておけず、海と山との次々の恵みの中に追ひまはされてゐた。恭平は一人子であつたが漁にも出た。畑仕事も手伝つた。八畳と六畳の二間に台所の土間しかなかつたこの家は、然し無口な働き者の母親の丹精でいつもきれいに片付いてゐたし、家の中からも見える南の斜面へかけての畑や、山を見上げ見下す景色は広々としてゐてどこからどこ迄がこの家のものなのか、門もなく垣もなく入口もなく出口もなく、どこからでも這入れるが、どこからでも出られる気安さ——こんな土地を開墾《ひら》いた両親の労苦も結果から見るとそれは、この丘に招かれた御客様にちがひなかつた。この谷間の床の間の前に坐つてぐるりから、ありたけのもてなしを受けてゐたこの御客様——、その頃の草花や果樹は今とちがつて、消毒薬もなく紙袋をかける事も知らず、滴肥の知識もなく、ビニールの恩恵も受ける事なく、殆んどが野生のままであつたといつても好かつた。害虫は手で取る外に方法はなく、促成や抑制も出来る筈がなかつた。でもその代り冬菜を夏食したり、夏蔬を冬食したりするやうな、季節の倒錯を強いられる事なくいつでも自然の旬の恵みを受けた。それにしても、スッパイ桃や固い梨などは、自然からの苦言でもあるかのやうに子供達にはきびしかつた。然し何といふこれ等の強さと深さを彼等はかみしめさせられた事であらう。かうしてここで出来たものは次から次へ町の人達を呼び寄せた。で、町へ売りに行く必要もなかつた。それといふのも眼の前でもいで貰つた茄子や胡瓜、自分で採つても好かつた桃や杏子。手の届く枝になつてゐた西条柿、竹竿で叩いて落しても好かつた棗、枝付きの山桃や胡頽《ぐみ》——こんな町の店先では買へないものがここには

あつたからだ。ここを訪づれた程の人達は皆、南側の縁で好く話し込んだ。その縁側の日除けに作られた棚で、藁の円座にすわつてゐた南瓜達の満足——谷底の池の杜若《かきつばた》の花を縫ひ合せてゐる。燕の交錯——向の丘に見える卯の花の繁みは、時鳥《ほととぎす》をかくして鳴かせてゐた。ダイヤルを廻して聞くが好い。町の人達の買物に対するこれは特賞だ。夕方に来た人には蛍のおまけが付く——。

すべては世の中の大転換の前であつたこの一と時。前代からの平安と調和を保つてゐたこんな暮しの幕の中で人は自分達がどんな役割をはたしどんな時代に生きてゐたかといふやうな事も知らずにゐたとは何とした事であつたらう。さうするうちに明治も終りに近づきこの幕は徐々に降りて行つた。そしてやがて始まらうとする次にはどんな事が起つたのであらう。そのうちに、行者山が音を立ててつぶされると一緒に恭平の家も丘もあつという間にくづされてしまつた。そして今大きな工場の敷地の中に、過ぎ去つた事を追ふ跡さへもなく消えてしまつてゐる。

旧街道と菜摘川家

子供達は大人になると色々なものを復元して見たがる。町の停車場界隈だつてその一つであつた。三四十年もたてば大抵の事は消えてわからなくなるものなのが、この町には古図もなく、記録らしい記録もなく、あると言へば明治の中頃のうすぼけた写真位なもので、それもほんの一部分の事で、あまりたよりにはならない。子供達はそれを記憶の鍬で掘り返して復元しやうとする。

今の駅のぐるりを取りまくもとの景色——丘と田と松原と港の水との組合せがどう切り砕かれてこんなになつたのかを辿つて見るよりは今の建築や施設なりを一つ一つ取り去つてしまつてから現れる原図——こんなやり方でこの経過は始まる。そんな中から最初に浮びあがつたものに、二三百年も経たやうな旧街道の松並木があつた。それもそこらの山の松の木とちがつて、どの一本を切り離して見ても、あだやおろそかなものはなく一本一本がかけがへのないものばかりといつてよかつた。そしてこの街道はどうしてかうも曲りくねつてゐたのであらう。二三十歩さきも見透せないこの屈曲——、人が地形に沿ふて心の赴くままに歩いたあとが踏みかためられて道になつた道——、歩く道を失つた今こそこんな道が思はれないではゐられない。それにしても嘗つて手入れされるのを見た事もないのに、どうしてこれ等の松はかうもみごとに生長したのであらう。

記憶は色々なものを掘り起す——役にも立たない木の株を思ひ出すかと思ふと、木の間がくれに見える田甫の小屋や、港の水や向の山々、そんなものが今又まざまざ見えてくるのはどうした事なのであらう。いつの間にか向へ行きつける道、途中がいつも終点であつた道――。この松原には又五六人の仲間で描いておいた絵があつた。大抵は保存が悪くて薄ぼけてゐたが、その中の一人の持つてゐた図は、描きたてのやうにあざやかであつた。その図をここで拡げて見る事にしやう。

　田甫の稲もあらかた刈り取られて、そこらの日溜まりが恋しくなる頃になると子供達は毎年のやうにこの松原の松に巣をかけて遊んだ。竹切れや棒杭や藁筵や縄を持ち寄つて、頃合ひの松を選んで一階二階、時には三階迄も作つて行つた。そして二階だ三階だといつては上つたり下りたり時には弁当を分け合つて食べたり絵本を見たり文庫本を読んだり結構退屈しなかつた。街道は時々在所の人達が大八車を曳いたり、ものをかついで通つたりする位の事で誰に遠慮もいらない彼等の国であつた。小鳥達もここへはよく来た。雀を始め四十雀《しじゅうがら》や、溝鷦鷯《みそさざい》や、鶸《ひは》などが手の届きさうな枝に迄も来た。手のひらに握れさうなこんな小鳥達は、それにしても、何といふスバシツコイ生きものであつたらう。子供達は捕へたい一心でありながら捕へられないので、くやしくて仕方がなかつたが、くやしければくやしい程あべこべにこんな小鳥につかまつてしまつた。気が付いて見ればこれは籠の中につかまへてゐるよりははるかにほんとうの鳥をつかまへてゐたといつてよかつた。今でもこんな小鳥達は眼の前に生きてゐる。

　ここへはよく鳥差しの老人がやつて来た。頭から足の先迄黒づくめの装束で風のやうにやって来た。子供達はなりをしづめて、じつとそれを見つめてゐた。——モチを付けた長い継竿が動いたなと思ふと、もうその先には小鳥が吸ひ付かれてゐるではないか。竿が小鳥を捕へたといふよりは、小鳥が竿へ飛び付いたやうに見えた、何といふこれも又あべこべなことであつたらう。そして鳥差しの老人は鳥を腰の網袋に入れるなり又風のやうに行つてしまつた。子供達は教はつた覚えはないのにこんな巣を作つた。鳥の巣から思ひ付いたわけではなかつたが鳥の巣のやうなこんなものを作つて遊んだ。一体誰がこんな事をさせたのであらう。和田の在所へ続いたこの松原も駅が出来ると一緒に切払はれて今跡方もない。

そこには又、この松原のほかにあざやかに浮び上つたものに、その頃〝菜摘川〟と町の人達が言つてゐた農家があつた。行者山の登り口の麓に竹藪を背負つた、広い屋敷にこの家は色々な果樹に半ばかくされてゐた。〝菜摘川〟といふのはこの家の主人が地方の草相撲の親方であつたので、そのシコナが屋号になつたのだと言はれたが、この家は又、〝玉はんとこ〟でもとほつてゐた。菜摘川玉衛門とでも言つたのであらうか、それともこの家の苗字は実重《さねしげ》といつたから実重玉十であつたのかもわからない。大髻《たぶさ》のチヨンマゲを結つた赤ら顔の仁王のやうな頑丈なこの老人は、秋祭りの宮相撲には必ず見たが土俵に上つたのを子供達は見た事がなく、多分前々からの顔役であつたのであらう。母家はガツシリした大きな瓦葺きの平屋で別棟の台所や倉の配列も立派でこの辺での大百姓であつた。座敷の北側は築山と十神山を後にした池の庭で、池のぐるりには石を立て木を配し花を咲かせ、いつも大きな鯉が新川からひかれたきれいな水の中を泳いでゐた。町の裏山に沿つたいくつかの寺の庭は、何れも山の木の繁つた斜面の下に池が掘られ、蓮や睡蓮が浮かび、池の手前は白い砂が敷かれただけの類型の御座なりの庭であつたが、〝菜摘川〟の庭はそんなものとは全く別なものであつた。子供達は家の横からだまつて這入つて行つても、しかられる事もなく、ここの小母さんはいつも気持好く見せてくれた。子供達はここで始めて一木一石に、それぞれに心を使つた跡を見とれないではゐられなかつた。そして何度見ても見つくせるといふものもなく、あきるといふ事もなかつた。築山は掘つた池の土が積まれただけのものであつたらうが、平らな田甫の中にデコボコを作るにはかうもしなければならなかつたであらう。其の築山が笠のやうに松を冠つてゐるのはどうにも見事であつた。すべては人がこさへたものではあつたがどうしてかうも自然が気息《いき》を吹いてゐたのであらう。自然が作つたデコボコも素晴らしいにはちがひないが、しかし人がその中に降参してゐるこんなでこぼこがどうしてかうも親しみ深く引つ張りまはすのであらう。子供達は多分こんなことに吸ひ取られてゐたのにちがひなく、これが菜摘川老人の人柄なのかも知れず、この仁王のやうないかついからだの中にこんな素晴らしいものが這入つてゐたのかと思はれた。子供達は、麦田の畔を飛んだり、紫雲英《げんげ》田に寝ころんだりしても、この老人は鬼のやうに追ひかけたり叱つたりしなかつたことと思ひ合さないではゐられなかつた。ここへは町の人達もよくこの庭を見に来た。半ば公開されてゐたやうなこの家の人達は、でも面倒くさがりもしないで、いつも心好く迎へてくれた。そのうちにこの家も庭も行者山と一緒につぶされて大きな工場の中に消えてしまつた。今の駅の陸橋を渡つて降りたあたり一面がその跡にあたる。

紙布始末《かみこしまつ》

修三の家は川向《かはんこ》の田甫のきわの石垣の上にポツンと一軒建つて居た。小さい家ではあつたが、中敷《ちうじき》の出窓から田甫の向に町の裏側の家並が山を背にして並んで居るのが見晴らせた。どこの村でも町でも大抵は裏側から見た方が、それもかなりはなれて見た方が、ずつと親しみもあり、なつかしいものなのだが此処からの眺めも亦さうであつた。色々な形の白壁の土蔵や塀や小屋や離れなどの見事な組合せ——続いた瓦の屋根の程好い高低。それに調子をつけて居る家々の庭木。さう云ふ町をここからは見晴らせた。修三の家は二た間と台所の土間しかなかつたが母親の綺麗好きでいつもきちんとして居た。修三は父に早く死なれたが、母親が賃機《ちんばた》織を織つてどうにか暮らしてゐた。母親はいつ行つても次の間の板間の小窓の下に据ゑてあつた地機《ぢばた》織で織物を織つて居た。腰で〝カセ〟を突張つて大きな〝ヒ〟でトントン叩きながら子供達にはかまはず機織にかかり切つて居た。子供達は波止場へ泳ぎに行つたり、木戸川へ遊びに行く時にはいつも此家へ寄つて遊んだ。修三は母親に似て、おとなしい気の好い子であつたので、誰からも好かれた。

彼等が子供盛りであつた日露戦争後の或年の秋能義の平野で広島の第五師団管下の大きな機動演習があつた事がある。で小学校の上級の生徒達は先生につれられて一泊の予定で見学に行く事になつた。其頃の高等科の生徒は、膝下まで位な短かい袴をはいて居たが、それに脚絆《けはん》をつけ草鞋をはいて、羽織の上からはすかいに風呂敷に包んだ弁当を背中にしよつて勇み立つて出かけて行つた。修三も行つた。街道には斥候と思はれる騎兵の一隊がはやがけで通るかと思ふと、鉄砲や糧積の長い輜重隊などが、ぞろぞろと後から後から続いて来たり、歩兵の小部隊と行きちがつたりしてもうそこらには戦気がみなぎつて居た。そしてこれを見に出た界隈の人達で街道はごつた返して居たが、秋晴れのまぶしい陽の下の黄熟した稲田や澄み切つた紺青の山にとりまかれたそこら中は御祭の様に賑はつてゐた。遠くで小さい遭遇戦でもあると見えて折々小銃の音がパンパン聞えたりして、いやが上にも皆はあふられてそわそわした。それにしても生徒達は六七貫匁もあると言はれた、重装備の歩兵が皆歩きながら眠つてゐるのには驚いた。軍隊とは何とした事をするものかと思つた。見るからに疲れてゐるかういふ人達でどうして戦争が出来るだらうかと不安でならなかつた。生徒達は松江に通ずるこの街道を道々そんな事を見学しながら夕方になつて揖屋《いや》の町についた。揖屋は中海に沿つた街道筋の小宿駅で一本筋の道にきれいに整つた家並の続いた漁農の街村で生徒達は、明神さんの御社の横を流れるきれいな川にかかつた橋詰の宿屋に其夜は泊つた。明治時代の街道筋によくあつたがつしりした大きな旅籠屋、ここもそんな旅籠屋で其夜は軍隊関係の人や演習見物の客が立てこんで、いきり立つて居たが生徒達はめつたに泊つた事のない宿屋とこんな気配の中にあふられ切つてゐた。それに兵士の宿舎を割り当てられた町中は、はち切れるやうにざわめいて居るのに、ふとしたら夜中に近くで大きな遭遇戦があるかわからないと言ふので、生徒達は寝る処の騒ぎではなく、はしやぎ切つてざわざわした。それにしても翌日は昨日と打つてかはつて雲の低く垂れ込めた雨模様の空で今にも降り出しさうな中を朝早くから生徒達は、村道や川に沿つた小道を部隊の邪魔にならないやうに先生に連れられて歩き続けた。其の中気がかりな空からは、ポツリポツリと雨が降り出して来たので、雨具を持たない生徒達は羽織を冠つて歩いた。さうする内に修三は先生に何か言つて居たと思ふと友達には何とも云はずにかけ出して行つてしまつた。修三は今にも本降りになりさうな街道を町迄三里近くも走りに走つて自分の家にかけ込んだ。そして息《いき》せき切つて、〃よかつたよかつた〃と言ふ修三を見て母親は何事かと思つてびつくりした。でよく聞き正して見ると母親が修三に着せて出したのは、他所《よそ》行の一丁羅の紙布《かみこ》の羽織だつたのが、うちは貧乏なので御前には紙で織つてやるのだと、使ひ古しの帳面の紙を切つては〝こより〟を作りながら、母は修三に言つて聞かせたものであつたが、修三は大雨になつたら紙の着物はとけてしまふに相違ないと思ひ込んで、あはてて走つて帰つて来た事がわかつた。母親はおかしくもあり悲しくも思ひながら、いくら紙の着物だとて、縦糸は唐糸《たういと》（木綿）が使つてあるし、横に使つた〝こより〟だつて〝コウゾ〟づきのパリパリの和紙でいいかげんな唐糸なんかよりは、ずつと強いのだと言ひ聞かされて修三はほつとした。そしてほつとすると同時に修三は、〝そげなら又行くけんの〟と後も見ずに、でも母親が追馳けて持たせた雨傘だけは持つて、ぬれたままでこれから始まらうとする遭遇戦へ飛んで行つた。

春饒舌

子供達は汚れた雪が消えるのを待ちあぐんでゐた。その雪の下にかくれてゐる春を、どんなに待つてゐた事であらう。町はづれからは、雪の遠い山に立ち昇る炭焼きの煙が見えた。あれは子供達には何であつたらう。地下天上、灰色の雲の上には輝いてゐる筈の春——三月の余寒の重石の下には季節は既に醱酵してゐる筈なのに——大根漬や嘗味噌《なめみそ》のやうに食べられたがつてゐる春、お寺の山門に張られた立春大吉の願が懸けられてからもう何日たつた事であらう。

そのうちに畑の野梅は大きな黄色い月を掲げて、子供達に甘酢つぱい飲料《のみもの》を呑ませた。田川の水はぬるみ、目高や小鮒が子供達に代つて泳ぎ出した。連翹《れんげう》が垣根迄春を連れて来た。沈丁花が季節の麻酔をかけた。とうとう待つてゐたものがやつて来た。然しタンポポは野草の中でも強い花だと思つてゐたのに、少し寒いとちぢかまつてしよげた。タンポポは低血圧にちがひない。

子供達は自分が何者であるかといふやうな事は、全くと云つて好い程知らなかつた。でも彼等の中にゐる何も彼も知つてゐる者が彼等を行動させた。子供達には何も彼も物事はあるがままにあつたが、でも何がどうしてといふ知らないものの招きに、あるものがあるままでは済まされなくなつてゐた。ここで彼等は一歩前進した。そして自分のからだの中を歩いて行く事になつた。子供達の中には何が這入つてゐるのであらう。

人は祭りの御輿さんのやうに大勢の人にかつがれてゐるのだ。ワツシヨ、ワツシヨといふ声が聞えるではないか。刻一刻子供達はかつがれた乗物の中で、お弁当を食べてゐるうちに知らない処へ連れて行かれた。かつがれてゐる者も、かついでゐる者も一体誰なのであらう。——さうするうちに子供達は菜の花の畑や紫雲英《げんげ》田へ連れて行かれた。ここそ子供達の春の御殿でなかつたら何であつたらう。子供達はその中で赤い大きな入日を見てゐた。顧みると、既に東の丘の上には淡い夕月が出てゐた。えたいの知れぬむせるやうなあの匂に、子供達は半分は正気でありながら半分は酔つてゐた。そこへあつらへたやうに虹が出て来た。晴れた空からシヨボシヨボ雨が降つて虹が出ると、ああ狐の嫁入だと言つた。あの七色の高い橋を渡つてゆく行列――狐の嫁入は余程古くからの伝承だと思はれるが吾々の先祖もちやうど、子供達と同じ状態でこんな虹を見たのにちがひない。子供達の中の御先祖が眼をさましたのだ。御嫁入の御駕籠の中には白粉をつけた狐がゐた。沢山な荷や上下《かみしも》をつけたお伴の人達の行列――子供達のぐるりには、狐や狸はもとより、木の精や水の霊のやうな色々なお化けがうようよしてゐた頃であつた。

東小路の通りから新田へぬける砂流屋小路《しながりやしようじ》は、片側は酒倉の黒い壁が続いてゐた。夜になると〝しだしとぎ〟といふ狸が出た。小豆一升に米一升、ザクザクといふ音が聞えると言はれたので、子供達はここを通らなかつた。狸が小豆飯の仕度をするのが、どうしてこはかつたのであらう。夏の宵の人玉は陰にしめつてゐた。秋口の神隠しはうそ寒くめいらした。冬の夜中の月の下の中海の水死人の太鼓の音は、凍りついて子供達の夢路を刺した。それにしては春のお化けはどうしてこんなに陽気で、呑気で、まぬけでくすぐつたかつたのであらう。

化と言ふ文字は立つた人としやがんだ人の組合せだと言はれる。一人の人二つの形を現す――甲が乙になる事だと言はれる。古く支那で作られた〝化〟といふのは他のものにかはる貨幣の事で、貝も亦そんな仲立ちにされたので貨となつたのだと言はれた。子供達はお化けといふ夢幻の栄養を摂取して成長して行つた。かうして子供達のからだの地図は次第に拡げられて行つたが、然し向うには無限の空白が待つてゐた。描き切れない際限のない空白――子供達はためらふ事なく、自分だけの草や木や山や川を描いて行つた。間違つてゐたり足らなかつたりはしたが、畏れてはいなかつた。そんな事は次第に訂正されるにきまつてゐたから。子供達は然し外側にある物が皆自分の他在である事は未だ知つてゐなかつた。よかれあしかれ向ふのものは皆自分が現してゐる自分、――さういふ自分だといふことには気が付かなかつた。内に籠るといふとすぐに外とは無縁になるやうに思ふのは間違であつた。内外不二、夢と現《うつつ》が一つになつて彼等を追ひ立てた。

子供達の草や木や虫には未だ名が付けられていないものが多かつた。然しどんな名をつけられやうと草や木の知つたことではなかつた。自分は何者かといふ事は、子供達と一緒に知らないのだ。人につけられた名なんか持たない、こんな無垢な草や木や山や川を持つてゐる子供達は、何といふ無碍自在な存在であつたらう。子供達は一人として同じ顔をしてゐなかつたやうに、皆ちがつてゐたが、たつた一つ子供であるといふ事と同じ町で生まれただけは一緒であつた。子供達は玉虫のやうにまばゆく飛び廻つた。地の底の彼等の蟬のやうに次の出番を待つてゐた。

雑草雑語

罌粟の花は毒薬の原料にされてから畑から追払はれてしまつた。あんな素晴らしい花や実を取られたのは子供達には何んといふ不幸なことなのだらう。毒薬なんかにはしないから畑へ返して貰ひたい。

柿は驚くべき誠実な彫刻家だ。自分を挙げて丹念に刻つた同じ花を惜げもなく地べたへ一面にばらまいてしまふ。こんな仇花にさへ一様に精魂を尽してゐる柿。

矢車草は子女の着物の柄に使はれて子供達をも美に染めた。着物は洗はれて柄は消えたが子供達の畑のこの花は今もなほ美事に咲いてゐる。

南瓜の花なんか誰も賞美しない。実だけに気を取られて、花には気がつかないらしいかもわからない。然し今ではなくなつた縮緬南瓜や瓢箪南瓜の委曲をつくした皺の美は、意識はしてゐなかつたが見逃がしてはゐなかつたに相違ない。夫れは、この頃の石の流行は、こんな南瓜の皺を知らずに食べてゐたわけであつたかもわからない。

山百合は畑へ植ゑかへるとあの素晴らしい匂を失つてしまふ。生まれ故郷の草山を離れるのがいやでまたいつの日にか帰れるかもしれないと匂だけを形見に残して置いたのかもわからない。

椿の花は驚く程の変種が作られたが、子供達には藪椿しかなかつた頃で、夫れしか知らなかつたのは幸であつた。色々な種類を掛け合せて、これまでにない新種を作るのは面白いことには違ひないが、これは変化の手品にごまかされる面白さで美しさとは無関係である。藪椿の端正な形とあの無雑な深い色——雪の蒲団の下の炬燵の煥——。

烏瓜の花は、誰にも見られない葎藪の中に、心をこめてありつたけの思ひをこらして自分の形をこしらへてゐたが、烏にしか認められなかつたその実と共に、この花も亦ちやほやされるのがいやなのかもわからない。

桐の花は知られてゐる割りに見られていない。あれは平地の雑事を厭うて人知れず高い処で思ふ存分自分を咲かしてゐるのかもわからない。

土着野生の鈴蘭は移植すると枯れてしまふさうだ。郷土を棄るのに死をもつて抗議してゐるのだ。この頃一般に拡がつてゐる外来産などどんな土地にも順応出来る花も素直ではあるが、こんな花は無節操であると言はれても仕方がない。

チユーリップはその頃未だ渡来してゐなかつた。あれは未だにペンキ塗りのブリキ箱の様な暮しにしか写らない。古く渡来した色々な花や草は年月の仲立で親しみ合つて打ち解け助け合つて彼等は帰化し土着した。然し相変らず、日本の節操を守り続けてゐるのは野草だ。人にいたはられた草花はどうしてかうも弱くなつてしまうのだらう。

コスモスは子供達の物心のついた頃には既に土着して農家の背戸や畑の隅に自分の居場所をみつけてゐた。

仏の座と云ふのはどんな姿をした草なのか自分も坐つてみ度い。狐の剃刀とは如何にもよく切れさうな草だ。萱草の葉はさしずめ銘刀正宗かもわからない。

どれが菖蒲《あやめ》か、どれが杜若《かきつばた》であるのか、子供達にはそんな事はどうでもよかつた。どれもこれも美事であつたからだ。この花は水の画布《かんばす》に刺繍されて、いよいよ美事になつた。雨に濡れたらどうだらう。夕日に笑はれたらどうだらう。

曼珠沙華《まんじゆしやげ》は田の畔《くろ》の石地蔵が好きだ。むらがり寄つてお祭りする。この花は又墓場も好きだ。淋しさに燃えていられる処だからだ。

海棠《かいだう》はいつでも雨を待つている花であつた。あでやかな色に一杯の憂をためて、上を向かないで、いつもうつむいて、雨を待つてる花であつた。

柘榴《ざくろ》の花は夏河豚《なつふぐ》を料理してゐる井戸端の女の上に真赤な口をあけてじつと見とれて居た。

薊《あざみ》の花は、野道にはどこにでも咲いてゐた。人に顧みられない事が幸で野生のままでゐられるのだ。花や蕾にうつかり戯れたらひどい仕返しにあはねばならなかつた。

菊は国華とさへ言はれたが、早くから人に愛されたので、色々な姿に身を窶《やつ》し、色を競つたので駄目になつてしまつた。今でも本当の菊を守つてゐるのは畑の隅に捨て育ちに育つた、霜に耐へてゐる小菊ではなからうか。

柑橘《かんきつ》の花はお化けであつた。自分の正体を隠して虫をよんでゐた。人は招かれないお客に相違なかつたが、その実は皆招かれないこのお客がもつていつてしまつた。

山梔子《くちなし》の花はほの暗い五月闇《さつきやみ》の中に、白い顔をもたげて、強い匂の手で通る人を呼びとめた、あの素晴らしい実《み》の形や色はそんな心根の暖い情愛の言葉でなかつたならば何であつたらう。

整つた物の物足りなさ、行き届かない物の救ひ、流行しない物の魅力、時代おくれのものの持つ誇り、人に見られない喜こび、誰にも知られない自由、行きつけない希望、足る事のない喜こび。

子供達が初めて龍胆《りんだう》を見たのは、秋も深い草山の草の中であつた。枯れかかつたその草の中になかばうづもれながら、頭をもたげて空の色をねぶつてゐた。この頃のどこの国からの渡り者か一生懸命背伸びしてゐる同種の得意さうなあの花はこんな遠慮ぶかい花を見たならば恥しいのに違ひない。

徳応寺の門を入ると、そこには途方もない大きな芙蓉の大木があつた。芙蓉は毎年萩のやうに刈り取るのに、それをしなかつたとみえて、小山のやうに繁つて、それがいつぱい花をつけてゐたのは壮観であつた。そのうちに下一面落花でうづまつたのは、この花のぜいたくきはまりない誇りではなかつたか。

子供達は同科の槿の白い変種をみつけたので植ゑておいたところが、いつの間にかあの埃をかぶつた毒々しい紫色の花と交配されて、その種から薄紅の深い色の花が咲いた。芙蓉も槿も蛾に似た可愛い蝶しか寄せ付けないが、この科の花が咲くとどこからともなく飛んで来て、こんな思もかけない仕事をした。芙蓉には酔芙蓉といふ変種もあつた。この花は朝の間はほとんどといつていい程の白なのに日が高くなるにしたがつて、しだいによつて赤くなつた。日本酒以外の酔ひではないその色。

鶏頭《けいとう》の花は遠国からの古い帰化草だと言はれたが、子供達にはそんな外来者どころか、ほんの身近な親しい花であつた。獅子頭などと言はれる、豪勢な花の形からさへ愛嬌をもらはないではいられなかつた。雁来紅《はげいとう》だつてさうであつた。中庭や屋後の菜園や畑の隅などに、あの色は季節の深さをきざんで行く目盛りでなかつたならなんであつたらう。

他を生かす為に自分を殺す——生きるのには他を殺さなければならないといふ、そんなことはうそだ。誰が殺し誰が殺されるのだ。さういふ者はどこにゐるのだらうか。

殺された者は殺した者の中に生き返る――それ以外に殺された者の行き所があるであらうか。不生と言ひ不滅といはれるのは、これをささないで何をさすのであらう。空気に穴をあけてゐる音、闇に穴をあけてゐる灯――

自分の中に沈潜してゆく愉しさ、自分の中にいくら遊んでも遊び切れない愉しさ、何も知らないで居れる愉しさ、空白《からつぽ》の満足、健忘性《わすれつぽ》の救ひ、不精と怠慢にさへ生かされてゐる愉しさ。

棟方志功

板響神（抄）

生活美し

生活の美、仍《すなは》ち生活《くらし》の美しさと云ふことを語ります。

ゆたかな風物の中から、有難くも美しい生活が成つてゆくといふ事は、不思議にも、昔からつづいた伝統に依ると云つてもよいと思ひます。

あの立派でひたむきな強い生活の美く旺んな時、弘仁時代前後、鎌倉、くだつては桃山時代の豪放で純粋な喜びで綴つた生活を思はずには居れません。

弘仁の仏像は、あの真つパダカな純情の人々の、いみじくも、旺んな生活が、愛が、思ひが、身体から光をさした様に無垢であつてこそ生れた姿と思ひます。あの仕事まかせ故に出来た立派な仕事や、人達の思ひは仏像を作るのではなく、さう謂ふ自分達の生活をそのまゝに彫刻したものなのです。

この時代には、一と時代前の様に、外国から渡つて来た華麗な生活の象徴とも思へる姿から、何か生地なといふよりも「生」な日本の本音とでも云ふべきムキな姿が、あの仏像の形から感じられます。

ホンタウと云ふモノはこの事であるといふ、直下《ぢか》な生活のこもつた姿なのです。キレイ事では、どうしても出来おほせない、ホントの日本の力であり、最も大胆な手法で、あの生活と姿を、仏像に委ねたのではなかつたでせうか。

拝まれるよりも、拝んでゐるといふ生活があつたのです。この思ひこもつた嘘のない生活から美はしい事以外の出来《しゆつらい》があり得なかつたのだと信じられます。

日常の品物で云はしていたゞくと奥州、中尊寺を中心につくられた「秀衡盌」なぞは真な高い生活が生んだ器物だと存じます。

形は、鷹揚で卒直にも豊かです。あの金箔を切つて貼つた手法の堂々さ。憂目を知らない心構へ、実に負目の無い姿であります。金箔を切張りした特別な物では無くとも、黒と朱の漆だけで塗られてゐる、所謂「衣川の盌」と云はれてゐるものも、その頃の民衆の正しい、そして思ひの満足だつた美しい生活がこもつて居る様な姿です。あの様な心丈夫な憎しい程、まことの有難さに包まれた生活の姿が、あつた事の羨しい程、人間の喜びを溢れさしてくれた生活の姿を思ふのです。

一体の仏像から、一つの盌から、その時とその人達の美はしかつたなりはひを感ずる時、今の時に、力いつぱい、喜びの溢れる生活を望んで行かねばならないと存じます。

贅沢の故に立派なのでは無く、奢つた事で美しくは無く、真あるに依つて成る美はしい生活を、清い心の込上を溢れ満たし、生活を成すにあると存じます。

衣、食、住と言はれる事から生活の美を語るならば、着物はキヤシヤな繊維やその様な腰細な模様から成つたもの、それは呉服屋の店先に在つてこその綺麗さは有つても、着物といふ事に遠いかと考へたいのです。

昔から続く種々のカスリ、又縞柄、木綿の無難で身応へのする様な人と着物がゼイタクの気持を抜いた合致を貫く思ひます。

食物の場合も美食は身体の為か、口のためかとの境が大切なこと丶存じます。

住居となるとまた大切な立前を見なければなりません。

関東の農家の組立のガツチリしてゐる構へ、心にくい根太い柱々、正面切つて居る玄関、厚い厚いかやの屋根。実に大堂々の根から生えた鎌倉建築を仰ぐ様な大丈夫な、わだかまりを感じさせられます。美事、盤石の生活が溢れてゐるのです。

矢張り関東にある長屋門と住居との釣合も人間で云ふ主従の清い関係が思ひ、おもはれる事に依つて醸し出される美しさです。門の前に立つ人々を住居に誘ひくれる気持を通し呉れるのです。

美しさに溢れた人間の思ひが、事や形、又姿になつて出るのが、よろこびであり、正しさであり、強さであるのです。それが、立派となるのです。

この三つの、溢れがあつてこそ、美はしい生活が必然に始まるのです。

その美しい生活には、嘘の無い真当《ほんたう》の親しさと愛情に依る、物と心との連なりが必要になるのです。絶対の物と心の合掌に依つて生れて湧くのです。

真と美の合体の事柄は、その目に耳に口に総て具ふる人間の官能の働きどころとでも言へませうか、さう謂ふ心の問題と人達を生活づける物と品との選択にも依ることと存じます。

美はしい生活を表す選択、それは不断のものが持つ本音さに依らねばなりません。気取つたゼイタク放題の品々によつて、飾に腐つた調度とか、身細な人たちの神経をそのまゝに、痩せた思ひにかざつた見栄ばかりに納つた絵画や文字、紋様。床間に掛けて、それ等の品々は装飾にも遠い、加へてその生活を美しくすることと反対な道理になる事と思ひます。

音楽の場合、味覚の場合にもその事と同じ事を申してよいと思ひます。

さきにも触れましたが桃山の屛風、襖の仕事、あの左官が土を塗りこめる様、染屋が染練を布裂に練りこませる様に、あの屛風や襖に絵を描くといふよりも職意に依つて塗られたからこそ豪抜なケレンの入らない仕事になつたと思ひます。

所謂、業とでも云ひませうか、あの頃の人達の持つてゐた業の様な身ごころ一枚の生活が、細身、憂身でない、豊饒なものであつたからです。

弘仁、鎌倉、桃山、それぞれの時にあつた華ばなしい文化の立派な生活の中から生れた今にも残る数々の教へは、この話を最も裏づける物心得への選択方向になるのです。

最も美しいといふ事は、よりかざりごとの入らない、キレイ事に窶《やつ》れた物では無く、健全な喜と、素直な純粋さから取り出されたモノ、さういふ品や、その様なこころから成るのであります。めかして美しさを作ることでは無く、生まれる様に自然な扱ひ方に依つてなされた品々やさういふ人の心に依つてのみ、生活の美がなるのであります。

今の日本は殊にも、又これから進む日本は、この大事、大切な生活から成る、日本なる本道《ほんみち》の美しさばかりに依つて、人類への大いなる生活への方向を大に持して行く無上、至大を信じて止みません。


——富山放送局より放送原稿——

「萬鉄」の絵心

今、進駐軍の屯所になつてゐる銀座の、服部時計店の裏角の画商青樹社が東京駅の八重洲口通りにあつた頃だから大分事が昔だ。

銀座を歩き伸してこの八重洲口から乗つて、その頃の中野の家に帰る道に青樹社に寄つた。わたくしは、そのころから萬鉄五郎の絵が好きで、ほしい、欲しいと思うてゐたのだ。勿論もとめて飾る程ふとつた懐はなかつたが、何かの調子で得られ、ばと望みを持つてゐたのだ。

その「萬鉄」の油絵の六号しかも氏自身でつくられ、絵づけられ、裏には例の桜形になつてゐる「よろづ」の署名のついたものだつた。

絵は風景で真暗く見えるウルトラマリンの濃い濃い空を、もたもたと塗つて、真中に特有な、赫むらさきの付立ての様に五六本の線で家の組立てを引いた物へ、ヤ、明るい空とむらさきを混ぜた色を、その線の中に屋根も壁も無く塗りはめたものだつた。

何かひくい丘の様な所に小屋が一つある絵だつた。地面は濃い緑の草原を無雑作にボキボキ描いて居た。

飛び上つて欲しく手から離せなかつた。

価は四十円だつた。いまから見ると只の様な値だつたが買へなかつた。店員の方「棟方が持てば萬さんが喜びますさ」等言はれた覚えがあつた。

電車に乗つても家にかへつても、その絵が身を離れないで大変だつた。いつも思うてあの絵がどの方が掛けてゐるかと思はれる。

それから盛岡の校長先生が（萬氏は盛岡出身）十二号の静物を持つてゐると聞いて、知人の方を通して当つて見たら、千円以上だつた。それも買へなかつた。

萬の絵が欲しいと念願かけつづけてゐたら色紙を贈らうと、先の知人が見かねて送つてくれた。恵んでくれたのだ。

本当によろこんでその色紙を押し戴いた。

小色紙の縁の金が三分の一もボロボロに取れ、鼠が嚙つたあとで、四方の角が丸くなつてゐた。

遠山の線を、ほろほろと引いて——中景には丁度中心を上下に割つた様に左から右へスウーと伸つしぱなして、その線に従つてチヨンチヨンと二三本の木を思はした様に立てゝあつた。生えてゐるといふには、あまり気を使はないで描いてゐた。この情深くない描き振りはよかつた。

鉄五郎と三字の朱字が重つてゐる印が押してあつた。署名は無く、三角を頭と頭を押し付けた様な篆字体だつた。象牙か、それとも田黄か何か、ねつつこい石で彫つた小さい割にぬめつとした勿体振つた艶があつた。

この色紙を、わたくしは大事、大切にした。額に入れたり、色紙掛けにしたりして明暮れしてゐたが、一昨年春のB29で家と共に焼いた。

未だ「たたかひ」が敗けてゐるとはシロートにはわからないで居た頃のある日、銀座裏の「門」の主人が、萬鉄五郎の油絵があるから見に来てと電話があつたので、飛ぶ様に行つて見た。

一と目見るなり、平凡社の画集中の原色版「桑畑」だつた。息を呑んで値を聞いた。「まあ値は兎も角、持つて行きなさい」と親切に言はれたが、いろいろ朝鮮の膳の蒐集に買足しをして居た際で、フトコロ金が少しの時だけに気になつて聞きたづねたら「安いですよ。千円です」此の絵も買へずに仕舞つた。

真中に朱赤の松が斜にのび放題になつて、空がとつても、綺麗な「松のある風景」と共に、たしかに萬氏の風景の中でも得意絶頂の絵であつた。

千円の纒つた金額で考へ過ぎて求めなかつたのだ。

北国の人の特有な暗い、じつとりした奥行と、東洋画の最も正しい格調を、あれ程、真実に画面にへばり附かせた画人は、日本洋画、始つて居ないから不思議だ。

他のどの流れの絵描きも持て余した日本の真実を、油絵で成し遂げた業蹟は、無類を尽したのだ。

萬氏の正直は本当に大正直だつた。

あの様に、東西のケヂメを一つの輪に収め得た安心の世界に、油絵筆を収めた人はなかつた。気取りのないムキな純真な画家の本能はただ描くにあつた。

挙身微笑は、湧然の愉しさを、一筆に一線に、ゆつくりと愉しんだ事と思ふ。

身の貧しさも、身の富有も、その人には差別なく描く意義への幸福ばかりに、あの「指無し手套の夫人像」を描いたと思ふ。

今、あのわたくしの一番すきな、萬氏の、前記の絵、ショールを掛けて、手袋をした萬夫人の肖像を憶ふ。

平凡社発行、萬鉄五郎画集は、焼けてないが、春の朧に包まれてゐる様な、そして判然と絵の生命を、脊負つてゐる態度がよく判る様、ピッタリと描いてゐるのだ。

あの画集のもう終りの方に、写真版になつてゐる、「窓側のある風景」等、涙ぐましい程愛しさこぼれる様な絵は、どうしても、他の絵描きでは描き切れない美しい、悟りだ。

いくら書いてもわたくしは萬氏の絵の事については、際限を持たない。それ程、わたくしは「萬鉄に首つたけ惚れて」ゐるのだ。仕方がない程、参つてゐるのだ。鉄五郎と名前が入いると萬《よろづ》と読ませ、姓だけだと萬《ばん》と謂はせられてこの人を、なつかしんでゐる。

去年秋、京都の「ちぎりや」で河井、浜田両先生に、わたくしを加へて吉田璋也博士の司会で、民芸座談会をした時、会なかば席に来た、祇園、花見小路の料亭「西垣」の主人が「見つかりましたよ。喜んでくださいナ」と云つてニコニコして「萬鉄ですよ、萬鉄です」「ほオどんな絵」。「マア、それは明日のたのしみ」と云ひ残しながら人ごみの椅子に腰を掛けた。

河井寛次郎先生と甥御の武一様とわたくしは、今夜の談つづきを楽しみながら、石段下、八百文の角を、曲つたところの側に、スウーと自動車が来て、先の西垣氏が「この車で、どうぞ」と出て来た西垣氏に「明日必ずね」と言つたら「オーケー」して河井先生と甥さんも、わたくしも車を受けた。

翌朝、「八号」の自画像、萬鉄五郎と自筆で春陽会に出品したなりのその会の出品用紙のついたままの油絵を、わたくしは受けた。

これも平凡社の画集中のものと思ふが、未だたしかめては居ない。初めて、「萬鉄の油絵」を壁に掛けた。この大満足はまたと無い。実に賑はしいうれしさだつた。

心なし柳先生に似てゐると家人たちが、謂ふ様に白皙の眉のすぐれた、あの画集の扉の海水着の髯写真の太い顔とは違うた神経質な、一寸桃色のキレイな唇は、この画者を一杯にもの語つて床しい。

滅多に寝込む事のないわたくしが、二三昨々日から寝て仕舞つて、布団の中で、聞きなれた京都の黒田辰秋氏の声に寝床から、「サアサア」とどなつて枕もとに、安座を落ちつかせた。

「棟方の『萬鉄』が問題になつてネ。あの絵が二万円になつたと、今京都で騒ぎが持上つてゐるんだ。お前のモノに成つて仕舞つて居るのだから別に取るといふ事では無いがネ」

何だかこの絵が西垣氏の手に這入るまでに、いろいろの間を抜かして来たとの事を順々にをしへて呉れた。

この画者が、この人の画生涯に漂うてゐる、業と生活が、何か啻《たゞ》ならない流れを、染めて居るのを思はずには居られなく悲しかつた。

「描くこと」でない画家の生活の翳は、闇の様に生命がけに込めて来るのだ。天才と謂はれて、描いたよりも「誰よりも本当だ」といふ事だらけに、絵筆を把つて離さなかつた。萬鉄五郎は、後にも先にも、その立派な系統を継ぐ何も得ず、本然なる真実に、叫びを込めて死んだ。

関根正二よりも賢く、村山槐多よりも画をわきまへゴッホよりも愉しみを越えて、重ねた事は、萬氏の為に、わたくしは喜ぶのだ。

梅原よりも溢れず、安井の様に哀しまず、里見の強烈を見逃して、落ち附き、中川紀元を列し直して信じ、一政の才を呑んで含み、小出楢重には和して同ぜず、萬鉄五郎は充分なのだつた。

絵のすべてに於いて「萬鉄」の行状は、真実なる「画人」であるばかりだつた。萬鉄五郎は大菩提に此岸より中岸を安んじ、彼岸を渉つてゐる。よりつまびらかに探ぐるならば、萬鉄五郎は鉄斎を呼んでゐたのかも知れない。

萬氏、自身の足なみは、がくぜんとして鉄斎の足取りに及んでゐたのに、「はからずも」と手拍子執つてゐる自分をおのづから微笑してゐたか知れない。

萬鉄五郎は生きて尽きて居ない。

――遺憾なことには、ほんたうの物は傷ましい中から生れるものだ――河井寛次郎先生

絵とわたくしと板画

他の絵描きと、較べたら、わたくしの絵は、無鉄砲でどこが悪いか、またよいところがあるとしても判らず、そこがよいと言つてくれる人もあるのですが、善悪を考へる前に、出来るものと思つて貰らへれば、有難い見方です。

また、わたくしは、自分の絵に、責任を持たないと言はれるが、予め絵の位置をきめて筆を把るのではありません。

筆も紙も、墨も絵具も、何等これを吟味しては居ませんが、これ等を考へてゐたら、描く時に、絵が描けないし、生まれてくれる絵が、生れてくれないかも知れません。

美術品の価値は、どうしても、その国の国土性を通過してこそ出来る事で、たゞ人

なりのものを、幾らやつても何にもならないと思ひます。

マチスやピカソの作品は、それをよく話して居るのではないでせうか。

国土性と言へば、東洋の国土性は、たしかに芸術的な位置の立つたもので、最近、マチスが非常に東洋的な見地を眺め次第にしてゐる事が、よく判つて参りました。

日本の優雅は、判らない筈が無いのですから。

ピカソだつて、あんな理由《わけ》の判らない様の組立ての中に、チヤンと東洋の美に通うてゐる道を見付けて居るのです。

ベートーベンの晩年の作品が多分に東洋好みになつて、その内でも、あの最後近くに作つたバイオリンの組曲などはまるで琴でも聞いてゐる様なものぢやありませんか。

静かで間があつて、その上に続けるとなれば、ツロンツロン、ツロンコロンと、どこまでもつづけて居る調子、まるで御琴です。

日本でも、北国に感じられる玉を透して瑠璃色を見る様な、あいまい、もことした光明といふのか、この有様が美しといふありがたさなんでせう。

マチス、ピカソが最近の日本を讃へ日本に関心を向けた事の意義は正に日本に大多分にあるのです。

油絵の世界は、日本はどの位置であることでせうか。

これは、いさゝか淋しい事と思ひます。みんな、どこからか、拾つて来て、集つくらをして居る様な時なんです。時がよくないとでも言ふと、何だか日本の絵描きが横に逃げた様で気持よく聞かないでせうが、ほんたうです。

大体、日本の油絵といふ事が、未だ何人も描いて居ないのだから仕方ありません。死んだ萬《よろづ》鉄五郎・青山熊治・牧野虎雄・村山槐多・関根正二、また岸田リユーセイ、又現在では、野口弥太郎・里見勝蔵・鍋井克己。こんな方々は日本の油絵を描いて居る、また居た方々と言つてよいでせう。勿論、これも、わたくしの思ひであつて皆様のおもひ方とは違ふかも判りません。

今の日本の洋画家といふ方々は、洋画を、ほんたうに、画描いてゐるのかと案じられる方々が随分ではないでせうか。洋画の絵具で画を描けば、みんな洋画となると、よいのですが、そんなフザケタ事を言つたら、セザンヌに、ゴーホに、おこられます。もつと、もつと恐い小父《をぢ》さんが山程も、海ほども、昔になればなる程ワンサ、ワンサです。

似て否なるもの、と云ひますが、よい言葉です。どの世界にも、この言葉でもち切りの事がありますが、日本の油絵には、よくはまつた言葉があるものと感心しました。自分の国土性を向きに思ひ、その切ない願望から、油絵を描くといふ方は見難いのです。

自分と、国土と時代を、身にしてゐる作品が少くないのです。この国でなければ、またこの国の人でなければ描けないモノを描くといふことに始まらねば、その国の画が出来ません。まして油絵の様な欧羅巴が生れ故郷の仕業にいたつてはなほさらです。

日本人は安堵しすぎてゐます。ほんたうの苦労をかけない。絵描きが、絵でほんたうの血を洗ふ様な、ほんたうの絵描きの生活をしなさ過ぎる。

貧乏を苦労だとは云ひません。金の無いのが苦労ではないと思ひます。絵描きの苦労は、絵に、おこられる事です。きびしく叱つてゐる絵の声が聞けないツンボ、苦労がないのです。

自分ではやれ芸術だの、神品だのと言つて、三十人出せば二十九人まで這入る、この頃のどこかの髯の人達が展覧会を商売して居る様な、秋のサロンだとか、何とか言つて居る会に、入選したとか入選しないとかで、笑つたり泣いたり、ベソかいたりしてゐる方々では、判らない、ホンタウさがあるのです。その会も、今の特選は昔の丁度入選数にあたつてゐます。

何千も入選する会に這入つてよろこんだりしてゐる方々のお顔の伸びを拝みたくなります。時劫が、丁度、そんな間ののびた事になつたんでせう。

変な事まで、言つて仕舞つて髯を立て丶おこつて来るかも判りません。

板画の話にうつります。

板画は、随分早く法隆寺が建てられた頃、あるいは、もつと前から出来てあつたのかも判りません。（わが国の事）法隆寺の百万塔ダラニといふ小さな板木で摺つた御経が、ありますが、これ等は日本の板の始まりでせう。それから、お寺や、お宮の御札等々にされたりし乍ら、だんだん、だんだんだん板画になつて来たのでせう。

浮世絵時代は、最も板画の盛んだつた時でせう。

あの頃の板画は、遊び道具の一つであつたのでせう。春画まで行かなくとも、アブナイトコロまで描いたものを板画にして、何百枚も摺つて売るための手段だけで板画が作られたのでせう。

外国人の好みに合つて、それが、高く売れて来たからつて、よい板画だとは言はれないと思ひます。たゞその様な、板画は、下絵を描いた描師、彫つた彫師、それを摺つた摺師の三業合体でしたから、その何と言ふのか、複合的な巾が一枚の絵に加へられたといふ所に、板画の肉筆画よりも、ありがたさが、生まれてくれるのです。その有難さは、どうしても、どうしても、直接な肉筆では無い世界なのです。

同じ板画が、一枚の板木から、何枚も何枚も出来るといふ魅力は、板画が普遍な性質から出来される、よろこびです。この個性を知らない大きい乗《のり》を持つて居るといふ事が板画の真実なのです。

いくら偉い肉筆画家でも、たうてい出来がたい、絵画といふ意味から抜け切つた、素直な世界と広さを生みに生む板画の質性の美しさの位置が成つて来るのです。板画こそ、わたくしは、この国土、日本を土台に生まれたものであると信じて居ます。分けても、板目木板こそ、世の美の生命に与へる巾の美しさとして、また密度のあり方として大切、大事な美の根元ではないかとさへ思うて居ます。

日本は、板画国であるといふ事の偉大さは、判つて参つた様です。

プレセント、ヴンゴッホも言つてゐます。

〃日本の板画はわたくしの御手本だ〃と。ゴッホの絵の中には、何枚も何枚も、日本浮世絵をバックにしたものがあります。特に素晴しいのは、ペールタンギーを描いたものには、バック全部を浮世絵で貼りまくつてゐます。また、広重の〃雨の大川〃や英泉あたりの強い線の花魁の板画を、そのまゝ一枚の油絵にしたものもある位です。

如何に、ゴーホが日本の浮世絵に心命かけたかといふ事がよく判ります。

板画の事をわたくしが話したら際限もなくつづき過ぎますから、この位で止めますが、日本では、板画といふ性質にとらはれてケイべツして居ます。飛んでもない事です。国辱です。総理大臣が議会の演壇で失言したよりも、また案外、もつとの責が加へられるかも知れません。

先づ、日展には板画を受理してゐながら、きまつて板画の部を受け入れて居りません。

これは必ず、新しい部、板画部を設ける事です。こんな間違ひがあるのです。

審査員も、すつかり板画家の人はいつも、ありません。板画家の、純粋な立派な板画家を専門に、人選するべきだと思ひます。

故山本鼎、石井鶴三氏が、いつか審査員になつた事がありましたが、あの時は、特に板画を審査するために審査にたづさはつたものか判りません。

念はくば、あらゆる展覧会が、板画の部を得て、新しい息噴きに、日本板画としての、最もユニークな本質としての板画の道々を展いて行くべき事の必然を期したいと思ひます。

言葉のかゝりや仮名違ひばかりの、わたくしの話でした。深くあやまつて、その暴としたところ、また、己ればかりに言を向かはせたところがありましたらお聞き流しくださらば、虫のよい言葉ですが、ありがたう存じます。

おきげんよろしく。さやうなら。

笛鷹と佞武多《ねぶた》

何年か前に、倉敷レーヨン社長大原総一郎氏の道連れをして、郷里の青森に帰つた。丁度の夏で、八甲田山から十和田湖の景色は、岡山県を郷里にしてゐる大原氏には、北の生命《いのち》といふあり方に満足した様だつた。

八甲田山々上の酸湯《すかゆ》といふ温泉は温泉どころの東北でも珍らしい大湯なので、そして今でも、混浴なので始めての人には驚いたと思ふ。

何百人も、一度に入れる程の湯漕は、熱と冷と、四分六分の三ツにわけてあつて、その持ち持ちの身体に合はせられる様になつてゐるし、肩や骨のこりには、名湯、鹿の滝湯がある。酸湯の名どころも、ここあたりから出たらしく、非常に酸味の強いところから文字面では酸湯と言つたのではないかと思はれる。

この、いつも溢ふれ通しの湯は、三日一週《まは》りと言はれる霊泉で、いつも浴客といつても大半は湯治人で大賑ひなのだ。

この山の主《ぬし》と謂はれる笛の名人鹿内辰五郎氏から一夜この湯漕から四五丁下つた渓間の発電所の工事場で山の話を聞いた。

神鷹と謂はれる、羽の裏に「日の丸」のある一羽は、この鹿内氏の笛で出て来るといふのだ。

赤倉岳といふ、八甲田山々中の霊所、紫金に灼けた、火口壁がいつも霧が渦巻いてゐる所だ。

そこに立つて、鹿内氏の、澄々とした笛が鳴り響くと、この紫金の壁を破つて神鷹が舞ひ揚るのだ。

一心不乱の鹿内氏の神楽笛は、調子を上げて、極りなく、限りなきばかりに、こみ上つて行くのだ。

鷹は、その笛の妙音に捲かれて、何回か何回かのセンクワイを描くのだ。静かに、ゆつたりと、下から見仰ぐ者には今にも止まるかと思はれる程、静歩型にして、ゆるく、ゆるく廻るのだ。

鹿内氏の夢妙の感激は、身も、心も忘れ、山も空も、何もなくして笛一本にまとめた自分の体を感じた時には、鷹は赤倉岳の懐《ふところ》に鎮まつた頃なのだ。

文人、大町桂月氏と行を共にして何年、この八甲田山の主は、朝飯前に十和田湖への山越えをするのだ。

むさゝびも猿も、熊も、かへるもなめくぢもまむしもみんな生で噛《かじ》るのだ。

大町桂月氏も幾首かの歌に、この山男か、仙人を上ぼらせてゐる。

あまりの笛の名手と、いふか妙操に大原氏は、東京キングレコード会社に鹿内氏を招んでこの「俵武多囃し」「御山参詣」「津軽の獅子舞神楽」を吹込んだのだ。

遠くこの、大伴家持の由緒の福光町に、今、このレコードをかけて、はるかにあの八甲田山十和田湖を、股にかけて飛ぶ様に馳け歩いてゐる鹿内氏を切なく思うてゐる。

青森の年中行事、ネブタ祭は、ニユース映画に、またラヂオによく観られ、聞かされてゐるが、わたくしには、身をのぞける、なつかしさを浴びせる。

竹を組んだ上を、日本紙で張つて、先づ墨張をする。(黒で太い線をつける。一番肝心の役儀）それに蠟で隈を取る、その模様や、リンカクを、この蠟で区切る。さうして中に灯す蠟燭（今は大体、電燈か、瓦斯を入れると聞くが）の明るさを増させる為と、色々と原色ばかりで彩る染料のニジミを止める役もするのだ。

いろいろの原色で強烈に染められた、この化物の様な大張子は極つて歴史上といふか歌舞伎上といふか、たとへば、「曾我五郎と十郎」とか「武蔵坊弁慶と牛若丸五条橋」とかが主になつてゐたものだ。

けれども今では、丹下左膳が出たり、もつとハイカラになつて、マツカアサー元帥まで出るとかの話だから面白く変つて来た。

十五人、二十人、大きくなると三十人、五十人とで舁《かつ》ぎ出したものだ。

昔、昔ではどこの町内で、つくつたものも、どこの町からも屋根の上から出て頭から胴までは見えたものだとの事だ。電柱が出来、道がせまくなつたので、そんな事も出来なく、盛んなころは、どこの町角の二階がもぎ取られたとか、どこの店が無くなつたとかの、はなしが本当にあつたとの事だ。

揃ひの浴衣、花笠、白足袋、肩衣、手拭という大派手な、いでたちの踊り子（男子も女子も老も若も幼もみんな）達が、夜宵から夜明けまで踊り唄ひ、歌ひ練り抜くのだ。

太鼓、鐙、笛の三拍子に調子が、付いて、あの、北方の在方に悠遠な哀憐を、わたくしに噛ませるのだ。

　ネブタ　流れろ
　忠臣　立てよ
ラセ、ラセ、ラセラセ。
　イペラセ、イペラセ。

さういふ、はやし声が夏の夜を、きはまり知らなく、今頃に北の魂を呼応してゐる事だらう。

津軽白煮

白煮といふのが、ホンタウです。
わたくしの郷里は、青森市です。
丁度、深く積つた雪が消えて、港街が春めいて来ると、この白煮が喰べられます。
郷里の味が、ノドを鳴らさせて参ります。
プンプンと、あの懐かしい畑の香り、アサヅキはまた、青森港の香りがして参ります。
ジヤガイモ、郷里では五升藷《ごしよいも》と言ひます。皮を取つたものを、箸が立つ程までに煮るのです。

一寸、塩の利いた鰊が、身がかたくなりかけた頃が、頃なのです。腹子のはいつてゐるままを、ブツブツと輪切りにいたしましたのを、クタクタと煮え沸ぎつてゐる中に入れます。

忽ち鍋の中にはギラギラの油が、厚くかゝつて参ります。それに二三寸に、黄色く伸びたアサヅキを、片手づかみにして、サツあサツあと入れます。

もう、たまらない匂ひが鼻に、引かかつて参ります。

もう、これで出来たのです。

それを、内朱の盌に山盛りにして出されます。

夕暮れ時の津軽（青森市から弘前市にかけての国呼び）の早春は、未だ寒くて、道路は凍つて居ます。

カンカンと肝にひびく、足駄の音を立て、玄関の戸障子を、ガラッと開けて、暖つたかい炉火にかけた、沸々の白煮に、暖つたかい湯気の中に、身体を入れさしていただいて、フーフーして喰べる味を忘れて、二十何年になります。

丁度、この季節に郷里に帰らないので、白煮の味が恋しいのです。

前記、ジヤガイモと一緒でニンジンを、一寸五分位に輪切りにしたものを、縦に三ツ割りにしたものを入れる味も亦、格別でございます。

熱い、あつい御飯を、この白煮で喰べる美味しさ、たとへる事が出来ません。何でもない材料と、何でも無い料理法は、前に書いたもの程ですから、御郷里味《おくに》ですから、他の方には解つて貰へないと思ひます。

有難いもので、この雑々破《ぞーざつぱ》な料理でも、郷里味と思へば、身に泌みるのです。未だ、この料理の頃には早いですが、思ひ出したら、この文を書き乍ら、この原稿紙にヨダレを落したり、ノドを鳴らしたり、実に《げ》ダラシがありません。ほんたうに、行儀の悪い事、おびたゞしいですが、たまらないのですから、御免下さい。

鰊も、わたくし郷里の魚で、アサヅキも、ジヤガイモもニンジンも、皆わたくしの所物でございます。

喰ひ辛棒と言ひますが、辛棒、辛棒し切れないものでございます。思ひ出せば、思ひ込む程、味が出て来て致し方ありません。

鰊も、ジヤガイモも、ニンジンも頃になれば、この越中にもある事ですが、ここで、この料理を作つても思ひ出す程の味にはならないでせう。キツと。

ちなみに、この料理のコツは、ジヤガイモが、角が崩れる位に、粉つぽく煮こぐらかして、にんじんは成べく、生煮の中、といふコツが、頃塩梅です。

汁に、ジヤガイモのくづれが粉つくところはこの津軽白煮のダイゴミなのです。

北海道に渡ると、この食物を、三平汁といふ筈でございます。

——食文化、昭和廿四、十二——

串餅

死んだ父の事で、直ぐ思ひ出されるのは「串餅」です。

父は、この串餅をわたくしに買つてこさせて〝酒のさかな〟にしたものです。

その頃の、青森市で一番の餅屋でした。わたくしが大きくなつて、小学校を卒業した頃は〝やまかは〟といふ餅屋が有名でした。

「さんこやぎ」は、どうなつたことか、思はれて参ります。

「さんこやぎ」(餅屋の名称)の名物、串餅は春、雪解け頃になると売られます。

郷里(青森市)でいへば「くすもず」です。

串餅は、どこの国にもあるのでせうか。この越中では見られないものです。

父の酒さかなになつたのは、ともかくとして、今でも何でもない味ですが、あの小さい帆立の貝柱のやうな、形のシンコを蜜と黒砂糖を煮つめた、ドロドロのモノに、ひたして取上げて伊万里の皿か、仁右衛手とかいはれるあの皿。一面に小さな小さな馬蹄形のやうなカスリで、うづまつてゐる安手で印判手で、このインクのやうな色の中皿がありますよ。あれに小盛りにして出されて、五銭か十銭でしたでせうか、もつと安かつたかも知れません。

六、七分丸のシンコ棒を、タンタン、タンタンと手際よろしく、切つて細い竹串に五ツか六ツを通して、さつきの蜜汁を潜らしたのです。

たゞ、これだけのものですが、亡くなつた父を想ひ養子の父に、何時も強く言はれ乍らも、子供を沢山、律儀に育て通した為か、早く死んだ母の様子を悲しく想はれて参ります。

串餅は、全々、串に通さずに切りつぱなしをドンブリを持つて行つて買ひに行くのが、町の人達の習慣のやうでした。

甘汁を通した輪切りの可愛いい餅を入物にいれて、また小さい木シヤモジで、甘汁を足してくれる「さんこ」を思ひます。(さんこは餅屋のオカミサンの名)

串餅を買はされに、やられ途中、そのドンブリのふちに流れ出たのを、舌でナメ取つたこともあるのです。

ナンとなく暖つたかいドンブリを通して、中の串餅が、かかへた両手の掌に伝つてくる、黒砂糖の甘酸つぱい匂が、子供をたまらなくするのです。

ちやう度、雪国の雪が解ける一方です。

郷里では、向う岸の北海道からの鰊が参ります。

あちこちらの石橋や、木橋も土が見え乾きます。子供達は、わあわあ喜びます。ナハ飛びや一年、二年（石けりの一種）で夢中です。一年中で、一番めざましい、さうして楽しい子供たちの時です。ギートン、ギートントンと、餅粉をひく、例の斜に吊つた長い杵台の先に力をこめて、踏む、あの音がきこえて参ります。土の香をたのしんでゐる子供たちには、たまらない別な魅力になつて、またたまらなくするのです。

串餅は、いま青森に残つてゐるか、どうか判りません。かういふ想ひの味といふものは、時代に無くされ勝なもんですから。勿論、「さんこやぎ」「やまかは」も無くなつたでせう。よく串餅を買ふ、小銭をくれた祖母も、父よりも先に、また母よりも後に死にました。

何十年も前に、郷里青森市で開催された産業博覧会に、打刃物を出品して第一賞を獲得した若い父の得意な顔を想ひだしたりして、今の高岡の博覧会にその委員になつて出品する油絵を描いて居る、わたくしの心の中にも、父の出品と同じに、こみあげた喜びを、この春の日と時にありがたさを思ひます。

だんだん、だんだんそれからそれと、何十年も、郷里を外に離れてゐる内に、夢が過ぎる様に郷里の想ひといふもの、間が無くなつて行くことでせう。

八甲田山と奥入瀬渓流

ふるさとのやまにむかひていふことなしふるさとのやまはありがたきかな

石川啄木

山の好きな、わたくしは、招ばれて集る会が騒ぎになつて指さされて立てば、この歌を歌ふのに極つてゐます。

青森市で生れた、わたくしは八甲田山がいつも体にあります。

何回も何回も登りました。今はバスが、この山の肩で越して、有名な奥入瀬渓流に添うて、十和田湖まで、青森市の廊下の様に続いてゐるから有難いのです。

「われ幻の魚を見たり」の和井内氏の姫鱒研究所から観おろす十和田湖は絶景です。

十和田湖山は普通、鉛山《なまりやま》といふ十和田湖を見下す場所になつてゐます。

中山、御倉の両半島が、この湖を両腕に抱いてゐる様であります。

この湖の、八郎太郎と南祖坊、また田鶴姫の伝説も、いつか岡本太郎氏が描いたり、書きもしたりしてゐましたが、よく人々に伝へられてゐる昔噺です。

千丈幕と言つて御倉半島の高い断崖が撫でられた様に、肌をさらしてゐる赫紫色は、黄金の様に立派であります。

自籠《じごもり》と言はれる入江は、どの時でも波一つ立ちません。この辺りは、わが国、淡水湖で透明度の一番深いところだと言はれる所で、青澄んだ水色は、真夏でも厳冬の氷の様に、刃物の様に冴えたキラメく色をしてゐます。

子《ね》の口《くち》といふのは湖の水が、「銚子の滝」を落口に奥入瀬を描く水口になつてゐます。

百万貫もある大石が、この凄い落口の附近の迫つた左右の瀬を止めてゐるあたりは、「石ケ戸」といふ所です。

阿修羅、白銀、紫明とそれぞれの流れや、渓は、故大町桂月氏が名付親の名高い景色であります。

焼山から左に入れば、蔦温泉の径です。右に伸ばせば、小坂銅山に向ふ径。

自動車の往復が楽に出来る観光通路を、桂の大木が橋の様に渡つてゐる珍らしい「猿の天橋」これは、わたくしの付けたものですが、未だ公認?ではありません。

この辺りは、名高い朴や、山毛欅《ぶな》の原始林です。

春の芽ぶきが美しく、秋の紅葉が凄く中々の美しさであります。この位紅葉の綺麗なところも余り無いと、来た人々が息を呑んで讃めてくれる所です。

大抵の名所は、わけても渓流美は、絵葉書の方がまさつてゐる分が多いのですが、この奥入瀬だけは、絵葉書がどうしても負けだと皆んなが皆いふのです。それ程に、本物が、もつと真物に化けてゐる程、立派なんで見事なんです。

この焼山から、「子の口」の曲つたり、伸びたりの三里半の径々には、白布、五月雨、霜降、銚子といふ色々の滝が懸つてあります。

これから紅葉頃の美事さは、また格別であります。

真赤な、両壁に錦繍の綾縫の様な、全山一杯の紅葉美は。それに、この北国の持つ特別な深く澄明な青空と、世界一と謂はれる、この渓流、独自の青紺の水色は瑠璃妙、蒼煌無尽の透曲は身魂《みだま》を、自然の本身《ほんみ》を感じさせます。また、前記の名瀑が、真白く更に白く、天地の斗《はか》る滌々であるかの様に清業と懸つてゐるのです。

赤に、青に、白に、三昧の業歎異は、今頃どの様に美しい綾を織つてゐる事か、遥かに遠く思ひ出されてなりません。

八甲田山は、この奥入瀬を、蔦、猿倉、谷地の湯泉を左右に見まして幾坂、幾曲りを越して参ります。

水蓮沼から仰観する八甲田主岳、高田山岳、石倉、赤倉の山々は裾模様の様に、さばいた裾のひろがりの絵開きの様に華麗であります。

こんなに広々として、こんなに連らなつてゐる形の違つた山頂が、岳裾から揃うてゐる景観も珍らしいものです。

夏は、水蓮、水芭蕉等の水花が美しい限りを咲かせてゐます。

小鳥もよく鳴きます。まるで「極楽」と言ふ世界の様子さへ思ひだされます。

石倉岳登山口の、石倉神社の鳥居径を右に見て地獄谷に参ります。

もう、八甲田山の肩にある酸湯《すかゆ》温泉は、山上温泉では、この温泉どころ青森県一番の賑はひの温泉です。

ここにゐる笛の名人で、この山の案内者、鹿内辰五郎氏は、人も知る名案内者で、我国山岳者にも名の通る人です。

空を飛んでゐる鷹を、舞はせたり、巣から揚げさせたり、その頭上で円を描かせる得意の程の神通力が、その笛にこもつて居るといふので有名です。

神鷹と謂はれる、この霊鳥も鹿内氏にはシテやられるのです。

この笛と、もう一つは、氏が日露戦争で勲功あつたといふ喇叭卒で、自慢の名誉の喇叭を何時も朱紐で、肩にかけてゐます。

軍歌も時にかまはなく出るし、流行歌も踊り出すし、ヒヨッコリシヤラリコや、安来節まで出すのです。

時には「ネブタ祭り」から「御山参詣」の名調子は人を泣かせます。

何年か前、倉敷レーヨンの社長、大原総一郎氏が、この名人笛を東京に招んで、レコードに吹き込ませた事がありました。その直情、奇快は言うても際限ありません。

わたくしも大好きな人で身に這入る様に、つき合つた人で嘘の出来ない人です。そんな所が、仙人の所以になる事でせう。

八甲田山は、大岳、高田大岳、石倉岳、前岳、赤倉、横岳、姫岳、小岳の八峰の頂が甲《かぶと》の様に裾《す》ばつてゐる甲と、富山の立山で言ふ「餓鬼の田」と同じいモノを八甲田山では、「神の田」と言つてゐます。同じ北国でも物への想ひが、この位にところで変つて来るから不思議ではありませんか。点々と水沢を埋めて行く水草の、未だ水を残してゐるところの呼称をかう呼びます。

青森市から仰観する八甲田山は、わたくしには有難いです。

雨にも、風にも、雪にも八甲田山は悠劫としてゐます。

夏、七夕時の、ネブタ祭りは全国で有名な祭行ですが、この祭りの笛、太鼓、鉦の音を耳に懐ひながら、また秋深く早く来る冬を迎へる頃の、八甲田山の遥かな仰容が、わたくしの「故郷山」への歓喜《よろこび》を繰り返させて参ります。

八甲田山、十和田湖への有難い思ひの叫喚は、わたくしの霊極果留《たまきはる》、生命《いのち》の寄せどころであります。

哀しき父、淋しき母。薄命の姉、弟妹の今は無い数々も、この山に、この湖に魂生のわたくしと同じに寄せてゐる真実を思はずには居られません。

——昭和廿五、八、二十　瑠璃光書斎に記す——

天皇拝従記

天皇の真実は、わたくし達の真実である。

天地普遍に溢るる偉なるこの日、礪波《となみ》の風光はさらに爽明の秋が、輝頌に段々の美しくもつよき風光に、この御幸の彩情は、弥暁なる「北の国」を讃へる歓びに満ち満ちて居た。

天皇のおくるまが、西礪《せいと》、吉江校に御成り、御優しき御顔を心もち桃色白きに御含み口、お足どり明るく入られた。御右手にお帽子を軽くとられて挙げられた。

その御挙動は、いつも御拝《ぎよはい》する姿であるが、脱殻機に近づいての御下問の、御調子は、強くも真実の極みに、人間の生活《くらし》にあられる妙情の、吐露でもあらせられた。

城端《じやうはな》駅頭での御下問のはしばしと、御答へ者の口をふさぐる真義に対しての慈しみ、その限りを知らず。お思召しは、その御体からわたくしにも感じられるほどの「真」の御問ひであり、聞かねばならぬ国民に、上なる念願でもあるやにさへ感ぜられた。

北陸荘には、どの部屋にも和歌があり、俳句がかけられ、どの部屋、部屋にも花が活けられてある。

優しさに天皇をお迎へする部屋の人達の清い思ひのうちにも、その傷つけられ、そこねられた、体に、ぢかに天皇の御大国手《おんだいこくしゅ》を受くる、たかぶる気持に、不自由なるを、自由なるを無為にして天皇言《げん》なる無量の、神農情《しんのうじやう》に感泣の熱涙に伏してゐた。

天はいやにも高く、みのる果菜の、果報は、けふの御幸なる故の果報でもあるやに、彩々《さいざい》のうたげを香りさせて居た。

御車《みくるま》は立野ケ原開拓村に着かれた。

青、真一色の中に紅白の素質の、まん幕が荒板に組立てられた御野立処に立たれた。紫紺、藍刻の色《しき》、劃然たる医王山の真景は、天皇の御胸にやきあふる、「北なる召土」の剛蘊、質健の、いのちとも言ふべき気魂の真実を、この国土なるに依る讃へに大満足、御微笑をおん身こころの底、真深くも御呼吸あらせられたかに拝された。

天皇の御微笑はこの天恩地恩の世情と沿道の奉拝の国民への信情にとけゆく程なる、国運の巾ともなつて進められてゆく。

高岡市、桜馬場、貿易館に成らせられた。

　この工芸の工業、芸美への御熱心がどの作柄、どの作成りにもお目をみはられ、大きく見ひらかれた、おん目をみ晴《はら》れ、大きく見ひらかれたおん目に芸天一致の真鏡のほどが仄見せられた。

「ホー」とか「ウーン」とかのお声のうちに「美なるもの」への、御漏しの御愛情がしみじみの、お心持ちをおん身に応へられての御感《ぎよかん》でもあつたやに拝せられた。

　新しく架せられた、えびす橋畔の氷見《ひみ》魚揚場、一帯に陸揚げされつゝあるブリ、サメ類の鮮《あたら》しくも新しい、生きてゐる。異様に、くらし立つてゐる情景に高潮された御顔色は、やや赤らめにいろどりされ、天皇の生物学へのくはしい御下問が次々とほぐされたお笑ひ顔はつゞき、式場台へみ足を運ばれた。

　氷見町一帯におよぶ十重二十重の奉迎の国民がこの町をうづめ尽してゐるやう、国旗の「旭日章」は波打つ、浪寄せて歓呼、万歳の声々は夕映えつくさんとする御泊所なる、富山県庁への御《おん》一路の総てに連々されてゐた。御《おん》つつがなく神通の流れ静かに岸を、さゞなみする富山大橋を車背に、没日をうけて御《おん》泊所なる富山県庁に御《おん》帰着、市民の歓呼の万歳に彩電、明るい壁を御背《おんせな》に受けて脱帽のお応答を拝した。

天雲に近く光りて響神を

見れば恐し不見ば悲しも
あまくもにちかくひかりてなるかみを
みればかしこしみねばかなしも

——万葉集のうち読人不知——

——北陸夕刊特派員として、昭和廿三、十、三十日　天皇行幸に拝従して——

小矢部川

福光町に居住して、七年になります。

これ程、わたくしを、心よくして呉れるのは、人々もさうですが、小矢部川がこの町を流れてゐるからです。

この川の上流には、未だ行つて居りません。みんなから、よい所だからと、言はれてゐるのですが、時がなくて残念にしてゐます。

西太美の寺。宗禅寺から立野原を過ぎて、また福光に帰つて来た事がありました。その時西太美の大橋の小矢部川を渡つた事がありましたが、あの辺りも川幅が相当に広いものです。

医王山を、真正面にして、この流れの美しさばかりでない、何か庄川とか、神通川とかの大河では感じ得られない情といふか、親しい川の有難さが、こころを込上らさせるのです。

この県下は、随分、大きな河がありますから川巾や、その長さでは別に、大きな川ではありません。

昔は、この福光からの野尻、安居、津沢や遠くは高岡までの主な荷運びは、この小矢部川から舟で運んだのださうです。

福光橋を中にして町に向つて、右はさきに書いた観音町、石井柏亭さんでも描いたら奇麗になる景色です。

右は、水神様から太平木工会社の煙突が、白く立つてゐるあたりは、土堤の桜は、春は撩乱と咲きます。

春といへば、このあたりは〝桜ウグヒ〟の獲れるところです。このあたりの、この魚が美味しいと言はれるのは有名ですが、わたくしは味ふ程、思ひ切り喰べては居りません。

この町に、わたくしが、初めて来たとき、町の人達が寄つて迎への会合を、してくれました時、T氏が寒《かん》の烈しい日にこの砂利瀬に、素足で入つて、瀬石にかくれてゐる石鮝《ごり》を探して、獲つてくれ、その魚の味噌汁を御馳走にしてくれたことは、身に泌みてありがたい事でした。

夏ともなれば、魚獲りの人がともゑになつて、この川深《かはぶか》のところ、まだ浅いところ、それぞれのあたりがあるのでせうが、ふんどし一つになつて魚を追ひかけたり、魚を待つたりしてゐます。

青白い水泡が渦に巻いてゐるところに、ハダカの男二人が、ぐるぐる捲いてゐる図は、とても観ものです。

人の話によれば、T氏といふ工芸家の御父様はこの界隈での仕事上手と、もつぱら評判です。この人ぐらゐになると、小矢部を右横左縦、自由気乗りに寒中でも、真裸でやつてゐるさうですから商買を抜きにしてのたのしみでせう。

大きな鮭や鱒を突いて、小脇に抱いて水面に出て来る大姿を見たく思うてゐますが、これも未だ見て居りません。

この川に水が満々としたのも、わたくしは見て居りません。

一度は、勇壮に橋桁にすれ擦《ず》れするところも、見たいものです。

いつも河原には、草が生えてゐる時が多くてあまり感心しませんが、水神様のあたりのドンド瀬のところあたりから、二つに別れて、流れがサラサラしてゐるところあたりで子供がトンボを追つたり、ハヤでも釣つたりしてゐる風景はこの川のほんたうの真情なんでせう。

広瀬橋あたりまで、町を遡れば、何かこの河の本性が出てゐる様な気がします。高い橋の欄干から、真下の鋭い流れを、ぢつと見つめてゐると飛び込みたい様な、吸はれる様な気持になつて、はつと思ふことさへあります。

医王山を悠々と背負つて、八乙女山を抱く様に向ふとしての劫勁な、そなへは、正にして堂豪としてゐます。

川面から見ては判らない底の小矢部川が、判つて参ります。

袴腰山が、この川の真正面に高く立つてゐます。そして重畳の山のかさなりが、紫に紺に青や桃色とか、瑠璃に溶けて、その高さ低さで変つて写る景色は、またとない立派なものです。

五箇山に通る山径が、城端を重ねて、夏山に入る道は、前田普羅氏も句にしてゐます。

城端や夏山に入る径ばかり

夏祭りの日に、この右左りの景色を眺めながら御輿が、この情緒のある三段飛の形の曲線橋の真中。吉江村と福光町の境界線に、もみにもんでゐる豊かな気分は美しい。

黄金の鳳凰の尾羽、飛羽がチヤリンリンと清風仰青の極天日和に、年男がこの土地特有の赤装束で年もなく、事もなく、忘れて、奉り踊り抜いて居る様子を眺めてゐるわたくしも呆然として、その祭りの気持に這入つて仕舞つてゐるばかりでした。

――八月八日　瑠璃光書斎に記す――

歎異無深尽

大きい県ではないが、山と河は日本国中でこれ程、立派な所は無い。わたくしは此《こ》所《こ》を東京から離れて、戦時中の仕事どころと選んだ。

地図面から見れば、裏どころか、却つて日本の表のなりになつてゐるが、陰気に考へてゐる所に、この国構へのナゾの様な迷惑と、住民自体の迷ひがあると思ふ。

この立派な景勝の所に悪人は育たない。

この光明の所は、我利を利用すれば、自業自得とも言ふばかりだ。

浄土真宗を、信奉せる農民の宗教は、宗とするよりも、己が為に、己れを念じ、安んじて、又は己れの悪の逃避として、この南無阿弥陀仏の称号を口にするばかりだ。

わたくしは、悪態をいつたが、神仏に恥ぢずの生涯に身を置ける人の少ないのを憶ふ。特に戦争中の、悪農の自問自答的な、アガキは拭ふことの出来ない程に世代を、または富山の在方、いはゆる〝越中性〟の翳りを難されたと思ふ。

真宗信徒的な〝おまかせ〟の安易は、この宗祖の願つたものではない。より難渋から、生れる真義に対せる従容の広大であり、無偏であると思ふ。わたくしは、この地の真宗の蔓延は、得慾をカバーし得る上への利己方便であつたとさへ思はれる、わたくしは富山の中にも高岡界隈をつつんでゐる商利的、自我的なものより、この土地にある美しき土韻の歓喜を持愛せねばならない。

わたくしは、何よりも美しかるべきこの土韻の念仏を唱へなければ足らない。この土韻を、台として、これから世界の列に並べ得る偉大なる人物がどうしても出なければならない。それが、今までどうしてなされなかつた事か、今まで語つた、わたくしの故が、それを言つて答へして居たとも言ひ得られる。

立山は高く、有磯、布勢の海は明眉の尽くる事なく深い。黒部、早月、常願寺、神通、庄、小矢部の名川は汚れを洗ひ流して際限を知らない。三市、八郡の町村は、豊穣に肥えた田畑を持つてゐる。この果報の天空地に、どの不満が、何の不足があるだらうか。あまりに農民は天地を瞞着し過ぎて世を重ねて来たやうだ。

わたくしは、この恵土に越中の歓喜が、無尽として有難さに伏せるばかりと言ひ切りたい。

この間、わたくしは、高岡から富山へのバス中、神通川を渡る若者夫婦の話を聞いた。

「オイ神通川だよ」
「川なぞ、あほらしい」
「川だつて、よいモンだよう」
「フーン」

わたくしは、この話を聞いて、川を愛惜した男のこころ根の在方に、ひとすじの灼情を密かに知つて泣けた。

かういふ二つの生命感の在方が、多におけるか、少におけるかに、越中の郷情が真《ほん》当《たう》な到りとなつて表れて行く事と思ふ。

美しい風土は、美しき人々を生ましつづけて居るのだ。

この世に稀な、美しくして有難いこの郷土の真義は、唯に見事を為して行くばかりに、越中の昔の高い歴史があつたのではないだらうか。

仏　体

ブツタイと書きますヨ。

この越中、福光あたりで、田植時の水増どきに鮒や、鯉、鯰を獲る道具を、かういつて居ます。

仏体とは有難い名前ですネ。

この名前には、わたくしも感心させられましたヨ。

「入るもの、みなあまさざること、仏《ぶつ》の如し」ってワケでせうが、それが入る魚族どもにしては大変な、地獄なのですが、仲々つけも付けたり。やつた名前ですネ。

とても、わたくしの心やすくしてゐる坊さんが、この仏体を持つてゐるのです。もう一人のお友達の坊さんも仏体を持つてゐるさうです。

虫も潰さないといふ顔ではないが——寺にネエー。

寺に仏体は読みで行けば、当り前ですが、これを使用して魚どもを集めては獲り、奥様といふか、大黒サンといふか、どちらにして呼んでもヨイとして「一寸晩酌のサカナに、あの仏体のモノを料ふて呉れ」ではどうもネエー。

身が、和尚さんでは型が、悪いと思ひますネエ。さうでせう。

昔の坊さんには「骨まで食うて、仕舞うて」。若いボンサンの魚色、色食の下手さをアヂつたといふ太いところまでセリアガツタ、坊さんの話を聞きましたが、それまで入つた悟りが、はつきりしてをれば、サカナもホトケも三昧、一味のものだと思つて仕舞へるのですがネ。

寺の玄関に、この「ナマグサ殺し」を干してあつたりしては、どうかと思ひますネエー。

「仏体は、秘仏によつて、檀徒のわからない所にかくしてあるんですかヨ。お婆さんどもがヤカマシくつてネ」

友達の坊さんは、さういつてゐましたヨ。

去年の暮も迫つた廿五日に、田圃の真中にチヨコンと、わたくしの仮画斎兼、仮住居が出来て雪にとぢ込められて、長い雪穴生活から今となつたら、家の前の小川がいつも水音を立て、流れてゐましてネ。雨にでもなると、この小矢部川から分けられてゐるといふ水が、多くなります。その仏体を欲しくなつて、その大坊さんに頼んでおきましたら、昨日逢つて「あ、仏体をRが雑華堂にあげたいと、いつてゐましたヨ。取りに来たらと、いうてゐました。しかし寺から持出す時、余程じやうずに人目にからぬ様に、持出すのが肝心ですヨ。Rも、それを繰り返しくり返し言つてゐましたヨ。何分、そこの所を抜目なく仏体のやうにネ。」

——中京新聞、昭和廿二、一、三一——

稲妻囃し

よく今年は稲がみのつて田圃は、黄金波で立派でしたよ。

田といふものは植ゑる時も刈る時も早いものですね。驚いてしまひますよ。腰の魚籠《びく》から一揃へ抜いたのを、二、三本を揃へたまゝ指でまた揃へて、まるで置くやうに極まると、もう根が生えたやうに生きて立つんだから、うまい物《もん》ですよ。植ゑる時は、その通りで、刈る時は、一束ねギユウと握つて鎌をザクッとあてると、もうバラリと袴を開きさばいた形に稲になつた束形が立つてゐるんだから、有難いやうな、うれしいやうなモノですね。

あの時だけは御百姓様も他人にも言葉をかけてうれしさうですね。

「雨の盆」といふことを言ひますね。

米が稔る前の、稲妻が入りまぢつて降る雨は、「肥料《こえ》を降らしてくれてゐるやうなモンダチヤ」といつて飛んで跳ねます。

この辺りの御百姓さんはリコウですね。損得を身に入れて考へてゐるところがありますね。

米の味もさう染つて困りますよ。「雨の盆」もあつたり「損の盆」もあるところに天地なんですからね。

世の中は得ばかりあつて、損が無い世界があつたら大変ですね。

話が悪くなりましたから、ここらで別に回しませうか。

＊　　＊

今まで、茶間の窓を覆うてゐた糸瓜《へちま》の水取りが始まつて、一升瓶が二本も用意されまして、一杯になつてしまひました。おどろく程、量が出て有るものですね。

何年か前に糸瓜水を取るというて、チヤが、初めて育てた糸瓜から取るんだとヤツキになつて、晩、それも御丁寧にも名月の時、ビール徳利に茎を差しこんでゐて、その夜は眠りもせずに暗いうちに起きて、電燈に翳して見たんですが一滴も無かつたのには呆れましたよ。糸瓜の棚の方の茎を差してゐたのですね。

後から人から聞いて大笑ひでしたよ。わたくしたちといふ二人は、そのテイドの夫婦なんですね。

八畳の間、四畳半の茶間、又四畳半の客間、次は六畳の子供たち四人の部屋。これに一畳半の湯場。三畳の板間は台所です。細廊下を一間はいつて両便所といふ、ゴタゴタな小家ですよ。

この間、玄関から筒抜けの廊下を、一間半、北に足して板間と押入といつた物置をつくつたのです。チヤは「これでもおどれば、おどれますよ」はよかつたね。

この建物といふものは、素人から見るとおどろく程、無造作に出来るものですね。

床を張つて屋根をふいて二日弱で形になつて出来ましたからね。

これで、今まで八畳を三畳ぐらゐにしか使つてゐなかつたのを、この画小屋を建てた時から使へなかつた八畳を八畳に使つて見ましたよ。広いものです。

東京の代々木の焼けた家の十畳以上にひろくなりましたよ。勿論、あの時の大袈裟な戸棚や、家具はありませんが、サッパリしたものです。

床には、このあいだまでこの隣り町、城端に夏を過ごしてゐました柳先生（宗悦）の阿弥陀仏、去此不遠の二行を掛け、脇には、わたくしの大好きな萬鉄五郎の自画像を掛けてゐます。

日本で油絵を描いて、この人ぐらゐ日本の洋画を描きこなした人は無いと思ひますよ。八号の油絵で春陽会に出品したものです。

琉球で、騒いで遊んだ旅の時（紅房《べんぼう》）から送られた三足盆は朱塗です。その上に群馬あたりでよく造るダルマサンの木形が、真宗好みの香炉台の上に乗つてゐますよ。

その他床間は、硯と色具とで重なりあつて一杯です。

この土地で紙の町八尾の年輩の大老、F氏から受けた、中国の手提鞄（テイラン）が一つ、ネクタイや小裂類が入れて置かれてあります。

雑華山房と横額を書いてくださつたのは、倉敷美術館の大原孫三郎大人です。嗣息、総一郎様もわたくしの到らないところをよく手引きしてくださる御方です。

この家の表札を書いてくれました。大原御父子でこの画小屋を抱いてくださつてゐるやうなものですね。

反対の鴨居には、蒼海、副島伯の文字、これは会津老博士から受けたもので、ギリ〳〵に書けた立派な楷書二十八。

鯉雨画斎と名づけてゐますが、裏鬼門に不動明王尊を祀つてゐます。後は本棚と朝鮮の膳を幾つかの種類を積み上げて置く、衣類箪笥と、画道具も油絵、倭絵、板画の道具の専一の机一つといふところです。

柱にはY氏の状差、間の真中には一昨日出来てきたばかりのT氏の木工槻八角台大膳が安座してゐます。

茶間、こゝはこの画小屋の心臓どころですよ。

泣くも美《よ》し、笑ふも美しとここから始まりお終ひです。総ての出入を司るところです。

釣床といふのですか、上ばかりある床どころには戦で焼けなかつた帳箪笥の上には、甲斐国、四国堂から散々したといふ御一体、木喰上人作、南無瑠璃光如来がところを拠してゐます。

斜に四畳半を通つての茶具棚の上には朝鮮厨子の中に弘仁製の釈迦鋳座像です。

天井の真中からは山形産の鉄自在鍵が三尺の炉に、盛岡の鋳匠O氏作、鬼泣きのアラレ釜です。鍵も釜も炉金も（炉金は、わたくしの兄が鍛冶職時代につくつたものを、チヤが棟方へ来た時、持つて来たもの）イクサで灰になつた跡からチヤが汗出して背負つて来たものです。

備後は西阿知の花莚、朝鮮出来の竹皮編、津軽古布それ〴〵の座布団、四枚でこの部屋一杯の客です。

このところの机も朝鮮製の槻、錘足《おもり》のもの、河井浜田両先生の作陶磁をもつて茶盌、筆硯具にまかれて日常の行業ですよ。

この壁は雪舟の野鳥図。金襴、緞子、牙軸で、M先生より受けました重宝です。

板敷の客間です。バーナード・リーチ氏が自国、センターアイブスで焼いた車井戸絵大皿は有名なものですが、それがここに懸つてゐますよ。

K氏の未完の状差も、富本憲吉先生が細川様から依頼されて錦窯に入れたが、煙がこもつてイブシになつた皿。呉須赤絵の大皿二枚。それに師匠、河井寛次郎先生が血道を上げての辰砂大皿二枚。岸田劉生の素描自画像、飛天図。岩倉政治氏が居をしてゐる所、金戸のT氏が将来しくれた槻材、米搗臼の大卓台。それをめぐる、イギリス製の古い椅子五脚、全部スピンドル背寄せのもの。アームの男女用、各一脚づつはわたくしの大自慢のものです。

＊　　＊

玄関を外に出ると、松樹一木に一つの石、一樹一石ですね。

松の木の下には浜田庄司先生の水鉢、鉄絵丸紋物に、睡蓮華が葉をかさねてゐます。この水鉢も近い芽出たい日にI氏の結婚祝ひに贈る筈ですよ。

＊　＊

クルツと後向きになつて見渡して先づ、医王山から桑山につづく法林寺、坂本、最勝寺の部落を抱いてゐる重豪の景色は景色をよろこんでください。五箇山を孕んでゐる袴腰、人形の山壁も見事な筈です。また連らなつてゐるところは八乙女、赤祖父の岳腹。その嶺裾のおしまひが抜けてゐるところの窓に立山が、高く嵩いのです。

今年の夏は、よく雷が鳴つたり落ちたりしましたよ。天も地も景気がよろしかつたのですかね。きつと。冴へた紫が瑠璃に変つて、サーとキラメイて体がヒクツとしたと思ふと、ごろ〴〵ドシヤンと来るんだから旺んですね。何だか、気持が拭つたやうに、サツパリしますね。けれどもこれは好きと嫌ひといふことになりますが、わたくしは雷ずきですよ。雷のよく鳴る年は、豊年満作といはれてゐますね。

流石のこのあたりのお百姓さんも、天地の恵恩には「オットロシ」かつたやうですよ。

満作にみのつた、この秋晴れの澄んだ、高く清い天。十回もの颱風を安堵で送つたこの辺りのめぐまれた生活の歓喜を身にして、糸瓜の茎からポトリ〳〵と一升硝子罎に落ちる、平和の祈りにも似た音を聞きながら、この茶間の隈に置かれてゐる栴檀《せんだん》づくりの茶盌筥に入つてゐる、それぞれの好みにつけた茶盌の名を読みませうか。

アイゼンマル（愛染丸）
ダイセウ　（大　照）
アマヰヅツ（天井筒）
ゴフフドウ（業不動）
ホリヌキ　（掘　抜）
ヨドヤガハ（淀屋川）
ウメシヤウジ（梅障子）
タルシツパウ（樽七宝）
カハハラ　（河　原）
ナルト　　（鳴　戸）
カツパ　　（喝　破）

ヌレシヤカ（濡釈迦）
アマ（尼）

夜になつても、まだ〳〵夜は尽きないですね。

東京の先生。京都の先生。益子の先生の御気嫌どうか。

どこまでも、つづく思ひは更けても更けないですね。


――昭和廿三、十、二十四日号週刊朝日――

挙身微笑

「運命」といふ、交響楽を、大原総一郎氏邸で聞いた。

未だ耳にあるといふよりも、体にある。

あれ程の音楽は、曲といふよりも、「音」といふばかりで、最も本然のモノだ。

その「運命」を板画にして、「黎明」「真昼」「夕宵」「闇夜」の四面、四部作として板《はん》した。

倉敷レーヨン富山工場の貴賓室の壁画に依頼を受けたのだ。

この間、大原美術館に招ばれて、フランスの老楽人のピアノを聞いた。生涯に数ない、有難い歓喜に酔うて帰つた。

生命をかけるといふことを、ピアノに流してゐるのだ。生命すら「わたくし」では無い。

音の妙律あることばかりに、あの音が成つてゐるのだ。

ホンタウのモノをする人は、ホンタウの事ばかりに生命を使うてゐるやうだ。ワルダクミや、他人をバカさない。

最も、大切な、生命を投げ捨てないといふことが、あの方のピアノが音してゐた。

何か、広い広い嘘か、偽りが出来ない世界に置かれた人達ばかりが、あのサロンに集まつたかの様に、あの音が、さういふ清いこころと、思ひの間だけを縫うて来るといふ感じだつた。わたくしは、あの天下にまたと無い空気に包まれた人達の耀やきと、思ひの世界、よごれて居る何物の無い世界の人達に、祝福された芸の韻《ひびき》といふこの立派さを身にうつしたのだ。

新しい天地に、開らけて行く一九五一年の心頭、この国の美への想ひを、はるかに大きく、はるかに弘く荘厳せる、このところの位置をし、拝受したい。

庄、小矢部、神通、常願寺、早月、黒部。わたくしはこの、この国で有名、見事の大河を渡り、それを美しく思うて、ただ有難く歓喜に声をあげたい。

この県の人々の偽りのない、真《まこと》ばかりの姿を河は美しく、写して、明るく開けてゐる。河の様に広く偽りの無い、清く晴れた挙身微笑の魂を拝み、持して無上としたい。

龍胆の花径

スネークウツドのステツキを、一度は省線電車に忘れつぱなしにしたし、もう一本は倉敷レーヨンの重役Y氏から洋行みやげに受けたが「戦さ」で焼いた。洋傘《かうもり》の柄の様な、一本曲りのモノが上等で、前に書いた二本共その、一本曲りのものだつた。

先日、城端別院に講演に来てゐた暁烏《あけがらす》先生が、「そのステツキならあるから、三国の伊藤さんでする、『虹観音』の開眼にお出でなさい。持つて行きます。わたしは、目がみえないからハツキリしないけれ共、キツトその蛇とか云ふ木ですよ。」八月三十一日、三国に行つて先生が、わたくしの手を執りながら「約束のステツキです。メーソンさんからいただいたものですが。」

さう言つて、わたくしの胸まで来る様な、重くて大きいステツキをくださつた。残念だつたが、スネークウツドではなかつた。わたくしは、こころを鬼にして「さうです。これで無上です」と言つて仕舞つた。

目の見えない先生は、「ア、よかつた。よかつた」と例の……御目の雫ぬぐはばや……の鑑真和尚に、よく似て居る微笑の顔を、ことごとく笑つてくれた。

伊藤柏翠《はくすい》氏は高浜虚子氏の小説「虹」の主人。わたくしの手を無言で執つて、自分の居間にかけてあつた亡父愛用と云ふスネークウッドのステッキを、わたくしに握らせた。「メーソンさんのは、わたくしが受けて、これをあなたに愛用していたゞきませう」お母さんには気の毒と思ひながら、わたくしは別れの玄関で、このステッキを軽くつきながら法林寺山の径々、大好きな盛りの龍胆の花数をかぞへながら丁度の勾配をふみしめて行くよろこびを息む思ひで、このステッキを鍵にした腕にかけ、待つて居た車のクッションに腰をおろした。

鯉雨燈籠

鯉雨画屋、これが、わたくしが昨年の冬に、この富山県礪波郡、福光町の愛染苑と自ら称へる所に建てた画屋です。

「鯉雨」といふ文字は訳が判つて付けたものではありません。訳の判らない答への持てないモノ、いはゆる文字の化者が欲しかつたのですよ。

こひ、りう、どちらにでも読んでいたゞいてよいのですよ。禅振つて貰へれば、公案「鯉雨」とね。なか〳〵音《おん》が叶つて、美しくて鯉雨。

いつ頃から、わたくしが鯉の絵を描く様になつたのか、今おもひ出しても忘れて仕舞ひましたよ。記憶に残つてゐますのは、昔の様に思ひ出されますが、いくさ前も、ずつと前に皇后陛下の御父さま、久邇宮さまが、総裁で上野公園、その頃の府美術館で、たしか新興美術協会とか言つた随分はでな美術展覧会が開催されましたよ。その展覧会に油絵で、三十号に鯉を描いて賞を貰ひましたのが、鯉を描いた初めと思はれます。その他に油絵では一枚、二枚の絵が、今も東京と新潟に残つてゐる筈ですが、どうやら。

倭画《やまとぐわ》では――いはゆる、につぽん画を、わたくしの描く場合、やまと画と言つてゐますから――東京、日本橋の高島屋で開らかしていたゞいた第一回の個人展覧会に二、三点、鯉魚を描きました。

その絵は、今でも判然、覚えてゐます。「薪の様な、焼雑棒の様な」その時の展覧会で求めてくださつた方が、さう言うてくださつたのも、おぼえてゐますよ。

それから今まで続いて居る、東西の高島屋での個展には必ず好になつて描いたのです。「鯉を描くのか、恋患らひですか、所謂――ヤマヒカウモウニイル――といふ所ですか」さう、よく言はれますよ。

その度に「道ならぬこひですよ」と、笑へない真面目で答へて今までも続いてゐます。

じつさい、恋といふにフサハしい、同じおもひが続くから絵になるのだと思ひます。岡本かの子さんでしたか、「鯉魚」といふ短篇を読みましたが、「鯉魚」といふ答へをもつて始末する、若和尚さんの話でしたね。

かの子さんが取扱つた鯉に、カマケた「想ひ」といふものは、矢張、絵の様に香《か》ぐうて来るのを覚えましたよ。「みちならぬこひ」何だか、さういふ香ひですね。なんだかわたくしの描く鯉は、だんだん顔が、短かくなつて来ましたよ。

初めの頃に描いたヤツを見るとドヂヤウの様な格好をしたイヤなモノで、口からまなこまで何里もある様な……それ程でもありませんが、随分ながいのには驚きます。けれ共この頃、描いてゐるモノを見ると、これはまた短か過ぎて、どうとも成らない程になつて仕舞ひましたよ。

この分で行くと、眼の玉が唇《くち》の先を泳いでゐる様な短気な眼玉になるかも、しれませんね。ほんたうに。

それから、わたくしの鯉は、からだが随分みじかくて、巾の長さが判らない程です。流れる川に居る鯉は、池や沼に居るモノよりも丈が無いと言ひますが、そんなもんでせうか。それから取れば、わたくしの鯉は、流れ川に居る鯉より描けないつて寸法になりますね。

大分前になりましたが、いま静岡県で漆の仕事をしている鈴木繁男氏――この人は若い方ですが、絵漆にかけては名人なんです。漆桶から生れて漆篦で、育つて居るとでも言ひたい程、ウルシに憑かれて居る人ですよ。――

この方から頼まれて描いた鯉の絵の事を、一寸かゝして頂きませうか。

「提燈鯉」鈴木漆匠は、その鯉をさう言つてくれました。

頬つぺたが、ぽうつと明るみがさして、まるで「ちやうちん」を燈してゐる様な、鯉でしたよ。

あの鯉は、わたくしも好きになつたモノでした。

――化物――鯉の化物、さういふ絵でしたよ。

化物で、おもひ出される事ですが、わたくしは、御話、マア講演などでも、頼まれて言ふこともあるのですが、絵の話の途中に、たまたま鯉のはなしになつて行くと、噺から、わたくしも鯉になつた様に、なまぐさくなつて来ます。

「絵の鯉は、ウロコが、三十六枚、鰓から尾まで、つづいて一列してある。支那料理のお終ひ近くに出るアメダキの鯉、あゝいふ甘いものでは無いんだゾ。水の中に居て、子供に追ひかけられたり、投げてやるフを口でパクパク上手に受けとつたりする様な、アンナ、ケチでモノ慾しさうにしてゐるヤツラとは全然、別なんだゾ。煮ても焼いても食へる様な楽しいヤツと、いさゝか違ふてんだ。気を付けろ。鯉は鯉でも、ワタクシの鯉は……てんだ。はばかり乍ら、お恐れながらだ。どうだあ。ざまあ見ろつ。ウロコも、何も、あつたもんか、何が五七、三十五枚だ一枚足りないんだぞ。ウロコも何も、ヤケドの肌の様に、つるツルだツ。雨の夜中に、びしや、ぴしや来らあ。島田で、文金の高島田で、崩れて泣いて、泣きじやくつて。振袖つてんだ。秋草か、何かをボカシにしたヤツよ。畜生。御女中、泣くんぢや無い。泣くんぢやない。泣あけば、山から鬼が来るぢやないか。畜生。小父さんが力になつてあげるから——ドレ、顔を上げな。まあ、まあイイカラサツ。かう挙げな……。カ、ウ、ア、ゲ、レ、バ、イ、イ、ノ……。の……、うわ……出たあ、あといふ、のつぺらぼうのよ鯉なんだ。なにつ命までも、取りやあしねよ。まあたとへて見ればだ。たとへて見なくつてもさ。まあたとへて見れば、化物なんだ。池ぐらゐに泳いでゐるヤツが、この絵鯉を見たら、顔まけして水に潜つて出られない様な、はづかしい奴だ。絵の鯉。さう謂ふ絵を描く、絵描きになりたい。

　宮沢さんの、気持が、よくよく、わかります。

かういふ、ほんたう、そのまゝに嘘パッチである方《かた》が、案外、本当パッチであるといふ事です。

　鯉を描くのではなく、絵の鯉を成さねば、ならぬところに化者が現はれて来るのです。

——昭和廿三年正月二十八日——

瑠璃光記

富山大学の丸山氏が、同業の図書教官が、落選にして捨てた児童の絵の中から、後で丸山氏としての特選や、入選の絵を取上げたとの事が新聞に出てあつたとの事だ。

先日、北潮会の審査で丸山氏の絵を鑑る思ひといふモノが、わたくしと同じこころ方であるのを知つてうれしい思ひの丈けを喜んだ。

丸山氏をわたくしは初対面では、理窟屋すぎる様で好きな仲間にはなれないナァーと、思うたが、絵を観るに本当を通じた心があるので、さういふ合はなさを無くした。性の合ふ合はないは別な事だと思つた。

この間、峠氏が、学校の成績品の中の、書道の方が、陳列が終つたから見て、と謂はれて行つて見た。

驚いた事には、桑鳩どころのモノではなかつた、魂天外に飛んでゐるといつた、法外な姿のモノだ。

桑鳩は独尊を狙ひ、型を書き、奇体をこなす。それも桑鳩の道かも知れない。道にさへ、飛んでもないから飛んでもない。

桑鳩だけにあつて、書の生命《いのち》とは、ますますに離れ沈む意義としての桑鳩体だ。

真実とは型ではなく、故意では無い。桑鳩の方便としての意義は成つても書法の「義」とは遠く遠い。

前記のわたくしの驚いた、少年の書いた文字が、如何に文字の方便に大乗された悟法以前のものであつたかと、いふ事に驚いたのだ。

書くといふ心中の他、何もなく、示された桑鳩の文字に依る形象を「書」なる生まなものにした、無為なるものに依つた所付に、あの書が出来たと思ふ。

真実なる光明こそ、あの書を書かせた事と成るのだ。

書が一途になつて、書を出来したとも言へる立派なものだつた。

峠氏がホクホクで両手で翳して、この文字を傘の様にしてかぶつて戻つた様子は貴い。

その後姿が消えて見えなくなる迄、わたくしは、こゝろを熱くして美しい「体」真実のモノといふ有難さを拝んだ。

その前に、わたくしは峠氏に「先生は字を出さないのですか」と聞いたら、その少年の書いた字を拝んで、「こんなのが、あたりまへに書けたら」さう言つて頭を掻いた。

善さといふものに参つて仕舞ふといふ自体が、もう善い書をしてゐると同じ事なのだ。

話が、別に分れたが、昨夜、新講堂で町の「聴く雑誌の会」に招ばれて行つた。

表紙を受持つた、わたくしは表紙を描いた。

それが、めくられて、暗い脇舞台の脇幕に吊られた。

次々と頁が、めくられて行つた。

突然、ライトが照つて、この表紙絵に描いた閑心二菩薩の上下二つの顔を明るく浮かせてくれた。

「あ、有難い処置をしてくださつたなあー」誰方《どなた》だらうと振返つたら、峠氏が真暗い中で、ニッコリ笑つてくれて居た。これが有難いのだ。

美しい事、見事なことといふのは、こんなモノで気張《きみ》つたものでは無いのだ。

前に書いた丸山氏の絵の選び方も、後の峠氏の事々も、所意では無く、生まれた同様にひとり出に美しさに抱かれ、捲かれてゐて成つた事だ。

見事の心の叫びに、体を挙げて参つてゐる方で、さういふ身応へこそ、書となり絵となつて来る迄だ。

さういふ真実を、わたくしは真実に慾《よく》する。

さういふ、たましひに憑かれ、抱かれてゐる貴い人達の悲願こそ、この日本の偉大な進行の瑠璃光ともなり、大法輪にもなつて居る事を、伏して拝んで居るのだ。


——光中新聞、昭和廿四、十二、十三——

礪波雑談

ここ、越中も山端に近い福光あたりでは、女の方が働き者で、そしてナカナカ口喧ましい所がありますね。

顔に角を立て丶とよく言ひますが、此の辺りの女《ひと》は三角型か、長方型が多いですね。あんまり働き好きで、かへつて御亭主殿をいぢめて居るんではないでせうか。

だいたい、この所の奥様たちは御主人と一緒で外に余り出ませんね。御連立ちでといふ寸法は向かないんでせうか。

これからのソゾロ歩き等は、奥様御一人よりも御主人と二人歩きが、よいものですが、きまつた様に、離ればなれ歩きですから淋しさうですよ。その淋しさうに歩くのが、また得意なのかも知れませんがね。

ある大家の何男かの方が、新婚の御嫁さんが、主人を駅に迎へに出たら、イキナリ「馬鹿」と怒鳴つておこつたさうですが、男の方の方が余つ程、わたくしから思へば馬鹿だと思ひますよ。

何か夫婦仲が、よいのを見られるのが恥かしいのか。案外さうして人前では、おこつた同志夫婦は家へ帰れば、イチヤツイてゐるのだから、たまりませんね。いはゆるギヨツーですね。

このあたりの人は、智慧者が多いです。巧い手だてをたくみに扱ふのが、御気嫌ですよ。ヤンハリあたつてギユーとしめるといふ方法ですが。よい方にあたれば、これ位よいことが無いのですが、そのヨサに自分自身もはまつて仕舞ふ事があります。大切な御注意が欲しいと思ひます。もう少しザックバランがほしいですよ。

富山県の景色は、わたくしは大好きです。何としても立派な、大河が多いですね。神通、常願寺、早月、黒部。西に来ては庄川、小矢部の流域は、殊に美しい開けがあつて明るいですね。

越中の方は、この土地はインキで暗いと、よく聞かされますが、このくらゐ開けをつくつてゐる川が前記の様に幾流れもあつては、暗くなるにもなれない、必然的なあかるさを成してゐる土地と思ひます。

立山の連峰もありがたいです。

登つて見ても、遠く聳えてゐるのを仰ぐ、どちらも有難いです。

山はありがたく、川は烈しく、田はよく稔り、畑は伸び、樹は茂り、果して太り。

農家の方のコボシどころではありませんね。

こちらの女《ひと》は、髪を少し大げさに結ひちゝらし過ぎて居ませんか。農家の嬢さんにもなれば、それがスゴイですね。マア盛んですと過ぎてゐますよ。

例のモヂヤモヂヤでハタキを下げたり、油垢の雑巾を大事な真赤な晴著に下げた様な型をお好みですね。

　襟首も垢。手足首も垢、裾、袖口が垢で、ピカピカさせても、あの頭ばかりを気にしてカミユヒに結はせるから不思議です。こんなのを此こいらの青年が、御好みになるんでせうね。それもどの女も、この女も前に書いた二つの型に極つてゐますよ。それが洋装（マア洋装でせうねアレで）でも和装でも、構ひなしなんですね。

　もつと首を洗つて、手足を洗つた肌に、スツキリした首元を見せる様にしたら如何なもんでせうか。

「美しさ」は「女」といふ匂ひから、散ずるもので、つくられた型から出るものでは無いと思ひますね。それから、もう一つ。このあたりでは、アノおんぶしてゐるお子さんに「魔法の婆」が冠る様な、三角の耳をすつかり包んで仕舞ふ白い帽子をよく冠せてゐますね。母親さんは、スコブル得意さうですが、あれは止した方がよいと思ひますね。どの子供もどの赤ん坊もあれを取らう、取らうと苦心してゐるのを見かけます。

　あの「鬼婆」の様な親の、どれもこれもなこころ持に泣いて居る様です。

　ものが聞えなく、ムヅくカユく堪らなく取らうとすると、母親、それに父親までが、オシヤレ気持も手伝つて、なほ紐を強く緊めてゐるのを見るとイヤになります。子供の為に頭の問題ですと我鳴りたくなりますよ。

それが、夏の熱湯の様な中でもそれですから子供殺しです。

家の周囲が全部、青田になりました。植ゑたと思ふと、まつ直ぐ、真青に伸びるんだから、逞ましい草ですね。

杜若《あやめ》が咲き、麦が刈られて、その後にまた稲が伸びるんです。

この雪国で二毛作は、大変な努力ですね。収穫のよろこびよりも、働く苦しみが勝つては、差引き、ゼロつて勘定ですが、農家の方々は、口では百姓よりも、辛い商売は無いとワメキ乍ら、それが慾と勝手と、取組んでゐる様にも見られますね。女の人が、男の様な顔して、手足して動いてゐたり、生命に楽しみを、こころに美しさを持たないで働きつゞける農家の方の宿命といふものを、自分から欲してゐるのは、側から見て居ても悲しいものですね。

仏蘭西の農家の方は、パリーの街に肥料を汲みに出て、その足で画商で絵を値切つてゐるとの事を聞きましたが、仲々たのしいもんですね。それこそ歓びも苦しみも、生活を美しくする為の仕事となつて来てうれしいのだと存じますね。

勿論、わたくしの知つて居る二三の農家の方にも、その様に職事の間に「美」の生命を汲んでゐる方々はありますけれ共、床しい事だと感心せられますね。

此所《ここ》は、ホタルの名所です。法林寺あたり桑山から医王山かけて小矢部川に、抱かれ居る田圃は、殊にも大きい奴が、ボカリツ、ボカリ浮く様に飛びますよ。流れる様に流れますよ。

提燈つけた様に、悠々してゐる美事さは格別の夏夜の情趣ですね。

今年も子供達にホタル籠をセガまれたり、人の子供にも買つてやつたりしましたよ。田圃のマンナカの中の画小屋でホタルを呼ぶ声を聞き乍ら、この町の歌人、武田氏が詠んでくれた歌を、口ずさんでウトウトする頃になりましたよ。

鯉の夢　鯰のためにこもりませ愛染苑の春の夕暮れ

掃　苑

雪が、浅かつた冬が終りました。

そんなうちに春がめぐつてきたやうです。「一樹一石庭」といはれてゐる仮住居の玄関前の数坪のところも春草が芽ぶいてきました。

二、三日ふろを沸かしてはいらうとしたら、しやうぶが一束湯気の中に浮いてゐました。

駘蕩といふ気持が何とはなしにこみ上つてまゐりました。

末の九つの子供が庭前の小川のほとりから抜いてきたのでせう。子供ごころにも春の気持にかぶされたのでせう。

仕事着をぬいで夕飯前のふろ浴びはありがたいものです。ふろ戸を開けたらプーンとしやうぶの香ひが身体をしませたありがたさ、春のありがたさです。

松一本に石一つの庭は、雪の消えた前後左右のたんぼにしつらへたわたくしの庭です。

松も石もこの町の歌人、武田吉三郎氏が自分山から引いてきてくださつたものです。これだけで愛染苑の名称してゐるのも、ものものしい物です。

松と石では、年中かはりがないし、これだけの間だから深いものに見させようとした武田氏の思ひをそのまゝ春夏秋冬それぞれに趣き無尽無極に、至妙の春趣を歌ってをります。

――「中部日本」昭和廿四、三、六――

麦や節の夏夜

何年か前に、わたくしの師匠たちが五箇山、赤尾村の道宗寺に行くのに同伴した。

城端《じやうはな》を発つた、わたくし達は元気一ぱい一気呵成といふ働きぶりで下梨村に着いた。ここにはN氏といふ村長が自慢の「麦や節」を聞かせるといふのと「古代神」と呼ばれる踊りをみるのがヤマであつた。

宿の水口邸に着いたのは、ちやうど日暮れで、邸の部屋べやは山家特有の翳りがあつて、静かな隈が満ち満ちしてゐた。

全部、漆の塗り吹きの豪華な天井と戸障子、尺余りの柱ばしらは城の様に重厚であつた。

一盃の上酒は独特の清水での仕込みがなつた立派なもので、弱酒のわたくしさへ盃を幾度も受けた。

柳、河井、浜田の諸師がたも真赤な顔になつて満足な旅を心から楽しんでうれしさうであつた。

肴が、飯が、山菜の珍味がまた格別に上料理となつて、心まで一ぱいにして呉れた。

四ツ竹、太鼓、尺八、笛、三味線の楽の音が、頃をはかられて聞えて来た。

黒紋附に袴、それもモモダチを取つて、白のタスキがけ、後ろ結びの白鉢巻もかひがひしいイデタチの真新しい菅笠を、右手にさげた五人の男達ばかりが、一列横隊にキチンと立つた姿は美事で有難いものだつた。

四ツ竹がカタ〳〵鳴り、太鼓がトン〳〵叩かれ、尺八の朗豊たる音が笛とからんで調子が乗つて来た。

武者振り凛々しい踊子たちは、一斉に菅笠を腰に持つて足を前に出し、トン〳〵、チヨンと軽く板間に調子を合せ始めた。

それが直ぐ踊りの第一所作であつたのだ。

直線ばかりのシグサの踊りが始まつたのだ。踊りといふよりも剣舞に近い型の男性的なもので、女々しいところの一つもない勁豪とでもいへるものであつた。

この五箇山は源平、屋島の戦から残つた人達、平家の落武者だと今でも語られて居る。男の人は勿論だが、女の顔型は、越中の三角型ではない。所謂「玉子に目鼻」のノーブルな型を全くつないでゐるのだ。

次に「北陸民謡の旅」といふ書物から抜いて書いてみる。

＊　＊　＊　＊

越中の五箇山は庄川の上流にある赤尾谷、上梨谷、下梨谷、大谷、利賀谷の総称で、山岳重畳の間に部落をなし、昔から敗北した平家の落人が隠れた土地と伝へられてゐる。山間で田畑が少く養蚕、製糸が行はれ大家族制のものが多く淳朴な村風である。「麦や節」はこの各部落に伝はる哀調を帯びた古謡で平家踊ともいひ笛、太鼓、鍬金で囃し歌にあはせて踊る。

今は紋附に白タスキ、袴をはき尺五寸の太刀を佩き、菅笠を持つて踊る。

これは同じく平家の残党の部落といはれる川一つ向ふの飛騨白川のワジマといふ古謡に似てゐる。「麦や節」の名称は「麦や菜種は二年で刈るに云々」の歌から出たといふ。

元は山村生活を歌つたものである。

へ麦や菜種はオイナー、
二年でナー、刈るに、ヤーオイナー
麻はその年、オイナー、
土用に刈る、ナア

この唄は白川郷ワジマにもある。(以下囃子を略す)

「歌が織るかや、乙女が織るか　歌と乙女が綾になる」

「心淋しく、落ち行く道は　河の鳴る瀬と鹿の声」

「屋島出る時や涙で出たが、住めば都の五箇の山」

屋島は讃岐にある源平の古戦場、平家はこゝで敗北した。

「波の屋島をのがれて来て　薪樵子て小深山辺に」

「烏帽子、狩衣ぬぎすて、今は越路の杣がたな」

烏帽子、狩衣は平家の公達をいふ。

「川の鳴る瀬に絹ばたたて、波に織らせて岩に着せう」

＊　＊　＊　＊

N村長の丸い体がころげるやうにゆれ動いて、また丸いクタのやうな笑声が張りあげられ「麦や節」やノリトのやうな「古代神」が聞き手を大満足させた。

「酒は上々、灘より直送の一駄、肴は日本海のありざらひ……を祝儀として、日本民衆芸術教々会（日本民芸協会）より賜はる。イヨー賜はる」といふ節おもしろい礼口上が、まかり出て皆を大笑ひさせた。

　歌ふもの、踊るもの、みな真剣な顔持ちで最後までをつき詰めて、この狂言口上に初めて顔を崩したのだつた。

　五箇の山懐は夏ながら深々とした思ひに交々したのだつた。

　庄川の流れは木霊して透き通る夜気にはづみを連れて、飛沫をあげてゐる様に感ぜられて来る。

漆づくめにされてゐる部屋はドロンとしたにぶい電燈の光に靄のやうにボカされ、歌に踊りにわたくし達は呆然のうちに、別部屋で振舞ひ酒を飲みながら、さつきの厳粛さとは遠い、ドマ声で「麦や……」を唄つてゐる人達の歌声を何か哀しくこみあげてくる傷ましい思ひで聞いた。

〽麦や菜種はオイナー、
二年でナー、刈るに、
ヤーオイナー、
麻はその年、オイナー、
土用に刈るナア

——昭和廿四、八、一「農業日本」八月号——

愛染業韻記

愛染苑《あいぜんゑん》と名づけた場所に、鯉雨《りう》、鯉ですネ。
あの滝のぼりの魚、鯉です。それに雨、ザアザア降る雨です。
読んで鯉雨画斎といふ絵小屋、何でそんな名をつけたのだと、よく言はれます。

醒《なまぐさ》い雨が降つてゐる様な、たまらない、居ても立つても居られないといふ気持。それを絵を描き通し、版画を彫り通して、おさへてゐるといふ寸法、それが鯉の雨となつて鯉雨。

前の流れのよい小川、誰か大原総一郎様でしたか『ベートーベンの「田園」の中の小川の様だ』と言つてくれた小川です。

今、あやめが咲いてゐます。わたくしが、郷里の青森を発つ二十何年前に遊んだ仲間の内に西沢といふ詩人が居ました。

あやめ草咲く池のほとり……さういふ歌ひ出しのよい詩がありましたが、何でもない、ありふれた言葉の情緒ですが、この頃になると、ふと口にこみ上つて来るのです。仕事が気に入《はい》つて進んで来ると……あやめ草咲く池のほとり……同じこの文句を口どき乍ら絵筆がたのしく運ぶ気持、何時の年でもうれしい頃です。

あやめ、それも紫色のあやめが好きです。

光琳が描いた、あのビロードの様な紫。いゝです。

一歩、門口から外に出るとこの好きな奴が、咲いてゐる今、有難くて仕様がありません。

夕暮の頃、汗になつた仕事着を投げてガポツと人肌のぬるい風呂に入るのが無上です。

今、牡丹の花。芍薬の花も咲きます。これも好きな花です。毎年、頃になれば描くのでチヤが知らない内に、この種類同族の花を求めて、師匠や浜田先生の甕に活けてあるのも夏の節の仕事のありがたい呼掛です。カンバスを六七枚一列に並べて、花は花で牡丹色、葉は葉でクリームグリン。甕はかめでライドレットといふ具合に片づけて行きます。わたくしの主張で二度筆を使はないといふのが、身上なんです。

　この一列横隊の内に、一枚か二枚の出来栄えの仕事が、何よりのいのちになるのです。

「牡丹花は咲き定まりて静かなり、花の占めたる位置の正しさ」と覚えてゐたら「正しさ」ではなく「たしかさ」だと何時か席を同じくして「聞く雑誌の会」で大坪氏から、ほんたうを教えられた事。

　また岡山の高梁《たかはし》といふ古風な町に遊んで、この偉きな歌人の友人、柳先生とこの歌碑の前に佇《た》つたことを思ひ出したりしてゐます。

　花の王者と謂はれる位を持つた、あの牡丹色といふ牡丹の大きな花が咲ききつて、ゆつたりした中にあたりの空気を澄ませて、吸ひ寄せてゐる気配。大構《おほがま》への姿。おかしがたいスケールを持して、凡ゆる花の思ひの美しさを引受けて、静かに清くゆつたりのたゝずまひ。

さうして、その花の開かれた場所の如何に、宇宙といふ大そうな気宇に、永遠を占めて間違ひのない咲き振舞ひ。

神秘といふ言葉の真実。

こころを花にたとへて叫んだ木下利玄の美の象徴が全く極つてゐるのです。

この間、関西の旅中、辻氏が、代々から伝はると云ふ、井戸茶盌と道次郎、ノンコーの三つの茶盌を見せて呉れました。

辻井戸といふその井戸。三国一といふ楽は道次郎。

「夜桜」と銘づけたノンコー。

井戸は、開きの大きく広い腰の座つた、カイラギの派手過ぎないところがよろしく、高台のキツタテ削りのもので悠勁の具へあるものでした。

「茶」ではやかましい一井戸、二唐津と云はれるモノだけに、業圧の見込に届く覗きの深い、目跡のジユンジヨある立派以上の茶盌でした。

手に執つて見た古いものでは今まで中の第一番、たしかさ、美しさが漲ぎつてゐる茶盌でした。

長次郎の茶盌。先づ見事なのは、その形でした。ツンマリとした締つてある丸さ。どこもここも作意のない自然で、おだやかなロクロ振り。取りわけ高台のヒネリは美しいものでした。ヒネリ付ではありますが、あたり前なチヨポンとした可愛いゝもので、何か赤坊がハダカで座つて笑つてゐる様な感じのものでした。

箱には裏千家の前々の宗匠が赤楽と書いてゐましたが、全体に窯変になつた淡《うす》ミドリの沸てゐる、沸々が出来た肌味が素晴らしく景色のかぶさつたものでした。

ノンコーになると、矢張り人造りのものといふ感じでした。四方といふのでせうか、桝と呼ぶのでせうか、四角に気取つたもので、横ナグリのヘラ跡のあるものでした。

黒い肌色に所どころ花を咲かせた様に薬落《くすりおち》をつくつたのが、この茶碗の銘「夜桜」になつたのでせう。

高台も初代から見ると、メリゝを振返つてゐました。見込の茶溜がグイツと深く沈んでゐると思ひました。

いくら術《わざ》でつくつたとしても、ノンコーまでは、それ程、吐出す様ないゝ味なものでもありませんでした。

かうして三つの名のある茶盌を手にとつて見まして感じた事は、立派なモノハをつくらうと考へだけでつくつた物程、案外なつて居なく、その造つてゐる人間だけの小さいものになつてお終ひして居るといふ事でした。

朝鮮の普段の茶碗が、所謂、井戸の美しさであり、永遠に巡る美しい法則が輪廻をかけて不動なものにして居るのです。

物の初め、術《すべ》の初期、生むが故に出来る自然と離れぬ念願がよくした長次郎。茶に使ふ為に出来された茶碗であるといふ意味を持ち乍らも美事にはじまりを初められた、何時も、まことなものに生き抜いてゐる故に美しいのであります。

名物「早船」の兄弟として生れたこの「三国一」の宿命は、いつも有難い美を守つてゐるのです。

茶人は「楽」茶碗が好きです。わけても、ノンコーを選びます。ノンコーは茶人の為につくつた茶盌師だからです。御手前にフケル茶人はこの茶フケの出来る茶盌が向くからです。

形・色・口あたり雅味と称する雅味。さういふ条件を願ひ乞はれる様に出来てゐるのです。

自然な持前を持たぬといふ足りなさをおいては、慥かにノンコーも一方の美しさを支へた容器と思ひます。けれ共、井戸、長次郎と前に見た二つの茶碗から見ると、あまりにつくつて居るキラヒがあるのです。ましてその後々の作者に於てはです。

茶は「ねがひ」であり、「美」であります。

わざとした所意をきらふ所に、ほんたうの茶があるのです。まして茶式中で大事とする茶盌は造りがあつては「茶」にならぬと思ひます。

井戸の生れた様な立派さ、花の咲いてゐる様な姿の、何と「茶」である事か。作られる意義を忘れた故に成つた有難さ、茶そのまゝな姿をこの茶盌が表らはしてゐるのです。

三つの茶器に就いて、わたくしは少し長く話し過ぎました様ですが。この生れを異にした茶盌のそれぞれになつてゐる美の在方は、わたくし達の生活《くらし》に有難い公案を表《しめ》してくれてゐるのです。

ある人がわたくしに、棟方はよく観音菩薩を描き、不動明王を描くが、今までの仏とは違つてゐる。人の様な菩薩であつたり、子供の様な明王であつたり、明王なぞは笑つてゐる様にさへ見えて仕方がない、どんな心で描いてゐるのですか、よく言はれます。また何時か大事な恩人から、不動明王を頼まれたので口髯を生やした不動さんを描いたら、すつかり怒られました。

髯不動だから威厳があつて、よからうと思つたのですが、その方が噴出したさうです。

今までの仏さまを描く絵師は人に拝まれる仏さまを描き過ぎたからでせう。わたくしのは反対に人様を拝んでゐる仏を描いてゐるのです。

人の有難さを拝んでゐる仏さまも世の中にあつてよいと思ひます。

阪神から朝かへつて、その夕方は東京へ汽車に乗つて民芸館で一杯やる、わたくしの特別展観の招待日に行つて参りました。

柳先生が身体《からだ》を挙げてこの会を致してくださつたり、遠近の友達が富山に離れてゐる、わたくしの為に、何日も陳列を手伝つてくれた恩には泣けました。

招待日は二日とも主にアメリカの方々がお出でした。陳列された板画の大体はイクサで板木をヤカレましたと言つたら「悲しい」と泣いてくれました。

あの方達の物の見方は、作品と直接だからムキなのです。経歴や、勲章や、肩書で作品を観ないところが、ほんたうです。作品が本位なのですから、さうなんです。

土橋通りのたくみ民芸店の上野支配人が「私の父が、彫刻をしてゐたのですが、大晦日に丸ツ切り金がなく、催促されてゐた作品を金にしなくては越せないのに、何日も汗を流して出来上つたばかりの作品をヂーと眺めてゐて、いきなり、ガツーと鉈《なた》で割つて仕舞つた事がありましたが、私は子供でしたが忘れられません。

暮を越せないことを悲しんで居ながらも割らずにはおけなく、自分も家達をも、割る様な気持で、不出来の作品を人に渡すことが出来ない作家魂が、それを割らずにおけなかつた父の気持。私は何も知らなかつたのでこんな仕事、イヤアな仕事だナアーと思ひましたよ。」

上野支配人の話してくれた話を、この放送の中に入れて話しましたが、さういふ、いゝにも悪いにもつけて、やり切れない世界に業を灼《に》やしてゐるのです。さふいふことの生命《いのち》がわたくし達、仕事する者の生活です。

――昭和廿四、五、二十　富山放送局から放送――

善知鳥《うとう》風呂

親子三人で、風呂にひたり乍ら、除夜の鐘を聞くのもまた楽しからずやつて訳でね。善知鳥風呂といふ奴を創作といふとオコガマシイ事でまた余りホメた行ひでもありませんが、末の男の子を中にはさんで、親子三人といふ人間どもが渦巻きつた姿ですね。丸い風呂桶にスクリユウの形に、三人巴に入つてゐる様を御想像くださいませ。

この何年か、此処（富山県、福光町）に来てから、聞けなかつた除夜の鐘を、この風呂の中で聞かうてんですから全く浮世ですね。ここでは九時といふ早さにボーンボーン搗き出されたのには味も素気もなかつたでしたよ。子供たちまで「なあんだ、感じが来ないのッ」つて訳でしてね。矢張り例年どほりラヂオで、国中の名鐘を聞き惚れる事にしましたよ。何がなんでも除夜の鐘が、大晦日としては宵の口に、ボン、ボンぢや味が無さ過ぎましてね。この辺りどの寺も去年はよい音の鐘をつくつたのに思ひが足りなく残念でしたよ。今年は鶴見、総持寺の鐘でしたが男らしい色調でした。次のは何処のだか忘れましたが、古い調子のある低音のもので主音が、上下に切れた、余韻の短かいサツパリしたものでした。湯殿といつても規劃の内に入れた畳二畳の広さでは、どうともならないもので湯を少なくして人間で加減し様つてんですから慾得ですね。去年の垢を、親子がグルになつて落しながら天下の名鐘を楽しもうつて法はまた滅法なものですよ。琉球で元旦を迎へた時がありましてね。三つ四つの子が可愛いチンコ真裸で出して、砂糖きびをジユプ、ジユプツて噛つて土埃りをあげて転げ廻つてゐるのを汗を出して見てゐたもんです。実は小さいがバナナも木成りで見たし、何十尺といふ花柄に龍舌蘭の花が付いて居たのも驚異でしたよ。この雪つ降りの中で、さういふ真夏の状態の正月風景を目をつぶつて思ふと、不思議な位です。今年は何年も会はなかつた雪無しの元旦を迎へただけに、なほ更、琉球がこみ上つて参りましたよ。地は争そはれないもので矢張やつて来ましたね。やつて来たら能別幕無《のうべつまくな》しといふ奴で来ましたよ。雪は豊年満作の兆《てう》。さう言ひますから、降るものが降つた方がよいのでせう。去年の大豊作に増してこれでまた、つづけて貰ひたいもんです。御百姓さんではないけれども、虫がよすぎませうか。足かけ五ケ年、丸と三ケ年半強、親子六人が御世話になつてゐる、ここの所、幸ひを願つて瑠璃光と名付けた書斎、兼茶間の南窓から卍《まん》字《じ》巴《ともゑ》と降る雪を、なごんだ気持にボーンヤリ大きく眺めながら、もつともつと吹雪いて止まない郷里は青森の裂かれる様な厳しい雪の中の正月を、その巴になつて湯につかつた大晦日の、お終ひから今年の初まりの頃を鐘の余韻の様にはるかなものに思ひ出してゐましたよ。

——昭和廿四、一、十五　富山放送局より放送——

光風彩々

また、春が参りましたね。

何と言つても、嬉しいですよ。これで此所に住んで、五度目ですよ。

イモの茎。タデを食べたつて、それぞれの味があつて、不服は無かつたですよ。

あのカボチヤの管つてヤツは、フキよりも煮つくしても、カポツ、カポツて妙なモンで管がそのまゝで、汁椀に枕を並べた様で、そして草色が塗つたよりも綺麗でしたね。

どこに不足があつたか忘れて仕舞ひましたよ。

上天気のこの間、瞞着川《だましがは》に久し振りに行つて来ましたよ、此所は、よく原稿カヽセギをさしてくれた所でしたよ。

この川の、主の河伯《かつぱ》も、亦鯰も浮んで来ませんが、お迎へするに川に呑まれたい様な妙な、オツトリした気持にされましたよ。

矢張り、瞞《だ》着《ま》されてゐるんぢやないかと、ねがつて瞞着されたくなつてね、楽しくなつて眉毛に唾をつけたりぬぐつたり、ぬぐつたりして、半日ボンヤリたのしみましたよ。

医王山も、日向は肌で、日翳は雪で、ねつとりして、よかつたですヨ。

ナンテ、こんなに美し過ぎるんだらうかナアー。モツトきたないなら、わたくしの絵の方が、勝つんだがナアーなんて、呑尾離《のんびり》と喜んで、天地に参つて居ましたよ。

随分、薄着で、家を出たんですが、赭《あか》い手織、メイレーのジヤケツも脱ぎましたよ。

ナンだか、たまらなく、気分が、面白くなつて参りましたよ。

慾もなく、得もなく損も無くなりましたよ。「空気の温泉」ツてなものにでも浸つてゐる様な塩梅です。かういふアンバイが、ヨクいふ浄土といふか、極楽といふか、そんなんでせう。キツト。夢ミタいなつてんですね。

春は、飛んで跳ねたくなりますね。

高岡のK氏が、わたくしの画小屋の四年越しの裸屋根に、瓦を揚げてくださるんださうです。

屋根柾《まさ》を飛ばす、春の修羅風《かぜ》が吹いたつて、今までの様に、首を縮めて、ビクビクしませんよ。

これからは、どんなモンヂヤと、家中で済した顔を揃へて見せますよ、「三月に這入つたら、このアトリエも、男振りが、上りますよ」K氏は昨日、寄つて屋根坪の見描きをしてさう言ひ添えて帰りました。

この春祭りには、この町の麻問屋F氏がお約束で染めてくれる、家紋の、祭幕と、新しい国旗と、この瓦とで、東京に帰ると噂されてゐ乍らのわたくし達連中に、これから本当の春が、今、初めて頂けたのかも知れませんね。


——富山新聞、昭和廿五、三、十二——

歓喜立春

兎年に生れたのですが、余り兎は好きな動物ではありません。

一体、あの奇形な耳が、オカシイですね。支那の染付皿によく、立派に描かれた兎がありますが、どうも虎とか獅子の絵よりも好きになれませんね。

鳥羽僧正の絵巻も、有名な国宝ですが、描かれた動物たちで好めません。

ここまで、自分の年の象徴を、好めないのも、「業つくばり」なんでせう。

タヌキか、カツパの年にして貰へれば、わたくしに無い愛嬌が出ると思ひますよ。熊なども、なんだか、無邪気で情け深い所がある様な気がして、よろしいのですが。

こんなことを書いたんでは、頼まれた新聞社の思ひにも乗らないでせうが、まあまあ元旦からこつちから願ふ、わがまゝを許して頂きませうか。

大体、支那の人が考へた干支を、そのまゝ日本に、だれにもおかまひなく、何の年、何の年とフリあてたやうに、それもサルとか、ネズミとか、あまり聞きよいケモノでもないものをあて、年の印にしてゐる手はないと思ひます。わたくしなら植物なり、また歴代の天子様の御名なりを選んでするとか、またはその年々で、御題と同時に御選び、いたゞいてもいゝと思ひますね。

何としてもケモノをあてがはれたんでは人間、置どころありませんね。

本元の、支那でも若い人たちは、このやうな、ふざけたアリカタには無頓着でせうね。大体、いまどきの子供たちに、今年はサルだとか、お前はネズミだとか、いつたら驚いたり、おこつたりしますよ。きつと何んて、大人つて甘い動物だらうと笑はれさうですナ。

まあ、まあ春と言へば〝立春大吉〟こんな言は正月らしくつて明るくつて、美しくつてい丶ですね。

春らしい、ひびきがあつて、何か、わくわく、かうこみ上つて来る、うれしさが文字面に表はされてゐる様ですね。

金が、ふところにあれば、あると嬉しい。無くたつて、無くてうれしいつて、歓喜《よろこび》が、湧くやうな言葉ですね。オット、これは支那の発明文ですが。

有磯の海では、立山をバックに、布勢の潟では二上山を後に、水平線を抜いて清らかに、厳かに昇つて行く、太陽を挙身微笑とでもいふか、ユラユラ揺れながら、のぼる偉大なる事の象徴、太陽の荘厳を、きはまりなしとして、また自分、自体の想ひが、のぼりあがる様に、あらたかな気宇に、この古くからつながる、文明の所以のところに存つて、仕業にいそしむ昭和二十六年の元旦の弥に旺んなる事の身命に、ありがたさを人々ともどもとしたい。

瞞着川

瞞着川《だましがは》に未だ河伯《かつぱ》が居ると噂されてゐる。この川は、鯰《なまづ》川とも呼ばれてゐる。川岸に一本の腰の曲つたネムがこの泥んことした水面に姿をうつして居るのは何か化者めいて、似つかはしい。丁度この川のあたりに大きい蓮華沼があつて、白い花は大きく開く。ネムのフランス色とこの白さと花形のフサフサとバックリが、いかがはしい。

土橋があつてその橋詰に、法林寺、広瀬、館と山本、坂本等の部落へ通ふ夕宵の頃の人達を待かまへて瞞しまくつたといふ河伯殿の噺をその人々は当り前に話して教へてくれる。「コレ写生ヂヤ」そばに居る人も合槌うつから面白くなる。「ソーヂヤソーヂヤ」絵を見乍ら真顔の話がつづく。「マナコが真赤で、その眞中にマツクロの目玉がドロドロしてゐるのヂヤ。頭の皿は真青でテカテカヂヤ。水が夏でも凍つて居るんだソーヂヤニー。これが溶けたら河伯殿も、泣き所と云つて居るトコロヂヤ。何時か吉右衛門のニヤニヤ(赤坊)をボンボしてくれたソーヂヤ。田植のアゼから拾つて泣いて居たのを抱いてくれたのヂヤ」そんな事を云ふ。

河伯殿は無理もなく実存してゐるのだ。もうこの辺りは「虫オクリ」の太鼓がにぶく聞えて来る。ねむつてゐる様な太鼓の音さへ瞞着川が流してくれるのだ。もうこの辺は蛍の名所になつて来る。大きいヤツが群になつてボヤアーと飛んで来る。中にも法林寺から流れて来るのが大きい。まるで提燈を提げて闇を宙して居る景色だ。あまり見事と云つてよいのか何か憑かれた様に後から追ひかけたくなる。いや、引かれて行く。

去年、この虫のお終ひの頃、雨の中を法林寺に行く途中で見たのは大きかつた。家の明りかと思うて消えた提燈をつけるために近よつたら蛍だつたのには驚かされた。勿論わたくしは近眼だが。番ひあふ化者じみた程のこんなモノはわたくしの開闢以来無い。蛍は短命なモノと聞く、長命なものだつたらあゝいふ悠々たるヤツをもう一つぺんあの瞞着川の河伯殿と小バケモノども同志の寄合せの三座に会つて見たいとねがつてゐる。

並・瞞着川

ソヽソヽソヽソ――。

河伯の絵を描いたらネ。写生かと言はれてね。成程と、感心しちやつたんですよ。河伯が、ほんとにゐるもんだからね。この辺ではですよ。

「喜千代《きちよ》右衛門とこの、アネマが、ネンネをぼんぼして、瞞着川の橋まで来たら、すぽーんと橋に、跳ねて来たモンがあったのヂヤ。

真赤なマナコで、真青なからだで、手も足もギアワズの様に、ねばねばぢや。腹が亀の様に平つたくてカラツになつてゐるモンぢや。

頭が、髪の毛になつて、水に濡れてゐて目のところまで下つてゐるモンぢや。ネンネを抱かせてくれと、拝んで、たのんで可愛い格好しちよつたよ」

瞞着川は小さい川で、何時も、どろんと底が見えないんですよ。鯰取りが、頃になるとフシドシ一つで桶や、棒を持つて、うろうろしてゐるのをよく見掛けますよ。ネムがこの頃、まつ盛りで、だまつてゐても、この川の橋まで来ると、ねむくなるのですよ。蓮華が、すぐ側の池に大きくガポツ、ガポツと咲いて居るんですから、何だか道具がそろつてゐる様なもんですネ。

この川を、わたくしは好きで、よく行きますよ。流れのある様な淀んでゐる様な川面《かはづら》を眺めてゐると鯰が、大きい奴が、斑の腹を見せて、ぬるりと底に沈んで行くんですよ。静かな、真昼間ですが、あたりがジーンと穴の様になつて来ましてね。何か夢の中にゐる様な。自分も他も無くなつて仕舞ふんですよ。

これが妙だとか、不思議だとか、慾得も無くなるこころ持、くすぐつたく、ありがたくなりますよ。

何だかオカアサンの御乳の様なアマツたるい、ナマグさい様な空気を吸つたり、吐いたりしてゐる内に、ハツとして気が附くんですね。

ネムもレンゲも花をすぼめて、あたりに棚の様な、モヤモヤした水蒸気に包まれて居ましたよ。

そろそろ河伯も出たい頃でせう。何んだかねむくなつて来ましたよ。かう変になつて仕舞つてね。マユゲに唾を、つけたり落したりして見て、オヤツ。

河伯の夢でも見て、水の中を自由、乗気に泳ぎ廻りたいもんですナ。

上田秋成サマではないけれど、ウロクヅの仲間になつて好きな放題、鯉が恋にでも抱きつきたいですよ。

この間、わたくしの画小屋に「御東《おひがし》」の新門様（皇太子様のオイトコサマ）が、お出でになりましてね。

「アナタは鯉が評判ですが、活物はめんだうでせう」

と仰つしやいましたよ。「ムカシの唄ぢやありませんが、『恋は優しい』です。」と答へしたらお笑ひでしたよ。

恋は優しい　野辺の花よ
夏の日の下に　朽ちぬ花よ
…………………………

こんな唄が流行りましてね。今の藤原さんも昔は思ひ切りにコレを唄つた浅草ころがあつたんですね。こんな事を言つて、河伯に瞞着されて居るんぢや無いかなあ、判つたモンぢやありませんよ。ホンマに。

――昭和廿五、七、「美術手帖」他――

道宗院の宿

西赤尾の道宗院前でバスを下りて、丁度の赤尾館に入らうとしたら、同行の石黒氏も「まあ、まあ道宗氏に行つてからにしたら」といふので、チヤコとも語つてさうする事にした。

先に来て居た吉田氏が、手を挙げて、お出でお出でをしてゐました。

元から手を入れない山門は、わたくしには懐かしいもので何度来ても一番うれしい、この寺のうれしいものだ。茅の屋根で、勾欄がついて二楼になつて、屋根の形が禅院の様に高い勾配のもので、それで仲なか親しみ深い門で美しかつた。


にこにこ顔は、いつもの様に道宗氏はお茶を入れて呉れた。

「仲なか立派な家が建てられました。形のよい家ですね」わたくしは、今度蓮如上人四百五十回と、この寺の開祖、妙好人道宗和上の四百年の法要の為に、御法主を招ずる為に新しく構へた家の事を語つた。「御飯たべてから案内しませう」と言つてくれた。

「まあ、早速一枚描きませうか」と油絵の道具を持ち出したら「まあ、ゆつくりして茶を呑んでからにしませう。ここまで来たら、あわてずに。あわてずに」さう言ひながら御茶を入れてくれました。

そこへ御母さんが、鉢にユデたばかりの栗を持つて出てくれました。

「うまい栗ですね。奥山の栗はたまりませんね」そんな事を言つて、わたくしは後から後から喰べ初めて止めないまで喰べたら、チヤコが「まあ、まあ随分パパばかり喰べて仕舞つた」驚いて、そんな事を言つてゐました。

成程、鉢一杯の栗が一つもなく、わたくしばかりが大部分たべた様でした。

「栗は、うまいものだと言はれて代表されてゐるのだが、こんなに美味しいのは初めてです」さう言つたら、「さう、さうこの栗は、○○○の栗で全々、全々別なんですよ。うまい筈になつてゐます」道宗氏がさう言つて自分ぼめの、ない方が笑つてゐました。あまり喰べて仕舞つたので驚いたり、うれしかつたりしたのでせう。

門を二枚つづけて描きました。今度はチヤコが一緒だつたので手伝つて貰つたので楽に絵が出来ました。

「石黒氏が神社に行つた様だから行かう」わたくしは、さう言つて先きにバスの中から「ここは描けるなア」と思つてゐた景色が、腹の中にあつたので、石黒氏も矢張描くんだなあとうれしくなつて、直ぐ後をつけました。

石黒氏はもう腰を据ゑて描いて居ました。茶色のソフトに国防色といふ、あの色の洋服が黒い靴を大跨に開いてゐる間に、写生箱を入れて、パレットを持つてゐる姿は、ほんたうに景色の中に入つてゐる景色でした。

神社の社殿を斜め二面が、すつかりと組んで絵にしてゐました。「どうも、その取方が、わたくしには出来ない」さういつたらあの眼を細くして得意の時にする「フン、フン」鼻で悦んでゐました。
「連舟もやるもんだね」吉田氏は絵のことはともかく、さう云ひたいから言つたといふ様に、さう言ひました。

初め石燈籠と社殿と唐犬《からいぬ》を入れて描かうとしたんですが、どうしても構図が出来ないので、わたくしはチヤコを相手に、いらいらしてあつち廻り、こつちに歩きで落ち着かないで騒ぎましたが、結局は社殿を真正面から見た絵に、とりかかつたのですが、どうも最初からの、ムラムラした気持が晴れず、社殿にかぶさつてゐる木の葉と枝で、あたりまへなモノになつて仕舞つて筆を止めました。

吉田氏が「もう腹が、へつて来たよ。山へ来ると余計に、腹がへるよ」「先に行つて喰べていゝよ、もう一つ描いて直ぐ行くから」「待つてるよ。」

高い境内から、正面の山とあの五箇山、特有の鉾の様な家と、白壁の倉と石垣と道と、山と山との間から頭を出してゐる青の濃い坊主の頭の様な、山とをまたゝくまに一枚かきました。
「さあ帰らう」と言つたら「御飯にありついたよ」吉田氏が、先になつて神社の石段を下りました。

連舟氏の絵の方をのぞいて、先に帰りました。

自家発電といふ、道宗氏の仕掛けの、その電元の水で、手を洗つて、帰つて来た連舟氏と一緒で、わたくしの大好きなキノコの汁の御飯を受けました。

「さつき描いてゐたら、娘が来て、絵を見てゐたから、絵の話をしてやるから寺に来いと言つて来たが、来るかなあ」連舟氏が、さう言つて箸をおきました。

「ウン、顔の立派な女の子だつたね。矢張、平家といふから争はれないや」わたくしは、そんな事を言つたりしした。

午後も二人とも描いた。吉田氏は「まあ、僕は、こんどは待つてゐるよ」素直な表情で道宗氏との話相手になつてゐた。

「隣りの新しい建物を案内しませうか」道宗氏に、案内されて今度の家に這入つた。

廊下を充分に広くとつた、六畳と八畳の二間のもので、全部ヒノキ材だつた。未だ、強い木の香が身体に泌みる様で鼻に目にきつい。

湯殿も便所も、しまりが、よく出来て使ひいい建前になつてゐた。

「なんだか、キタナイ指あとが付いちや、駄目だから、パパはさはつては駄目よ」チヤコが言ふまでもなく、わたくしはビクビクで讃めながらも、早々と建物を出ました。

「この一位《いちゐ》の実は、とても甘いのですよ」道宗氏が、わたくしに一二粒の赤い、ウサギの眼の様な実を、掌に取つてくれました。

「成程、美味しい」道宗氏が、先に帰つてからも、幾つかをわたくしは自分で取つて口に入れた。

美しいくせのない味の実だつた。チヤコも「ほんたうに美味しい」と後からつづけて言つてゐた。

吉田氏は、この寺の事や、どの木がどう、あの銅像はどうと謂ふ様なことを語つてくれたりして四人で境内を一巡りしました。

「明日はこの御霊の前を石垣を入れて、描くよ、たのしみだなあ」わたくしは、さう言つて此の前、何度か来た時は、台石ばかりだつた上に行儀よく坐つてゐる像を見上げた。

「先代で、よくこの裏山の難儀な田地をつくり上げたのだ」吉田氏の説明は親切に、よく御先代の苦心の程を語つてくれてありがたかつた。

午後は、楮村《かぞ》に行かうといふので、一寸雨気味になつた湿りの中を歩いた。石黒氏の玉虫色のレインコートは異彩あつて、肩にした写生箱も似合つたものでした。

吉田氏は麦桿の、キノコ帽子に「小出し」を背負つて、たくましい姿です。わたくしもチヤコもブト除けのもんぺは厚苦しかつた。

川向ふに渡る前の鉄索の交換所の喧ましい音を聞きながら連舟氏も、わたくしも真正面にある烏帽子の様な形の面白い山と、その前の道具小屋を描いた。わたくしは、連舟氏を画面の中に入れた。この点景が、よくなつて、この絵をよいモノにしてくれた。

絵が、をはつた頃から降り出して来た。「時雨だから、すぐ通り抜けますよ」案内役の道宗氏は気を配つてくれました。

雨の中でも、鉄索に吊された鉄籠が、上つたり、下つたりしてゐました。

高い鉄塔にあがつて、この鉄籠を通す車に油を注いてゐる人が小さく見えた。

この前の新聞に、この注油人夫が、誤まつて落ちて死んだとあつたが、この山に登って来て実際にこの仕事を見て、大変な仕事だなあと思ひました。

庄川も、此処まで来ると凄い程、寒い感じのする鋭いものです。青白い飛沫を上げてゐるのは肌に泡を生ずる位ゐです。硝子の切口の様な色の水が渦になつたり、淀みになつたり、また矢の様に迅かつたりの有様でした。

いつか前に来た時、氷雨の中で、この山中に、特別な耕作法による田圃を、作つてゐました。丸石を積み上げて、その上に下から持つて来た土を入れて、耕やすといふ大変な仕事でした。

河井寛次郎先生が、蔵王山々麓での耕作の大変な苦労の事をいつも話します。それと同じ事だなあと思ひました。それが、すつかり田になつて仕舞つて稲が実つてゐました。人の苦労も実つたといふ感じでした。

先つきの鉄索籠は、山斜面とすれ擦れに、下つたりまた、ぐんと上つたりで往交うてゐました。この鉄籠に乗つて山を上下する人があるさうですが、よくまあ出来るものだと気持わるくなつて参りました。

楮村に這入つた所で描いてゐましたら雨になつてその道端の家の人が、呉座を出してくれて親切くださいました。道宗氏のニコニコ顔が、いつもその影になつて、わたくしの為に尽してくれるんだなあと有難さでした。

この部落中にある道院も、今では山号、寺名をいたゞいて立派な寺院になつたさうです。

この寺には昔に、この飛騨境の庄川に流れ着いたといふ木彫の、聖徳太子像があります。古勁、雄業な彫法のものです。このあたりとしては稀に数へる仏像と思ひます。例の南無仏の姿です。赤い袴。赤いカツギをかけてありました。この前、柳、河井、浜田先生がたと一緒でこの像を拝んだ時は、高徳院もともどもでした。

雨が、強くなつてこの像は拝まないまゝで通りました。半農半坊といふありかたの、この院の住職もこの多忙な秋では行つても、田畑に出てゐるかも知れません。「向ふの岸の高いあたりの家々は飛騨の家です。ここは越中、飛騨の境です」道宗氏がさう教へてくれました。

時雨と言つてもなかなか、雨ははれませんが、この山雨の静かさは又かくべつに、わたくし達を山奥の味ひを深くしてくれました。喜んでこの雨にぬれて楮村を一廻りしました。

昔は、このあたりは楮《かぞ》がつくられ、よい和紙がつくられた事でせう。今は一軒もしてゐないさうですが、このよい土地のありかたでは立派なものが出来た事と思ひます。もう村も、端《はづ》れになるところに、わたくしは、「まるめろ」の実つてゐる家に参りました。

「わあ、まるめろだ。青森に来た様だ。これは東京では、カリンとか何とか言つてゐるが、断然に『まるめろ』だ。よくここにあるんですね。一囓《かじ》りしたいなあ」わたくしがさう言つたら「これは喰べられますか、ホウ、ここでは見るだけのものです。またタンスの中に入れて虫除けか、この強い香りを着物にうつすのに使ふくらゐのものです」道宗氏がさう答へました。

「まるめろの鑵詰は、青森の特産ですよ。だいたいまるめろたるところが詩が、あるぢやありませんか」わたくしは、そんな事を自慢の様にして偉張りました。チヤコも早速いただいて、ガブリツと嚙んで「あゝ、何年振りかでせう。郷里の味つてねー」

「こつちでは、オンブツと言ひますが、どう書くか判りませんが、ハア喰べるんですかなあ」未だ腑に落ちない様子で道宗氏はわたくし夫婦の口元を眺めてゐました。

「どれどれオンブツ、マルメロつてものを味ひして見るか」吉田氏は頓狂に嚙つたが駄目な様でした。

「まるめろ、とはどう書きますか」石黒氏は、聞きました。「さあ、青森では、まるめろと平仮名だらうと思ひますが、まあ雑華流で行けば、万葉仮名といふところでせうか、万瑠女羅とでも書けば豊かなもんですね」わたくしは答へました。

「何としても、これを一枝、後学のため頂戴して早速描きませうか」石黒氏は一枝を乞うて肩にしたし、わたくしは実にして受けて、この家を出ました。

「オンブツは御仏に通ずる。道宗様が通うた道ばたの果物は御仏はあたり前の名だねー」わたくしはさう言つて立上つた。

洋傘をふかくしてゐるチヤコとの相合傘の中にこの懐《ふところ》の、まるめろはよく匂うた。

万瑠女羅《まるめろ》で、すつかり時を忘れて仕舞つて日暮れになつて来たが、帰途の景色は美しく、雨に煙つてゐる山家の構図は二人の絵描きをまた、描かない人達にも思ひを充分に描かせてくれた。

石黒氏は煙草を、口に啣へて、楽しさうに一筆、一筆色を置く様にたのしんでゐました。何年かかつてもよい。俺は絵を楽しむんだ。石黒氏の気持の、のどかさをわたくしは羨しく思うた。わたくしには、たうてい到り到れないところを悠々と石黒氏が楽むでゐるのだ。

「それでは、おたのしみを続けてね。お先きに」石黒氏の三脚の足元にチヨロチヨロに流れてゐる水口を持つてゐる生洲にウグヒの子が、日昏れの雨の中をよろこんでゐる様にピチピチヤはね廻つてゐた。

石黒氏を一人楽しませて、わたくし達は一日のすべての仕事をした。何とも言へない、うれしさのこみ上つて来るまゝに暮のかぶさつて来た山の径を、西赤尾に向ひました。

途中、開祖　道宗坊が、庄川に身体を、自ら吊して「落つるぞ、落つるぞ」と身の外道あることを責めたといふ、松の木の、後木があるといふので寄つた。道がはの畑を一寸、這入ると、その松の木が庄川の真青な水に、幹を反り返してゐた。こんな千仭にも等しいところに、ぶら下つちや生命《いのち》が百あつても縮んで仕舞ふばかりの有様でした。

日暮の道宗山の真黒い坊主頭も、おごそかで絵の様に濃かつた。あたりは、まるで暗くなつてゐた。

「棟方先生でせうか」十五人ばかりの子供たちを連れて山から帰つて来た先生が、わたくしに声をかけました。「何か、お話を願ひたいのですが」「後で、御飯すんでからお寺にお出でなさい。他の方々も来てゐますから」「ぢや、参らせていたゞきます」

寺に、かへつて来て、裏山からの、たうたうと流れて下りる清水で手を洗つた。夜目にも白く、冷めたい水は手首を切つて身体に刺し込む様に冷たいのです。

山は寒い。冬着で来たのだが、なほ身体に泌みる寒さだつた。

「暁烏《あけがらす》先生のを掛けませうか」道宗氏はさう云つて、仏法とは云々といふ仲々書けた一行を見せてくれました。「眼の見えてゐる時、書いたんですか、ようく見えてゐますね」「見えなくなつてからのですが、これは行儀が揃うてゐます」「ウ、これはいゝ出来だなあ」吉田氏が横から、引つたくる様に讃めてゐました。

懸けかへられた床の間。何か親しみのある夜になつて皆んなの話が、ソレからそれとはづんで尽きなかつた。

二番目の娘さんを能登の山中に嫁入りさせるといふので、やせる程に苦労してゐる高徳院の来なかつたのが淋しい、淋しいとよく話の中に思ひ出された。

お湯が湧いたといふので、吉田、石黒、わたくし夫婦と順にいたゞくのをチヤコは、昨日入つたからといふので止めた。

「あゝさつぱりした。ここの湯は水が流れつぱなしだから気持が至極だよ」吉田氏が先づ喜んだ。石黒氏もさつぱりした、ほてつた顔をテカテカさせて出て来ましたし、わたくしもつづいて立つた。

大きな一間もある大囲炉裡が、真中にある、大きな台所兼、常居といふ部屋には、薪が真赤に燃えてゐました。

そばには、子供たちが、ほてつた顔で後ずさり乍らあたつてゐました。

そんな、あたりを横から眺めて風呂に入つた。なる程、水の出つぱなしは清潔で、こころ持よかつた。これでこの風呂は二度目の御頂戴です。

先程、受けて来たまるめろを床にかざつたり、手に持つたりして楽んでゐ乍ら、わたくしは「梶井基次郎といふ人が『檸檬』といふ小説の中にレモンを掌の上で握つたり、置いたりして楽んだといふ事がありますが、このマルメロをかうして持つてゐると、ほんたうにその気持が判つて参りますね」といつたら、石黒氏も「これはよい画材だ。僕は初めてだから初ものだ。まあこの気持の内にスケッチして置かう」といふので早速に紙に描出した。

「今晩は先程は、どうも、おぢやま致しました。」先刻、「吊るし松」で声かけてくれた図画の先生が、お友達の先生を連れて参りました。

「先生も、月給だけを教へる様ぢや、いけませんね。先生としての天職を絶大に考へてかかる事から、先生の仕事が始まるんですね」つづけて、「絵も、そんなもので上手、下手で描いてゐる内は駄目だよ。糞も、へつたくれも無いところが仕事のよろこびなんだからな。こんな、わけのわかつて、わけの解らない様な絵を描かなければ、わたくしの気持が、おさまらないから描くだけだ。ゴツホもセザンヌも、ベートーヴエンも神も仏も何でもかんでもだ。山ほどある、うぬぼれも、どこから湧いて来るのか判らないが、この一線、この一点は他に冒すことの出来ない事ばかりだ。この一線。この一点つてのは世界、天下の一線一点なんだ。宇宙、広しと謂へどもこの絶対の所在は劫もしてもこのところだけだ。この五箇山の山奥にこの一線、一点があるといふ事は、美の真理の容易ならざる絶対なんだ。この絵から生ずるダイナミックな放射能は全智、全能のものだ。全世界天上天下洽くところの美といふ美を、支配せねば置かないまでだ。さうあるべきまでを出来すこそ、絵としての真実なんだ。それの無いのは絵ではない。絵は形に依つて描くのでは無い。絵あるが依つて描くところに絵が成るのだ。うぬぼれだけでは、どうともならない本性が入用なのだ」わけもわからなく、そんなでたらめ、みたいにムキなよろこびが、わたくしを酔はせてゐた。そんなサワギを言つてわたくしの今の五箇山に居るといふ歓喜《よろこび》が、失なはれる様な気がして、この夜「ありがたくて、うれしくつて、あばれたくなるよ」（河井寛次郎師匠が、わたくしにくださつた言葉）が勿体ない様な気がして騒ぎまはつた。その先生と友達は、何が、何か判らなくなつたらしく、何んで、こんな騒ぎを聞きに来たのだか、分らなくなつたといふ素振りで呆気に取られて居た。

「まあ、この絵が判つて来れば、美といふもの、美しさといふものが判る事でせうなあ」石黒氏は、わたくしの絵を横から腹這ひになつて見て居ながら、その二人のひとに言つてゐるのか独言をいつて居るのか、どつちとも、つかなく呟《つぶ》やいてゐました。

その人達が帰つたのも知らなく、わたくしは、騒ぎ立つたまゝ、ねむつて仕舞つてゐました。

大分夜が、更けて、わたくし夫婦は並べられた行儀のよい布団の中に這入つたのでした。


厚い布団だつたが、夜中の寒さが、からだを包んで、朝まで、よく寝つかれないで馴れないのだつた。チヤコも同じに寝ない方が多かつた様でした。


今日も晴れて嬉しかつた。

御飯を、をはると直ぐ石黒氏はもう絵を描く支度が始まつてゐました。

「今朝は馬鹿にハリキツテるよ」と言つたら、例の鼻笑ひで気分が乗つてゐるらしい。

「お先ツ」石黒氏が先に出た。わたくしは、庄川をはさんた対岸の重さなつてゐる山と、その山腹の段々になつてゐる畑や、果樹や松や杉の木の濃い緑と、その合間に紅葉してゐる雑木の美しさを先づ描いた。

山は逆光だが、庄川のきれいな水は、鋭いまで青い。

同じ横図を二枚かかうと思つたが、何だか最初の、よろこびが続くかどうかと考へて来出したら自分の想ひの魅力が無くなつて止めた。チヤコも「逆光だからパパでは無理でせう」と言つてくれた。

昨日の神社の同じ場所で、今度は山を高く入れて、近い所の紅葉した山と山との間から、道宗山の青黝く落ちついた姿が、もつくりと盛り上つてゐるのを描いた。それから、もつと下りて、庄川が別流れになつてゐる鉄橋《てつばし》になつてゐる袂で、紅葉の山々が、真赤に染まつてゐるのに、青白い河原と水の色が硝子に通うて、絵には面倒な底の見え透いてゐる浅い流れをやつて見た。

丁度、描いてゐる真下にイハナヤマメの子が渦の様に群をしてゐるのをチヤコが見て、「パパに見える。まあ、まあこんなのを、令明《よしあき》に見せたい。どんなに喜ぶかなあ。パパに見えない。見せたいナアー」「見えないよ。双眼鏡、寺に置いて来たが、まあ描く事が大事だからナ」

そんな負け惜しみを言ひ乍ら絵を描きあげました。

「あゝあそこに居るのは石黒様ですよ。ナアンダさつき他の人も絵を描きに来たのだと思うてゐたら矢張り連舟様ね」「オーイ、オーイ一杯、魚が居るよツ」わたくしは石黒氏に言つたが聞えたか、どうかはうなづけなかつた。チヤコに見て貰つたらニコニコ顔で描いてゐるとの事だから後を言はなかつた。

連舟氏は、わたくしと反対に、わたくしの居たあたりを描いて一服といふ所だつた。

「さあ、今度は反対にこつちを描かうかなあ」

さう言つてわたくしは腰を立てた。

ここでもう一枚の後の板に、鉄橋を入れ、渓流を入れて描き終へた。黒い色を使つたのだが明るい調子の晴れた絵が出来てうれしかつた。


寺にかへつて、手を洗はうとしたら、パレットに絵具が残つてゐるので「何か板がありませんか、油絵もよいもんですから描いて置きますよ」さう言つたら道宗氏は天井板を持つて来て「カンナを掛けませう」「荒つけづりの方がツルツルしなくつてよいですから」さう言つて居る内にもう出来て来てゐました。

「門を描きませうか」「何んでも」「ぢやさうしませう」

門も出来てから「さうさう吉田氏にも、五箇山の話の種だから」「わたしにもアタリマシタか」吉田氏はあの目を吊し上げてさう言つてくれました。

「画帖に何か書きませう」持つて来た画帖には、この前に来た時、描いた「鯉図」がありました。「画帖に同じ人間が、また画くとみつともなくなりますから別なものに描きませう」

さう言つたら「色紙にでも」と云はれて色紙に景色か、何かを描きました。

「随分、おぢやましました。今度は、家の者まで厄介かけまして、ほんたうに有難う存じました」

「さあ、わたくしも一時には、出ますから、一緒で出て、バスを待てば。これは五箇山のソオケですが、この前の法座で金を集めたものですが、持つて行つては」「それは、縁起が立つてゐる。よいもんですね。頂かしてください。」

さうお別れのあいさつを、わたくしはいたしました。丁度、奥様が居なかつたので、よろしくと言ひまして、みんなは、バスの停留場、この部落で唯一つの宿屋、道宗氏の伯父様にあたる人が経営してゐる赤尾館のところでバスを待ちました。昨日下りたところです。

田圃を流れてゐる小川には、小さい生洲になつて、ふたを取つたらウグヒと鯉がかなりの寸法で、体を半分位ゐ水の上に出して水口にゆれてゐました。隣りにあつた別な箱には、ウナギの小さいのが五六匹はいつてゐました。その箱の上にはごばうの小さい一束が無雑作に置かれてありました。何ともなくその空気のおだやかさがこもつて、この深く入つた山村といふものの美しさをほんたうに味ひ得てゐる様な気がして嬉しかつたでした。

バスを待つて居る間もなく、盛装した道宗氏が、法会に行くと言つて「それでは、まあまあ御気嫌よろしく」とあいさつされて行かれました。

何となく床しい香りが漂よふ様に、わたくしは本装束を着けた道宗氏を始めて知りました。

「和上さんの盛装はいゝなあ」とわたくしが言つたらチヤコも「道宗様はお立派ですね」と合槌を打つてくれた。

道宗氏の奥様と御子様も送りに来てくれたので「まあまあ、みんな揃うてゐるんですから」と、明日から報恩講のいそがしい支度のある事を知つて居るのでお帰りをねがつた。

丁度、バスが来て楽に、みんなが腰かけられて車が動いた。

新屋《しんや》を過ぎてのあの特殊の建て方の棟の高い建物の群落は、美しいものだつた。ダムに止められた、青い青い水をバツクに横になり縦に随がつた建物の美ごとさは、たとへるもののない程、素晴しいものでした。

登りの山の深さも見事だつたが、下りの道でも逆に後を振り返つての車窓からの山々は言葉ではどうともならない、こみ上つて来る景色だつた。今まで知らなかつた、五箇山の深い山々の脈々をほんたうに味つた事と、チヤコも喜んでくれた。「深さは、八甲田山よりも深く立派でせうね」「こんなに、この山奥をよろこべたのは有難かつた」。

大島といふ発電所前まで来ると、その事務所の若い職員が、運転手に車を止めて、人を待てと云つてゐるのです。だれか、会社の上役が来るらしいのでした。

乗合自動車を止めさせて、ゆつくり、ゆつくり二三人の下役を連れて来た太い男が来ました。酒を呑んだ顔がキタナク真赤でした。車を見ても、なほ悠々と、車中にあいさつもしないで腰を掛けた。わたくしは、たまらなくなつて「ひどい奴だ。こんな胸糞の悪い人間が、乗るとこの美しい景色も汚がされて見えて来るよ」

さう言つたらチヤコが、袖を引いて「だまつて、いゝぢやありませんか、おこるとパパも同じ人になつて仕舞ふぢやありませんか」さう言つたが、何か二つ三言、わたくしは言つたが、まだわたくしの胸の虫が、おさまらなかつた。

吉田氏はニヤニヤ笑つてゐたし、石黒氏は静かにねむつてゐた。

だんだん景色が、素晴らしくなつて人もなく、車もなく心ばかりで景色の中にとけ込んで眺め眺めて下つて来ました。

この辺りは見頃の景色で、山は重さなり、谷は深く瀬は立つてゐたし、前も後も横も縦も天も地も、賑やかな、さうして畳滌の潤ひは無上なものに、余しなく美しい想ひの内に外に、わたくし達を満足させてくれた。

山も麓に近くなつて後になつた袴腰もひくくなつて来ました。

「林道の湯」の側を通つた頃から夕べになつて来ました。

陽は、薄桃色な空気になづんで城端の町のはづれの神社は暮れてゐました。

石黒氏は役場前で下車しました。

前に乗つて居た人々も、知らずしらずの内に、城端駅前まで行く人ばかりになつて仕舞つた。

山田川の鉄橋を渡つて駅につきました。

福光に乗つて行く列車は、丁度十分ばかりに都合のよい列車が、今ホームに入つて来たばかりでした。

――昭和廿五、十一、二十四　行記瑠璃光書斎に記す――

〝米大舟《べいだいしう》〟の夜騒ぎ

雨のあがつた、〝米大舟〟の夕宵は、随分と風が強くなつてゐた。高徳院が福光にかへつたし、笠原院に斎藤氏それに青木、竹田両氏と、わたくしの五人連れだつた。

青木氏の御馳走に顔を、その風になぶられ乍ら、わたくし達はよい心持に酔ひながら、小一里の道を楽しんで歩いた。

「まるで国定忠治のナグリコミだ」「だれをナグリコムのですか」「敵は本能寺ぢや、ないですか」「わしや、つらいよ」「かぜにもまけずでね」こんな話をしながら、ますます強くなる風を真向ひにして、はだかの様に飛ばされて歩いてゐた。のめる様な格好をして、五人一列横隊に組んで勇ましく歩調を取つてゐた。

まるで飛ばされる様になりながらも、それぞれに言ひたい放題の事を吐いたり、どなつたりで賑やかだつた。

ほんたうに、何の何兵衛が、何の何太郎にナグリコミに行くと同じ、おもひが、ひとりで気負ひだつて、五人の足並がはづんでゐた。

途中も、まんなかまで来たらS女史が勤め所の道標を見つけて、わたくしは「こらッ、S女史抱かれろッ」といふわけで、その三角標によぢのぼつたりしました。呆気に取られて、みんなは「何だ、本能寺に曲る気かッ」と大さはぎをしてくれました。

何か唸る様な、太鼓の音がして参りました。「米大舟だ」「米大舟だ」さう言つて青木さんも、竹田様も、にはかに元気をかぶらせて騒ぎ出しました。「さあそろそろ支度はよいか」斎藤さんは落ちついた冗談を、ほんごとの様にして、さはぎ廻つてゐる、わたくし達をしづめにかゝりました。

ドロン、ドーンといふ太鼓の調子が判つて参りました。もうこのあたりまで来ると、踊りに行く人達が参々伍々してゐました。若い人達も、お婆さんもお爺さんもです。

寺の正門あたりは、もう人一杯でした。寺提灯が風にゆられながら、ねむい様な色をぼかしてゐました。小さい屋台店が出来て、子供を相手の夢の様な商売が初められてゐます。

ゴム風船に水を、ポンプで入れて、それに糸ゴムを付けて指に巻つけてスポツー、スポツーと吊り上げるものを、その店のオカミサンが一生懸命になつて作つてゐました。わたくしは、前々にまだ小さい頃のこと、郷里の宵宮で、煉飴をカンテラに照らされながら、ヘラで伸ばしては、棒にからめ、からめしてゐるのを思ひ出してゐました。

次々とこの水風船が、出来上つて、また次々と子供たちに渡されてゐました。

境内には櫓が、立つてその上には若い人々が、「ハイヨー」といふ様な囃し方で、弾みをつけ乍ら、太鼓をたゝいてゐましたが、踊りはまだ成つてゐませんでした。「まあ、御寺で番茶でもいたゞいて、それからが踊りになるでせうから。」竹田、青木両氏にさう言はれて、この踊りどころの寺の客となりました。

S女史は、御子様を連れて来られてありました。静かに、ふし目がちになつて、始めての挨拶を致しました。

「兄が、お世話になりまして、亡くなる日まで、先生の絵を、枕元にして居ました。先生とお会ひして、わたくしは泣けて仕方ありませんの」さう言つて、ほんたうに泣いて居る様でした。

「お兄様《にいさん》を、わたくしは、ほんたうは、はつきり判らなかつたのです。わたくしの足らない心まちがひでした。奥様の着物まで、売つて、わたくしを迎へてくださる準備の御馳走をしてくださつたさうですが、さう思ふと、たまらなくなつて参りました。わたくしは、笹川氏の墓にあやまらなければなりません。」目の前に居る妹様にさうほんたうにお詫びをいたしました。

踊りが始まつたと言ふので、わたくし達は境内に出ました。

非常に太鼓の調子が、時代がかつた古式といふか、かう身につまる様なモノでしたが、その内に何か〃米大舟〃といふ‖キキンデコメガナクナツタトコロヘドコカノキトクナトノサマガオホキナフネイツパイニコメヲオクツテクレタコトヲオイハヒシテヲドリハヤシタノガコノベイダイシユウトイフ‖

悲しいところから始まつて、にぎやかでまた感謝で溢ふれたこころを表現して行く、調子が付いて来るのでした。

その唄も、また朗々としたもので、何か古格が、みだれない真義なものでありました。その調子に酔はされた様に、わたくし達は知らずしらずに、踊りの輪の中にはいつてゐました。

S女史も、御子さんをおんぶして、その輪の近くに、折鶴を白で染め抜いたゆかたで立つてゐました。

「踊りに這入りませんか、御子様は、わたくしが、おんぶしてあげますから」わたくしは、さう云つてゐました。「はあ、まあ、見てゐますわ」

真闇の暗い中で、たゞ踊りの輪だけが、大きくひろがつて来るのでしたが、風がどんどん強くなつて参りました。

斎藤、笠原両氏また青木氏も竹田氏も輪中の人になつて手足の揃ひも見上げたものでした。

その内にも、風の速度は、ぐんぐん速く強くなつて到底、踊りはつゞけられないところまで荒くなつてゐました。

太鼓も止み、唄声も途切れて踊りは中止となりました。

わたくし達も宿《とま》る青木氏の所へ帰らなくてはと言ふ事になり、別れのあいさつを寺にしたのでした。

なぐる様な風の中を、人々は帰つて行くのです。

S女史は脛上までまくれる裾を、着物の開きを、どうともしがたく、帰りを急ぐ人人の間を縫ふ様にして、わたくしを呼びとめて居ました。「明日、お帰りとの事ですが、朝早くてもお別れに出ますわ」「いや、とても早く三時か、四時に青木邸を出るのですから、まあまあよいですよ」「それにしても、もう一度、お話したい事があるのですけれど」

S女史とわたくしたちは二人になつて、風の中に、お互の体を、たがひに楯の様にして、この〝米大舟〟の夜の別れを、あらそつた。わたくしは、S女史の体のやはらかな、ふくらみを両手に受けて、その乳房を堪へ様もなく抱いてゐた。「これで、別れて、また参ります。」「きつといらつしやいね。別れるつて、こんなものね」さう後ろから聞えて、わたくしは、わざとわたくしを残して墨の様な夜の大風の中をゆつくりと歩いて、さつき来た道を帰つて居る人達の後を追うた。

秋薫染

今年もまた虫の声を聞いて東西の旅を歩きました。東京の虫も、大阪の虫も、奈良の京都の、宇治、兵庫までの虫を聞いて帰つて来ました。京都に着いた夜は丁度、大文字山の火入れの夜でした。この秋に出す事になつて居ました、わたくしの何冊目かの随筆と画集をかねた本。「板響神《ばんきようじん》」の校正といふので、その出板社に参りました。加茂川も丸太町橋あたりは、三、四条、五条の様に賑やか過ぎないといふので出板社のすぐ側の、その丸太町橋で見ませうと、社の人たちと連れだつて出ました。矢張京都の夏の夜は美しく、浴衣の人が多く、洋装の人は余り目に付きませんでした。浴衣ではあるけれ共、きつちりと乱れの無い京都の人たちの身装ひに感心しました。大文字の火はもうお終ひの色で燃えてゐました。船形の火も燃え残つて居ました。妙法の火は、ここからは斜で見えないのださうでした。「何年振りでせう。加茂川堤を歩くのは」「人斬り彦斎《げんさい》が、象山《しやうざん》を切つたのも、あの向ふの橋袂ですよ。坂本龍馬の殺《やら》れたのも、このあたりです。」今東光氏に言はせれば「彦斎を語る者が、ひとしく言ふところは彦斎が、人を斬る時には、右脚を前に少し折り曲げ、左脚は後へ一直線にぴんと延ばして、膝が地面にすれすれになつたま、、左手は刀の柄を放し、右手だけの片手なぐりに斬りつける」また佐久間象山を切つた時の事をかう、つづけてゐる。「彦斎ほどの居合の達人も、必殺の場合は、既に血に餓ゑた刀は、朱鞘を脱して、鞘に持ち添へたまま、ひつそりと待ち構へてゐた。心懸けとしては、万に一つの遺漏もなかつたわけである。伏目がちに馬上の象山を二足三足やり過したかと思ふと、脱兎のやうに躍りかかつた彦斎は『えいツ』と前記の剣法で斬りつけた。『やあツ』裂帛の気合一声、跳躍して斬りおろした。象山の六尺ゆたかな長身は鞍上にたまらず落馬した。

そこを、また『とうッ』と一太刀二太刀斬りつけると身をひるがへして混雑の中へ紛れ込んで仕舞つた。」奥西氏の話に合槌を打つてゐた、わたくしも、その気に呑まれて、大茶人にして稀有の殺剣達人の河上彦斎にも、なつた気で『えいッ』『やあッ』『とうッ』と三つの楷法をぴつたりとつけた剣法の在方に、不思議な程、わたくしの仕業の妙と、同じ妙応を呵吽《あうん》してゐた。祖国社の前田、奥西両氏は交もごもに、わたくしの旅のつれづれを、秋に這入つた京都も、年中の祭とともに賑ひのある、この伝統の情緒を無音で知らしてくれました。四条の橋袂では、盛に護摩を焚いてゐました。高くたかく炎になつて、めらめらする火柱を見てゐると、何とはなしに、身を尽す、おもひ、人間のあせりや、いかりや、うらみ、やきもちさういふ姿もあの様なものかなあと、一緒にゐる人たちも忘れて、炎の中に自分を燃やしてゐました。「宇治金でも喰べませうか」かまぶろといふ有名な甘物屋にはいつて、わたくし達は、薄茶と小豆で出来た氷水を喰べました。このあかるい夜の店に居る人達は、みんな美しい顔でした。京都の女のひとは、夏からもう、秋をひいてゐる様な、芝居に出て来る様な、白や紺が、大そう似合ふ人たちばかりの様でした。御化粧も身に入つた、上手さでした。万亭の横丁を右に曲つて、また左にはいつたところの角祇園も花見小路のまん中。十二段家に宿をした、わたくしは、何か冷えびえする京都の秋の初まりを身体に染めて許し合うた友達と別れました。

庭石譜

庭石の智恵は知らない。

河井寛次郎先生と、金沢の街を歩いてゐた道筋で、西別院の裏通りの、庭石屋の金塀の外に据ゑてゐた大石を横から眺めて、これを深く入れて(入れてだか、埋てだか、また別な言葉だつたか、はつきり記憶が無い)と先生の独ごとを横から聞いた。よく旅に出て、宿屋でない宿所の庭に据ゑていけられた石を見るのが好きで興味が湧く。

この間、東京の俳句雑誌から、文を頼まれて書いたら、同じ号に里見勝蔵氏が、竹内栖鳳邸の庭を歩いた事を三四頁かかれてゐた。よい親切さと、卓見さで庭を眺め、また読む者にも、その庭を歩るかせてくれて有難かつた。

その文中、さきに書いた河井先生の「深く入れて……」と同じに——多くの大きな石が深くいけてあつた——と庭石への深い蘊蓄を言葉に収めてあつて教へを重ねて受けた。

絵を描く人、なかにも油絵の人々が庭について、その石についての愛《かな》しさ。よろこびを思ひ尽して書かれたものや、描いたものはあまり知らない。

もと清水登之氏が、「父の庭」といふ大きな画面に大きな、葉のない樹を真中にして刈込してゐる絵があつて、好きな絵であつたが、石をどう扱つてあつたかは、記憶に残つてゐない。

日本画では、よく龍安寺の石譜の庭を描く人が多い。

川端龍子氏が描いたものなどは、目裏に残つて居るものだ。

京都を、初めて見、知つた時、河井先生のくはしい描畧図を受け、丁度の雨になつて、龍安寺に行つた。

あの寺前の沼池のあるのを、まばらな松々の間から雑作のない、むらむらした景色は美しかつた。

何か京都といふよりも、もつともつと、わたくしの郷里どころ、津軽城の荒れた隅櫓の外に連れられて来た様な気配を受けた。

龍安寺の庭石は、わたくしにも、有名な念願を満たしてくれた。

どの人も、どの方も賞めるところが、この石組だと謂はれる。座右宝で、志賀直哉氏が筆を練つて書かれたものを、かなり前に見たものだ。

南禅寺の小堀遠州と聞く「虎子渡し」もその後で見たが、この初め見た龍安寺の「石」ほど、「石」を感心しなかつた。

龍安寺を出た、わたくしはこの寺から借りた寺名の入つた傘《からかさ》をさしたまゝ電車どころまで来て、急ぎ傘を返しに寺に戻つたら「雨にからかさどつせ。持つて行きなはれ」と言はれた。

濡れた、国宝の石組みも美しかつたが「人」の美しさは無上であつた。

雨に濡れた石は美しいものだとよく聞かされ通しのものだが、成程、キレイだつたのだ。

相阿弥のヤカマシイ哲学がどうでもよかつた。志賀直哉氏が酸つぱく筆を揃へた程はたゞ、大石、中石、小石があるが故の程より、何でもない事なのだ。さういふ姿が、事に過ぎない事なのだつた。

――はるさめにぬれざるいしはなかりけり――普羅

――中京新聞、昭和廿二、二、十六――

常懐石

何年も前だが、あの祇園、公園の平野家の部屋で、正式に一度、外の毛氈がけで一度か二度、芋棒を喰べた。

青森は、わたくしの郷里ですが、棒鱈《ばうだら》といふのを、海老芋《えびいも》と一緒に煮た丈が、この食物《くひもの》で、名物となつてゐる。京都を想へば、フツと味が判つて来る程だから矢張、ホンモノだと思ふ。

その後、京都に年に何度も行く様になつてから、何度か立寄つたが店が開かれて居なかつた。

今は流行つて開かれてゐるかも知れないが、祇園に寝て居ながら、どうした理由か、芋棒の事に触れずでゐる。

あの頃合に煮込まれた、干鱈の味も歯ざはりのよいものだつたし、芋が、ぬるり、とろとろりとノドを通る触味も味だつた。

なほ更に、わたくしは、あの郷里（青森）では凍鱈《しみだら》といふ、懐かしい食魚の味は有難い。

喰べた後、必ず舌なめづりしなくつてはならない、鱈の、ネバネバが美味しいのだ。

五条坂の師匠のところ（河井寛次郎先生）に行くと、その頃よく「浜作」に連れて行かれた。

あの身体の太い主人が、カンパチを、自分の身を切る様にハツキリした腕前で庖丁を使つてゐた。

生物《なまもの》が上手だと言はれて居るだけに、生身の味を透かして知らせてくれた。

今、おもふても、あゝこれが料理つてものかなあと思ひ出すのは、あの主人が大きな庖丁で手際よくパチッ、パチッと生大根を短冊に切つた間に、同じ縦と幅にカラスミを入れて、また大根を乗せたもの。サンドヰッチだつたが、好きに喰うた。付出しにして、板に並べたものだつた。

かういふものは、どうして味はへばよいものか、また「浜作」主人の腕前の中に入るものか、どうか判らないが、あの厚肉のカンパチが庖丁に切れ残つて角が喰つ付いて連なつたまゝを、手渡しの様に喰べさしてくれた味は、大丈夫なものだつた。

辻留の汁ものも、受けたが、これも料理の奥手があつて立派なものだつた。

瓢亭は、一家も料理も、わたくしは識らない。

始めて、京都に行つた時、祇園通り万亭の向ひの、十二段家の茶漬を喰べた。日本髪の赤だすき、前掛けの女の方が、いそがしさうに、ハアイー、ハアイーと答へながら次々のお客の注文を、何人かで交々《こもごも》といそがしかつた事を思ひ出される。あゝいふ空気も料理の内に思はれるが、今は無い。

茶漬けで思ひ出されるが、曼殊院あたりの、菜の花漬、すぐき等の味を知つたのも、その頃だ。

漆匠、黒田辰秋氏が東京への土産にきつとこの種のものを持つて来てくれた。この方も妙な京都の味を教へてくれた人だつた。

この漬物の味は判つて味はふ為に出来た様な味だ。

京都でなくては生れて来ない漬物だらうと思ふ。

菜の花漬は、寂光院への途中でも買つたが、大原の女が、あの頭にのせた花や、薪木を売物にして歩いてゐたのをジロジロ眺めたのもあの頃だつた。

京都ではよく菓子も喰べた。

茶の味も度《たび》をいたゞいて、わたくしなりに頂いて随分になる。

師匠の家では、よく「鍵や」のものを使つた。

紫の風呂敷が、隅に白く抜いて文字があつた。

黒漆で、爪紅《つまぐれ》の薄笘の重ねの中に揃へてゐる茶菓子が模様の様に美しかつた。

「これと、これを」さう云つて師匠が撰んで届けられた菓子で、奥様の裏流のお点前は鮮かだつた。

その茶が撥みについて、今では抜けられないところの、いたゞける茶を好きになつた。

師匠の甥御、武一氏も点てゝくださつた。

茶どころ出雲を、郷里にもつてゐる武一氏のサラサラと点てた茶を茶漬けの様にいたゞいたものだ。

菓子の名もよく聞かされましたが、のど、、を通る頃にはもう忘れて仕舞つた其の頃であつた。

菓銘も、それぞれに名が付いて、始めは何だか届かなかつたが、よくもそれぞれに名づけられてあるのには、後で感心できた。

先に書いた、十二段家の若主人が大阪、屈指の稀書本屋と新刊本との店をやつてゐた戦前から、近づきになつて親類になつた気持で行つたり来ていたゞいたりした。京都十二段家の茶漬けのテーブルに坐つた事があると話をして、お互に、それは、それはといふ事になつたものだ。

その西垣氏が、今、元の家跡の電車道をまたいだ花見小路に、家庭料理をやつてゐるが、そこをわたくしは家の様に邪魔させていたゞいてゐる。

「家内が、自分に喰べさせてくれる心構へ、その思ひで、お客に料理を尽したいのです」

さう言ひながら板の前に立つてゐる。

支那で始まつた、上等の割肉《さきにく》を、中心に火の通うてゐる鍋で茹でて、持前の油汁地《したち》で食はせるのが看板らしいが、美味しいものだ。(ホーコージとか何かと言ふのだ)

その主《おも》料理も「厚い」ものだけれども、わたくしは、その火鍋が乗る前の手前料理が好きだ。

庖丁は、若主人の手のもので、味もさうだが、こころや情で喰はせてゐる様だ。よい目の通うた器物と、よい心得と行儀で客になつた気持を届かせ、受けてくれてよろしいのだ。

この若主人は、この頃茶を表流でやつてゐる様だ。

大中会といふ、その流の直門方々の真中で茶行儀ををさめ、料理に入れる事だから間違ひのない道を、所を、やつて行く。

肉類も、わたくしはよく喰ふ。

河原町のスエヒロ主人も知人でビフテキを手づから焙《や》いてくれる。

あの焼いた肉も喰ひ頃があるらしい。

スエヒロ総家の上島社長から牛の喰べこころ得を聞いたが、至つて何でもない事で、ビールでビフテキを、一杯呑んでは、一切づつ切つて喰ふ他ないものださうだ。

京都では旅館に泊つて飯を喰うた事がない。

京都のどこに泊つても寄つても懐石を受けてゐる様なもので常懐石だ。

前記の様に肉も京都に来てこんなにして喰へば懐石中の新しい味だ。

こんな鍋肉（ホーコージ）。こんなびふてきを喰うて、チーズ、でもいゝ。アンチヨビーも極くいゝ。キヤビアンの不思議な舌なめずりもまた更にいゝ。

うまい、うまい舌を溶けて通る洋菓子をいたゞいて濃茶が出る寸法は悪くない。かう始まらなくつてはこれからの茶が点たない、これから始まる茶だ。約束になつてるか、約束に叶はないかは別として、鮮《あたら》しい約束が立てられる。こんな茶韻が出来なくてはならない。

これからの京都にはこんな「流れ」の「流《リラ》」が欲しくなると思ふが、どんなものか。常懐石は、わたくしには、此処まで伸ばされて馳走されるのだから冥加と本望があるのだ。

——昭和廿五、六、三十日　奥西氏が福光に来宅あって清書——

肌　女

京都の女《ひと》は、矢張り芸者さんが美しいですね。

京都の女は、細面が多い様ですが、みんな皆んなは、さうぢやないですね。わたくしは道で、路で、径で会ふだけですが、未だ、京芸者に近づきもありませんし、ある甲斐性も無いんですね。

通うて通よはして、待たれてといふ、想ひおもひで、ゆつくりした仲に、なつて、その女達を、楽しんだ、ときもありませんから、本当は京芸者と云つて、讃めても握《つか》んだ話は出来ないのですが、どうしたところで、京芸者の美しさは、事これ当然なんですから、よろしいですよ。……ね。

芸者さんですから、御嬢さんを見る眼や、こころでは見られないのは、あたりまへなんですけれ共、御嬢さん達よりも案外、あたり前な美しさが、あると思ひますよ。

京芸者に限つては、そんな事を言へるかも知れません。

まるで、カザツテある様に、美しいんですね。弱いといふ意味ではなく、病的だなんてそんな翳《かげり》でもありません。

年増の女《ひと》は、年増で、若い女は若手で、それぞれ生きて美しいのが、京都の女ですね。

それが、ある年になつても京都の女には、他のところの女では無いよさが、あるんですね。まあ不思議なところがあるといふ理由ですよ。

わけても、芸者さんは特に、そんな匂ひがありますね。わたくしは京芸者の手や、足がキレイだと思ひます。

冷めたい掌、揃はせた指。暖つたかい足裏、重ねて置かれた足のかたち。なんだかもつて優くつて、やはらかい感じで、さうしたキレイな、手入れのしてゐる手首や、足首が目ごゝろを無暗にさせて来ますよ。

祇園、花見小路を東入る角といふところの二階によく寝ます。

このごろ大体は、京都に行くと寝るところです。こころを割り合ふ友人の家だからです。

何気ない夜中に、「祇園小唄」を雨のしつとりの中で聞きましたが、場所がところだけに、よろしいものですな。

京都芸者は、声にも、沁みた匂ひが、ふくまれてゐますね。

着物の模様なども、リンカクの判然《はつきり》した大構への好みがありますね。

それも曲線よりも、直線を生かしてゐるといふ感じです。直線を生かすといふ事は六間敷《むつかし》い事ですからね。

色も白を生かしたモノを好む様です。好みも白を生かすとなると、仲々の高さです。

それから紫など、錆朱と云はれるものや、思ひ切つた、金づくめも用ひられてゐます。

この好み衣裳だけは、土地柄を問題にしない大胆な扱ひを好みますよ。

銀のイブシとか、ネヅミ、灰また鉄とか茶、さういふ、まあ言へば意気ばつた、もつと言へば小さい洒落と軽つ気な粋を必要としないのですね。

また、さういふ模様や、色はあの人達を生かさないのだと思ひますね。

それから、素足の女をよく見かけます。

キチンと揃へた、足の指は行儀よくそろへて見ると美しいですよ。白粉でもぬつてゐる様な、粉つぽいほどキレイなもつとも本当に塗つてゐるのかも知れませんよ。強い袖口や、裾裏の色に、もつれて粉つぽい白い手首や足首、まるで京都ですね。京都の女らしいぢやありませんかね。

美ごとな、肉のミガキを感じましたよ。

京芸者の裸体《はだか》を、わたくしは未だ見てゐませんが、これは、どんな美しさか。案外、キモノを付けさしてかざつてゐた方が、安心かも知れませんね。別に、裸体をぬす見したとか、承知を願つて裸体にして見ても何でもないといふ感じではないかなあ。

揃へた足の指あたりのところを見せていたゞいてゐるあたりが、結構関の山といふもんでせう。

まあ、あの、ひところ流行した洋風下着《あつぱつぱ》に湯巻きを下げて、白足袋と低歯といふイデタチも京都も、この祇園のまんなかあたりが、案外、創りかも知れませんね。京都はまた、そんな所もある都ですからね。

谷崎様《さん》が、あの祇園の流れ川にかぶさる様に吊出した席のある料亭の女主人の事を、見事に書き上げた、その女主人の名を題にした本を見ました。

その本を寝そべつて、見たところも祇園のそこのところとあまり離れてゐませんので、行つて見ましたが、その挿絵とそつくりな型の席が流れの川にかぶつてありました。

葭の様なスダレが、あつたのまで同じに思ひました。けれども、わたくしの見たところは、それか、また別なところかは、判りませんが、何んだか、さういふ優しい深い身の女《ひと》が、居た様な構へでした。

それから、その女が、紫陽花《あぢさゐ》の花を、大変、好まれたとも書き足され、また描かれた挿絵も、清方か、どなたかキレイなものでした。

京都の女の持つて居さうな一番よいところを泌み泌みに書かれてありました。

あんな女《ひと》こそ、京都の女《ひと》ぢやないかと思はれましたし、また、あゝいふ風に書かれて京都の女が、美しくなるんだなあと思ひました。

一度、ゆつくりした体と、こころを持つて京都のわたくしの見る女を見つけたくあります。さうして、手を把つて、足を重ねさせ京女《きやうびと》といふ眺めから識る女とした、のつとりした想ひ深かさで、京都の女を願ひの様に覚えて見ませうね。

わけても、わたくしの好みの入つた京芸者のつぶらの眼の涙も、厚口小さう塗つた、玉虫色の唇も、紅を、桃色に、ホドコしてゐるといふ耳たぼのぬつとりとつめたい女の無常にも入つて見ませうか。

――昭和廿五、七、廿二　瑠璃光書斎に記す――

土門拳

琉球に一緒に行つたのは、何年前だつたか一寸、繰返せない遊行であつた。

土門拳が、ニツカポツカズボンをくつ下なしで、丁度間に合つて短かぐつの上で、ビジヨウで止めてゐた姿といふよりも、かつかうが頼母しかつた。

あの時は、保田與重郎も一緒であつた。水沢澄夫も井上昇三も、日比谷の山水楼の主人も共々であつた。

この間、博物館に高野の赤不動明王が陳列された。

最初の午前中にわたくしも見たが、あのドングロツトした眼と同じ眼を、写真玉にする。

同じその午後、土門拳夫婦と国画会で会つて、ハダカの写真をくれろといつたらくれた。

湯屋で撮つたやうな振りをした別に何でもない、すつぱだかのモノだが、カラダを、ニクをつまんで、もちやげたやうに色気をはだかにして仕舞つてゐたのにはアキレた。

何だか上か下か腰巻か、シユミーズかをまくつてゐたのか、脱いでゐるの彼《か》の図。

脇毛が見えてやりきれない、両腕を伸ばしてゐるのもあつたが、ウガツタ大したあきれたもんであつた。

……人間、動物のところまで本能でニランでゐるといふ寸法である。

土門は何としても一番である。アレは、鬼だからたまつたもんぢやない。

——中京新聞、昭和廿三、五、二十三——

泣所

琉球で、驚いたのは、豚の「血のかたまり」を売つてゐる事だつたですよ。「血つて。こんなに朱色なもんかなあ」と思はず声を出して、その店番の女《ひと》に笑はれた。

実際、重筥を置いた様にカンテンみたいに血が、あるんだから堪らなかつたんですね。

それから、豚のマア、手首、足首が銅線で、吊されてゐるのにも、タマゲましたね。あれを、タタラ煮にして、爪を、にるりと落すまで沸らせ、その汁に味付けするんださうですが、美味しいもんでしたよ。

形《なり》、振ではないもんですね。味つけモノは。

それから、那覇の港に着いて直ぐ、三杉楼《さんすぎろう》とか謂ひましたよ。料亭で、「舞」を拝見して、さうさう、その舞は拝見してというて、フサハシイものでしたよ。

「カギヤデー」とか言ひましたよ。丁度、君ガ代と同調子の、オゴソカな「事の永遠」とでも云ふものに迫るものでしたよ。

この能の様な舞を見ながら、食べた「角煮」の味も忘れられません。

豚の六方切を、上手に煮たものですよ。

まあ、今の舌で味はつたのでありませんから、正味には遠かつたかも知れませんが、コタヘラレないものでしたね。

喰べものは、随分、たべましたが、先程の「血」も、たべものになるんですが、あの壺屋で焼いた、梅模様の陶器鉢にポロポロになつた、一寸ハシざはりして見たら、チヨコレートを粉々にしたのを油で、マブシた寸法のものでしたよ。

口の中に入れたらトロトロしてトケて、何か渋さをもつて始めは、味もソツケもないもんでしたが、遠く離れて今、思ひ出して見ると、ダイゴ味つて味なんでせうね。

あんな味は、味ナンテものは、大変な世界なんですね。

フレル、カム、ニホフ、サハル、キク、ナガレル、トケル。

本当でせうか。そんな事まで這入るツてんですからね、コワイ見たいなモンですね。

また琉球に、行きたくなりましたよ。

元旦だといふのに、砂糖キビをガシヤガシヤしやぶつて、真裸かでオチンチンを出して、道ボコリを揚げて走つてゐる、子供の後姿を思ひ出しましたよ。

あの太い、首根つコが、可愛いくつてね。

ほんたうに噛りたくなりましたよ。


景色だつて美しいでしたね。

あの、マッサヲな、空や海。ミドリがミドリ過ぎる程の葉を持つてゐるデイゴ。

龍舌蘭が、二丈もある柄の上に花を着けてゐるんですから、まあ楽園ですね。

砂糖キビ畑が、どこまでも、どこまでも続いてゐるし、葉風が折かへして光の様に彩してゐるし、芭蕉があの透き通つてゐる、広い葉をしなやかに巻いてゐるのもよい景色ですね。

守礼の門も、首里の城も、あの龍の頭柱《かしらばしら》のある博物館も。

亀の甲の様な、墓といふよりも安息所も。

あの玉宇殿《たまうどん》の、石門の守りの化者も。

みんな思ふものばかり、優しく迫つて来るところばかりです。

崇禅寺でしたか、何といふ寺でしたか、石塀の様な門もよかつたし。境内の石橋。

出て往来に歩いたところの「ここよりむまをおりるべし」の平仮名の石下馬ばしらも懐かしいです。

あのガケップチに腹ばつて、下むいてマアまあ千丈はありさうな下に、青ガラスの様な、波の中に、矢張り青いアメの様な魚を数へて、数へ切れなかつた昔の夢を見返してゐますよ。

ザンバミサキと、マンザモウと、どつちがどつちになつたか、判らなくなりましたが、あの恩納《おんな》ナべ女の「玉顔美しい」と歌つた歌。

「ぢやまになる山も河も、引抜いても大好きな男を招びたい」といふ歌。

さういふ所の所もありましたよ。

太い真赤な屋根の下に、鳥籠を吊して、その啼きを聞きながら、ロクロを廻してゐた和王といふヤチンモンヤの、よいお爺様の王者の様な楽しい、嘘のない大人を思ひますよ。

カールツアスのマークがついてゐた、眼鏡の玉を一円五十銭で二組もとめて宿に帰つて透してみたらＣＺが、ＯＳであつたりしましたよ。

どこも商人は、商人だが買ふ方が欲でくらんだんですからね。

宿屋で、よくつくしてくれた、小次郎といふ少年が、ゐましてね。本当に尽してくれましたよ。

大体、わたくしはこの小次郎といふ名前も好きでしたよ。ガンリユウジマの佐々木小次郎が、イライラして勝負で切られたけれ共、相手の強さに真の勝負では負けて、切つた切られるで勝つた武蔵のコンジヤウが、汚れてゐましたね。島につく間の舟の中で木刀を削つたりした分別臭い武蔵のキモチがきらひです。

小次郎といふ名前が、出ましたのでこんな事まで書きましたよ。厚かましい事でしたね。御免なさい。

小次郎もいま、どうしてゐるかなあ。

帰る時、土産ものを入れる箱を、ていねいにつくつてくれて、釘を打つてくれたが、もう立派な人になつてゐてくれてゐるでせうね。あ、あ、会ひたい。会ひたい。

九州を、昔の故郷にして思うてゐる、わたくしは南方クマソから出てゐるらしく、南方の風光を好みます。

絵を描くにも赤や紫。黄や朱の色具で描きまくつてゐますよ。氏はあらそはれませんね。

琉球の景色を、思ひながらさうして、会つて別れた人々を思ひながら、涯しの無い南の青い青い空や、海。赤い赤い、花々や屋根。人達の美しさを夢や現つに限りない喜見城《しんきろう》として楽しみつづけませう。消して無くなるところまで、まぼろしつづけませうや。

――食文化、昭和廿五、三――

灼棟記

――雄神川、川辺涼しも吾妹子に棟花《あふち》咲く川辺涼しも、元義の歌

灼棟記《しやくれんき》と読んでいたゞきます。――

去年の秋、招ばれて初めて津山に来まして、美しい人と、鶴山城趾に、まゐつて帰りましたよ。

美しい人は、男の方でもでしたが、矢張り身体に包まれて灼いたのは、志功は身体が、男だけに女でしたよ。

その女《ひと》のところと、御名は、ナンボ強気の志功でも言へませぬが、まあ意地で探したつて不二、フタツナラズつて女ですよ。

津山の御方ならもう「あの、あゝあの女か、成程さうか」と目に覚えあることと存じますよ。他所者《よそ》の志功でさへ一目で参りましたからね。

それ程、志功が身体を灼いてゐるんですが、これは志功だけでその女は知らない事ですから、そこのところは、「婦系図」の言葉でないけれ共、こころ一杯に我儘さしてくださいませ。

今、その女の、居られる鶴山城そばから、十里弱のところ、奥津の湯元に来て、想ひを詰めて居るんですが、想ひ詰めってココロも、ありがたいもんですね、一人だれにも関係なくアクビですからね。

昨夜は随分さわぎましたよ。

この湯の主人が、一緒に丸くなつて、飲み崩れてね。志功の布団に、くるまつて、奥様に呼ばれて、夜中に帰りましたよ。奥様つてどこの奥様も、身をもつて主人を大切にするモンですね。つくづく一人になつて感じましたよ。

「カロクダイスケサンナンデシンジヨフヤシタ……」つてわけで、よい気持に騒いで自分も忘れて、ねむつて仕舞ふなんて飲める方の徳と、有難さですね。

バスが、この半年そこそこで、仲々、便利になつて急行に乗れるのは公私ともにまた便利になりましたね。

丁度の雪で、上斎原までは、徒歩でしたよ。おかげで車では知らなかつた、よい景色が、身体にはいつて来てよかつたですよ。何が幸ひになるか、判らないもんですね。上斎原まで二里の道中は、雪道で辛かつたですが、まんなかの部落で、後から「帰りました」といふ学校がへりの子供に、先を越されましたよ。

子供の足と、大人の足では、矢張り子供の足ですね。すれ違ひになつた時、Y氏は「お湯を熱くして待つてナ」と声を掛けて呉れましたよ。

Y氏の親類の子供だつたんですね。

囲炉裡の中に足を投げて呑んだ、そのお家のお婆さんの手づくりの御茶はよくもまれて細く、頃の湯で解けて美味しかつたでしたよ。

「サアー出掛け様、これから半分かなア」と志功が尋ねたら、その奥様が「百里の径は九十九里を以つて中ばとす。つて事を云ひますナ」と戒しめてくれましたよ。岡山の方は智慧者が多いと聞きましたが、本当ですね。

キンマを引いて来た青年にぶつかつて、重い荷物を救うていたゞきましたよ。

下斎《しもさい》（このあたりの方達は、かう言つてゐます）を通つて、上斎に、着いた頃から日が暮れかゝりましてね。村境の名所、立神（志功はリツジンと呼びたいですね）まで来た頃は、もうトツプリでしたが丁度の月がまるで昼の様に照つて見事でしたよ。

下手な歌でも詠んで見たくなりましたね、へ上斎原の立神は……とヤリましたが、そばに歌人をも任ずる詩人のY氏が、喰つ付いてゐるのでニワカモノでは、この景色、この月に叱られる様な気がして、止めましたよ。

上斎原はこれで、三度です。

長屋門の立派な、Y家に迎へられて、志功は大好きなこのあたりの名鉱泉（ツルツルの湯）で沸かしてくれた、湯で身体を撫でていたゞいて、ヤレヤレと心身を喜ばせましたよ。

Y氏の皆々様は元気で、弟さんには御嫁さんが来て賑やかさが、加はつてゐましたよ。

一寸、身体を、そこねてゐた、姉様も、思ふ程の身病みでなかつた事も。ゆつくりな、こころ持に志功を訪ねて来て、くださつたY家の親類、近所の方々と一杯が始まりました。

こころ冲天に飛ばして、といふ事になりましてね、日本原から御一緒くださつた、彫刻家のS氏も至極の御機嫌で得意の児島高徳を、舞つてくれましたよ。

仲々の見事で、何度も何度もの所望に動いて「ヤラシテイタダキマス」といふので骨を折つてくれましたよ。

その夜は、明るい静かなよい晩でした。床に入つて間もなくさつき帰つた、Y家の分家の主人が「あまり三ケ城山が、月で美しいから、行き戻りしましたが、どうしても見せたく思うて来ましたよ」といふ、その景色の様に、キレイな想ひに、飛び起きて、その景色にも人にも打たれましたよ。

水車の米を搗く音を聞き乍ら、いつ寝ついたのか、子供の様に眠つて尽しましたよ。話はさきにもどりましてね。

昨夜は、「シヨースケサン。」

今朝は、裏の宗匠です。家を発つてから、叶つた御点前の御茶を受けましたよ。

床は、寒山拾得図です。

馬谿写と署名してゐましたが、「バカゲタモンです」といふ大亭主振りでシヤレたあいさつでした。

静かな、唐画の灼き詰めたもので時代も深く、サビたものでした。

三畳台目の席に広蓋の古芦屋でせうか、よい沸音《にいね》を立て湯加減も頃合ひでした。出された菓器を拝見して、よい一服を重服を乞うて許された、茶盌は、この前ここに御邪魔した時、志功の釘彫りしたものを、自窯でヤイタものを御馳走に出してくださつたのでした。

御亭主の、こころもちを泌々して、清い瀬音に身心を洗はれた、朝の茶前は有難かったでしたよ。

午後四時の急行バスが、発つまえに、この想ひ、おもひの津山をからみ、その女《ひと》をからみ、お友達をからんだりして、この話を書きましたよ。

文にも、噺にもなってゐませんが、まあ鶴山城の真下に居られるその女を、悲願の様に立て、灼《や》いて、こがれて、炎《も》えてゐる無作法滅法の志功勝手な振舞を、その女は、おこる事と存じます。思ふ存分おこっていたゞきます。

椿高下のY詩人のところに、これから着いて、その女と会へる、話せる、身を割く様な時間や機があるか、どうか。

話に聞けば、お体を、臥してゐるとか、洩れ聞いてゐます。はるかに、ちかく、こんな言葉はあるか、どうか判りませんが、志功が新しく、つくつて、おからだの全快を祈つて止みません。

無礼者、理不尽者の志功は、この土地の風光をまた美作《みまさか》の人情を、また志功の専門の、板画や絵の事を讃する様、文を書けと言はれたのを、書くも書き、あの女への我儘おもひを臆面もなく、ヌケヅーヅーしく書いたのです。マア正直に言ってその想ひに負け切つたのですよ。これも新聞社に、許していたゞきませうか。

「天衣無縫の文」と、これでも現文壇評論家Y氏に書かれた志功の文ですが、かう負けては駄目ですね。

もう一度みなさんに許していたゞきませうか。

鶴山城、あの大手門の石組の様に、立派で堂々と、さうして優しく清く、男の「組み」を、組みませうか。

——恋しき君の為ならば、どんな踊でもおどりませう　胸のかざりも上げませう
生命もろとも上げませう　——歌劇カルメンの和訳の内より——


——昭和廿五、三、五、記——

天龍川の橋

一

袋井町は、昔の東海道の丁度真中といふところです。町の中を原野谷川といふ川といふ字に丁度似合ふ、流れ巾の川が流れてゐます。この川辺の土手から見通し可睡斎(天狗の修験場の「火の神」の「霊所」で有名なところ)の真白い塔が通されて見えて美しいのです。又その塔を囲んでゐる、懐《ふところ》山は真青の杉が鉾に立つて、隠《こも》つてゐて厚く深々しい景色です。遠州の茶どころも此所あたりが場所で、茶畑が続いて続く限

りです。丸く刈られた青団子の連鎖は、特別な気持を覚えさせるのです。何か手品の道具の様に不思議です。その茶畑のそこらここらに鉄の電柱が、そびえてゐるのも何か、馴れた風景です。この続く茶畑を斜めに漕いで行き尽きたところに、天主教の会堂があります。外村吉之介師がこの家堂の主です。外村氏は織物を副業としてその道では達人です。日本民芸館の同人、理事中の智恵者で仲々まはりの利く人です。手織家として仕事に、精出せばこの人を右に廻す人が無いとされてゐるのです。わたくしはこの先輩者に招ばれて、前記の展覧会を展いたのです。最初、袋井駅を下りて外村教堂を訪ねた夜、矢張り座談会をしたのです。その夕方から夜に更けての会座にどんな事を話したか、今覚え切れなくなりました、浜松市での話しとは別な事を話にした様です。話に後先の無いわたくしの事ですから多分、その頃の手近にあつた事柄を取穂にして、段々だんだん、顔を赤ほてらして、せきこんで話を一杯にした事でせう。汗を流して、唾を飛ばして人達も亦わたくしも無くして語つたのでせう。聞きに集まつてくださつた方々は大体は二十前後の女の方々でした。その内に一人三十前後の方が一番膝を畳んで熱心に聞いてくださいました。後になつてからその方ばかりに聞かせる様に調子が纏まつて話しつづけました。かういふ会合に話すのに一人の方に通ずる様に語るといふ事が、どうしたものか判断もありませんが、聞く、聞かせるといふ事が一途だつたのでせう。こころを掛けて話し了へました。

座談会が終つてから、その方が残つてくださつて、明日から浜松市での展覧会に、通うて世話してくださるとの事を申し出されました。翌朝袋井駅でその方と会ひました。この方も、先の号で書いたひとと同じに、淡い紫地の匹田鹿子模様の単衣がよく似合つてゐました。それにわたくしが謂ふ、国展色といふ、朱といふよりも、紅殻の勝つてゐる灼朱《やけあか》の帯を締めて居た印象が、今も生きて参ります。それに夏に羽織といふのが男のわたくしには合点まゐりませんが、その方は静かな空縹《そらはだ》の羽織を着けてゐました。その模様は、忘れましたが地味な鹿子絞りの、下の召物には添はない「抱巴《だきともゑ》」の大派手なものでした。何か、寄りどころのない着好みでしたが、素気のある、大胆な匂ひ高い、女の方を見ました。その方が手にしてゐた手提袋は、特殊な編物で出来てゐました。独逸からの知人に受けたものです、と仰つてゐましたが、持手と持物が嵌つた様に、事ととのつてゐたのです。わたくしの郷里にもコギン、ヒシザシと謂ふ手芸品（民芸品とした方が本当かも知れません）があつて、その御手提と類同じものです。柳宗悦先生が、世界の民芸の格を揚げたものだ、と御讃めになつてゐるのです、とわたくしは身構を忘れて讃めました。ありがたう存じます、くださつた御方が私よりも御喜びでせう。さう仰つしやつて、兄を紹介いたします。と御兄様をわたしとの中に入れて汽車を待ちました。袋井駅構内には豆汽車が動いて居ました。

ホンタウに動いてゐると言ふによい可愛いい汽缶車です。何謂《どういふ》小さい家の、庭にも走らせるによい様な汽缶車です。昔「アメリカ」から渡つて来た型のモノでせう。まるで玩具箱の中を昔から続いてゐる噺、「釈迦様の掌」に似て我がもの顔に何かの役目をして走つてゐる様子は、お河伯の子供のウナジを見る様に純真で神仏様を遊ばせてゐる様なたまらない景色でした。わたくしは得意でこの「袋井駅構内、澄生汽車の絵」を何枚も描きました。その方や外村氏やわたくし達が乗つた汽車は天龍川の橋を渡つてゐます。この橋を中にして、弁天嶋の一つ西向ふの新居町駅から浜松市に出掛けて来る、この前のひとの汽車も、東に向つて走つてゐる頃と思ひます。会場で市の総務部長や図書館長の、行届いた有難い準備にわたくしは万々の拝みをいたしました。その方は浜松駅から活花になる材料を買つて行きますから御先して、わたくしは別れて会場の浜松市公会堂に這入りました。立看板は御本人だナ。

二

市総務部長が、わたくしに微笑んで今まで、何か大きな文字を書いてゐた開明墨が糊附いた筆を、わたくしに出されました。一気呵成に棟方志功板画、倭画《やまと》展観々場と書き下しました。成程、名古屋の松坂屋で、茶掛二字二百円税抜きの腕前でスカ。図書館長は大業に讃めてくださつた所で、肩字の何月何日午前九時ヨリ午後四時までと書き、腰下しに当会堂第一階にて、として筆を収めました。

その方が生けてゐる、華器や華鋏の音が朝のさわやかな室内に漂ようて、麗しい清気が嵩のぼつてゐる気持でした。華は龍胆で、わたくしの好きな純紫花でした。それが、添へに生けられ、根毎切つた様な木物が主になつてゐました。ところは遠州、遠州流でせうか。わたくしの言葉はまづいつながりになつて仕舞ひましたが、その方は静かで無言でした。華道の清味《きよみ》が御体から立つてゐる様に、しつとりした気構へが、成つてゐることと思ひました。第一日目は人々が、続いて昼の御飯もしないで夕方になりました。こゝまで這入つた展覧会は初めてです。内田病院長が御夫妻で見えられて語つてくれました。

此の辺ではコレもよく出成《なり》ますヨ。干薯を何百匁も新聞紙に包んだのを出されました。この頃これを大好きになりました。南瓜もさうですが、子供の時から馴れた食物ですが、わたくしは夢中で薯食ひでした。この時あたりから、先月書いた座談会が始まつたのです。保田與重郎氏がその著「日本の橋」でわたくしを泣かせた、天正の戦に子を戦陣に出す、初陣、戦死と、華々しく悲しい事柄を綴り、その子の菩提供養の為めに、たしか、この遠州のどこか、三州だつたかの、往還の細川にかけた石橋がある、といふことを。その擬宝珠に彫つてある、母の供養文章を書いてくださつた屏風が、中野大和町からつづいて、わたくしの、まくら屏風としてゐます。悲しい哀れな文章だが、美しい母子が、和讃してゐる祭文の様で床しいのです。奥床しい文章の望がその小さい石橋を巡つて濡れて行くことでせう。天龍川を汽車で渡りまして何度、この滔々の流水にかけてある橋にも、先の石橋にめぐる文章の生命柄《いのちがら》が橋渡し出来ること丶、思はれてなりません。事の次第は兎角として、わたくしが浜松市で開いた会中でも、優しい麗しく香ぐはひのあるあのひと。あの方の袖袂が紫に縹《はなだ》に匂ひ渡つてゐることを、清い念情を懸けて、あの時を離れた今、想ふばかりです。

東へ西へと渡る「通」への香ぐはしい女のひと。女の方。わたくしは天龍川の橋を濡らさなくては止まない大倭《やまと》国の生命にかけた念ひを、通ひがよひして行く願《ぐわん》を、所に育つた「物ごころ」が、どの道みち、聞いて、聞かされて天龍川の橋々を渡りませう。二月二日雪積りの朝。(保田與重郎氏の文章の全文は、てんしやう十八ねん二月十八日にをたはらへの御ぢんほりをきん助と申十八になりたる子をた丶せてより又ふためともみざるかなしさのあまりにいまこのはしをかける成は丶の身にはらくるいともなりそくしんじやうぶつし給へいつかんせいしゆんと後のよの又のちまでこのかきつけを見る心は念仏申給へや卅三年のくやう也。)

その左片面に、蔵原伸二郎氏が書いてくださつた、文章の全文は。

蒼鷺が飛んでゆくよ、暗い地底から幻像の蒼鷺が飛ぶよ、俺は不思議な原始の想ひを、脳の奥底深くかくし、哀れな蒼鷺となつて、遠い山脈の湿地方へ翔けてゆかう。

この屏風には保田氏も蔵原氏も昭和十四年十月八日の日附でわたくしの家で書いてく

だされたのです。わたくしは、日に何度かのラヂオ（わたくしの師匠河井寛次郎先生はラヂオをラデオと謂はれる）体操中の縄飛び体操のバンソーがなにとはなしに、好きです、とても善いのです。丁度ここまで書き記したら、次男の令明が（ヨシアキと読む、五歳）かけたラデオが、その縄飛体操を奏してくれてゐる。わたくしはうれしい。

——二月七日真昼間——

河井寛次郎（かわい　かんじろう）

明治二十三年、島根県に生れる。中学の頃から陶芸の道に入ることを念とし、大正三年に京都市陶磁器試験場の技手となって釉薬、技法の研究を進めるなかで、作品展に出品するようになったのが、同十年はじめて催した個展で一躍名を知られる。その後は柳宗悦らと民芸運動を率いる一方、制作に工夫を重ねては、華麗で斬新な秀作を次々に生み、戦後に至って大胆な上に奔放さを加えた業は、国際的な評価を受けた。その独創性で、紛れもなく一人の作家であったが、作品が近代陶芸における金字塔となったのは、それが同時に民族の造型そのものだったことによる。昭和四十一年に歿した後に「六十年前の今」（昭和四十三年、東峰書房刊）は版行された。

棟方志功（むなかた　しこう）

明治三十六年、青森県に生れる。画家を志して油絵を試みる傍ら、平塚運一、川上澄生の影響下に始めた版画を、昭和十一年「大和し美し」で独自な造型とし、河井寛次郎、柳宗悦らに認められる。その前後から「板画」の語を用い、同十五年「釈迦十大弟子」に一進境を示してから、戦後は「女人観世音板画柵」「湧然する女者達々」「柳緑花紅頌」他、生命力に溢れる自在で無礙な作品は、早く海外において高い評価を得た。倭絵と呼んだ肉筆画あるいは書、本の装幀、挿画等に及んだ多彩な芸業の、文章もまたそれの一環をなすもので、「板響神」（昭和二十三年、まさき会祖国社刊）は最初の文集である。昭和四十五年に文化勲章を受章し、同五十年歿。

近代浪漫派文庫　28　河井寛次郎　棟方志功

二〇〇四年六月十二日　第一刷発行
二〇二二年六月三十日　第二刷発行

著者　河井寛次郎　棟方志功／発行者　山本伸夫／発行所　株式会社新学社　〒六〇七―八五〇一　京都市山科区東野中井ノ上町一一―三九　TEL〇七五―五八一―六一六三
印刷・製本＝天理時報社／編集協力＝風日舎

ISBN 978-4-7868-0086-3

◉近代浪漫派文庫刊行のことば

文芸の変質と近年の文芸書出版の不振は、出版界のみならず、多くの人たちの夙に認めるところであろう。そうした状況にもかかわらず、先に『保田與重郎文庫』(全三十二冊)を送り出した小社は、日本の文芸に敬意と愛情を懐き、その系譜を信じる確かな読書人の存在を確認することができた。

その結果に励まされて、専ら時代に追従し、徒らに新奇を追うごとき文芸ジャーナリズムから一歩距離をおいた新しい文芸書シリーズの刊行を小社は思い立った。即ち、狭義の文学史や文壇に捉われることなく、浪漫的心性に富んだ近代の文学者・芸術家を選んで四十二冊とし、小説、詩歌、エッセイなど、それぞれの作家精神を窺うにたる作品を文庫本という小宇宙に収めるものである。

以って近代日本が生んだ文芸精神の一系譜を伝え得る、類例のない出版活動と信じる。

新学社

新学社近代浪漫派文庫（全42冊）

① 維新草莽詩文集
② 富岡鉄斎／大田垣蓮月
③ 西郷隆盛／乃木希典
④ 内村鑑三／岡倉天心
⑤ 徳富蘇峰／黒岩涙香
⑥ 幸田露伴
⑦ 正岡子規／高浜虚子
⑧ 北村透谷／高山樗牛
⑨ 宮崎滔天
⑩ 樋口一葉／一宮操子
⑪ 島崎藤村
⑫ 土井晩翠／上田敏
⑬ 与謝野鉄幹／与謝野晶子
⑭ 登張竹風／生田長江
⑮ 蒲原有明／薄田泣菫
⑯ 柳田国男
⑰ 伊藤左千夫／佐佐木信綱
⑱ 山田孝雄／新村出
⑲ 島木赤彦／斎藤茂吉
⑳ 北原白秋／吉井勇
㉑ 萩原朔太郎
㉒ 前田普羅／原石鼎
㉓ 大手拓次／佐藤惣之助
㉔ 折口信夫
㉕ 宮沢賢治／早川孝太郎
㉖ 岡本かの子／上村松園
㉗ 佐藤春夫
㉘ 河井寛次郎／棟方志功
㉙ 大木惇夫／蔵原伸二郎
㉚ 中河与一／横光利一
㉛ 尾崎士郎／中谷孝雄
㉜ 川端康成
㉝ 「日本浪曼派」集
㉞ 立原道造／津村信夫
㉟ 蓮田善明／伊東静雄
㊱ 大東亜戦争詩文集
㊲ 岡潔／胡蘭成
㊳ 小林秀雄
㊴ 前川佐美雄／清水比庵
㊵ 太宰治／檀一雄
㊶ 今東光／五味康祐
㊷ 三島由紀夫